Im Taunus
Anfang des 16. Jahrhunderts
Anspach
Lochmühle
Obernhain
Kloster Thron
Handelsweg
nach Frankfurt →

Nebel über Kloster Thron

Außerdem von Uschi Flacke im Carlsen Verlag erschienen:

Die Hexenkinder von Seulberg
Hannah und der Schwarzkünstler Faust
Hexenhut und Monstermaul
Tessa und Sara im Castingfieber
Das Geheimnis des Nostradamus
Die Jagd nach den Grabräubern

Uschi Flacke

Nebel über Kloster Thron

CARLSEN

Personen

Am Landstein
Pater Johannes
Bruder Barrabas

Burg Altweilnau
Turmwächter Siegfried
Graf Philipp von Weilnau
Junker Daniel, Neffe von Graf Philipp

Neuweilnau
Susanne, Magd auf der Burg Altweilnau
und Tochter der Blaufärberin von Neuweilnau

Burg Reifenberg
Ritter Gunther von Reifenberg
Franziska, seine Tochter
Wigand, der junge Sohn
Winfried, der ältere Sohn
Pferdeknecht Reinhard
Knappe Bruno

Burg Hattstein
Gottfried von Hattstein, Sohn von Henne von Hattstein

Kloster Thron
Äbtissin
Schwester Lucia
Schwestern Almut, Maria,
Walpurga, Karoline und Philippa

Für meine Mutter Hildegard

»Ich spüre das Atmen der Bäume,
das Neigen der Blätter.
Ich rieche die Wärme der Lebenden
und fühle die Schatten der Toten.
Denke immer daran!
Unterschätze niemals, was ich sehe.«

Die Äbtissin von Kloster Thron

Ein unheilvoller Abend

Nebelschleier legten sich über die feuchten Wiesen und düsteren Buchenwälder. Die Wolfsschluchten versanken in trübem Dunst. Das Gurgeln des Weilbachs vermischte sich mit dem Knistern trockener Blätter, die der Märzwind aufwirbelte. Hin und wieder hallte das Krächzen eines Raben durch den späten Nachmittag. Das Steingemäuer der Wallfahrtskirche wirkte schattenhaft grau, ihr aufragender Glockenturm schien sich in der hohen Nebelwand aufzulösen.

Da schob sich die schwere Kirchentür auf und Pater Johannes trat hervor. Die Mönchskutte schlotterte um seinen Körper, die Schultern hatte er fröstelnd hochgezogen. Verärgert kniff er die Augen zusammen und starrte den Handelsweg entlang, der hier zum Landstein hinunterführte, mit dem einst die Grenze zwischen zwei Grafschaften markiert worden war.

»Sie müssten doch schon vorbeigekommen sein«, brummte er leise vor sich hin. »Oder haben sie einen anderen Weg genommen und sitzen längst am wärmenden Feuer oben in der Burg von Altweilnau?«

Er hauchte gegen seine klammen Finger und zog sich die Kapuze der Kutte tiefer in die Stirn. Ein paar Atemzüge lang wartete er. Winzige Tröpfchen verfingen sich in seinen struppigen Augenbrauen. Dann nickte er kaum merklich. »Ich werde vorsichtshalber die Glocke läuten, damit sich die Reiter auf die Suche nach der Herrschaft machen können.«

Plötzlich stutzte er und schnupperte. Roch es da nicht nach nassem Tierfell? Ganz in seiner Nähe?

Er wandte sich um, fasste zögernd nach der Eisenklinke der Kirchentür und lauschte. Vom Handelsweg her war jetzt ein leises Schlurfen zu hören, und dort: ein dumpfes Ächzen …

Pater Johannes fuhr zusammen. Der dichte Nebel ringsumher verwirrte ihn, der Puls hämmerte in seinen Schläfen. Er blickte hoch zu den Schleierwolken, die den Hexentisch verbargen, einen schroff vorspringenden Bergfels auf der anderen Seite des Weilbachs. Dann bekreuzigte er sich: Hatten etwa Teufelsgeister mit trübem Atem einen Schutzwall für sündige Spiele errichtet? Sollte der Nebel ein Zeichen dafür sein, dass sich die Herrschaften der Burg von Altweilnau, ja sogar die Mägde, Dienstboten und Köche wieder heimlich ausufernden Festen hingaben?

Pater Johannes' Atem ging stoßweise. In den nächsten Tagen würden sie wieder angekrochen kommen, auf Knien würden sie um Vergebung ihrer Sünden flehen! Ein zaghaftes Lächeln umspielte seine Lippen: Aber sie würden auch Ablassbriefe kaufen, teure Ablassbriefe, um ihre Schuld zu sühnen. Zufrieden tastete er nach dem Geldsäckchen aus Ziegenleder, das an seinem Gürtel baumelte und unter seiner Kutte verborgen war. Es klimperte leise, als er es in seiner Hand wog.

Mit einem Mal raste ein pechschwarzer Schatten auf ihn zu. Pater Johannes erstarrte. Eine fauchende Katze mit aufgerichtetem Schwanz sprang an ihm hoch, krallte sich in seine Brust, um gleich darauf mit einem hohen Satz auf die Erde zurückzuspringen und im Nebel zu verschwinden.

Eine schwarze Katze! Der Pater wischte sich über die schweißnasse Stirn. So sollte es also wahr sein! Heute würden sich in den dunkelsten Stunden der Nacht wieder ruchlose Weiber zusammenrotten, um mit schwarzen Katzen ihr Hexenwerk zu treiben! Die schwarze Katze, der Ausbund des Teufels! Sicherlich flogen die Teufelsweiber wieder zu einem der Hexenplätze, vielleicht zu den Orseler Wiesen. Oder zum Kloster Thron, drüben bei Wehrheim, wo die Nonnen des Zisterzienserordens lebten …

Krampfhaft umklammerte er das silberne Kreuz, das an einem Kettchen um seinen Hals hing, und ließ seinen Blick über die Wipfel der Bäume schweifen, die sich in der Ferne lautlos hin und her wiegten. Die kantigen Ecken des Silberkreuzes brannten in seiner Handfläche, als wollte ihn ein läuterndes Feuer aufschrecken und vor künftigen Geschehnissen warnen. Er nickte: Der Hexenplatz beim Nonnenkloster Thron war mehr als berüchtigt!*

»Herr, verschone uns!«, betete er leise, während er noch einmal besorgt den Handelsweg hochschaute. Wo nur die Kutsche blieb?

Das Nebelgrau verschmolz immer mehr mit der Abenddämmerung, die allmählich ihre dunklen Schwingen über das Land breitete. Pater Johannes drückte sich an einen der achteckigen Steinpfeiler der Wallfahrtskirche. Kühle zog durch seine Mönchskutte und kroch ihm den Rücken hoch. Wieder schnupperte er und nickte: Es war eindeutig! Nasses Tierfell, ganz in seiner Nähe!

Ruckartig öffnete er die schwere Kirchentür und schlüpfte ins Gotteshaus. Mit einem dumpfen Schlag fiel sie ins Schloss. Nur wenig später hallte ein aufgeregtes Glockenläuten durch den frühen Abend.

* Die mit Sternchen gekennzeichneten Begriffe werden im Anhang erklärt.

Im gleichen Moment war am Landstein ein leises Winseln zu hören. Schritte tasteten sich über die massive Holzbrücke, die über den Weilbach führte. Jemand wippte in den Knien, als wollte er die Festigkeit der Pfähle prüfen. Aber die Brücke war aus stabilem Mondholz gefertigt, das nach dem Vollmond im Winter geschlagen worden war. Außerdem waren die breiten Bohlen so fest miteinander vertäut und ineinander verkeilt, dass auch Pferdekutschen mit Handelswaren sicher auf die andere Seite gelangen konnten.

Der junge Bursche mit dem breitkrempigen Hut, der eben noch gegen einen der dicken Stämme getreten hatte, nickte zufrieden und sah hinunter in das rauschende Wasser. Der Bach trug jetzt das Schmelzwasser der Berge mit sich und war zu einem breiten Gewässer angeschwollen, das Äste und Laub aus der Uferböschung mit sich riss. Er huschte von der Brücke auf eine alte Eiche zu, während ein struppiger Jagdhund kläffend hinter ihm hersprang.

»Pst«, raunte der Bursche dem Tier zu, zog sein Lederwams weiter über die Hüften und den Krempenhut in die Stirn. »Oder willst du uns verraten? Wir müssen doch auskundschaften, ob die Luft rein ist.«

Beruhigend tätschelte er ihm das Zottelfell und grinste. »Der Katze hast du jedenfalls schon mal gezeigt, wer heute Nacht das Sagen hat.«

Plötzlich stockte er, hielt seinen Hund am Halsriemen fest und kauerte sich blitzschnell hinter den Eichenstamm. Gedämpfte Stimmen waren zu hören. Wortfetzen hasteten mit dem Wind durch den Abend.

»… das Geheimnis …«, flüsterte da jemand.

»Ihr habt es nicht ergründen können …?«, zischelte ein anderer schadenfroh zurück. »Schluss jetzt! Gebt mir das Schriftstück sofort zurück!«

»Sagt erst, was die Zeichen zu bedeuten haben«, brummte der Erste verärgert. »Sonst … Ich warne Euch …«

Der mit der Zischelstimme lachte spöttisch auf. »Und ich warne *Euch!* Denn die sieben Zeichen führen so einen, wie Ihr es seid, geradewegs in die Hölle!«

Der Bursche lugte vorsichtig hinter dem verwitterten Eichenstamm hervor. Die sieben Zeichen? Was hatte das zu bedeuten? Langsam schlich er mit seinem Zottelhund näher an die Streitenden heran.

»Das Schriftstück! Wo habt Ihr es versteckt?« Die zischelnde Stimme klang gepresst, aber jetzt rüder, schärfer.

»Ihr findet es in einem alten Buch«, entgegnete der Erste brüsk. »Aber das liegt an einem geheimen Ort verborgen.«

Der Bursche nahm jetzt zwei Gestalten wahr, die Kapuzenmäntel trugen. Die eine hielt eine brennende Pechfackel in der Hand. Der Lichtschein tanzte über ihren Köpfen, aber die Gesichter der beiden blieben im Schatten ihrer Kapuzen verborgen.

»Wo habt Ihr es versteckt?«, zischte der Zweite noch einmal mit drohendem Unterton. »Ihr habt das Schriftstück gestohlen! Ich will es wiederhaben! Es darf nicht in falsche Hände gelangen.«

»Wenn Ihr nicht sagt, wie die sieben Zeichen zu entziffern sind, werdet Ihr das Buch niemals zu Gesicht bekommen. Niemals mehr!« Sein höhnisches Lachen klang gedämpft, wie in Schafswolle gehüllt. Dann fuhr er spöttisch fort: »Was glotzt Ihr mich so an? Seid Ihr etwa schon … dem Wahnsinn verfallen?«

»Ich werde auch ohne dieses Schriftstück meinen göttlichen Auftrag erfüllen.« Die Stimme des Zweiten war wie ein eisiger Hauch. Plötzlich blitzte im Fackelschein ein Messer auf, das fest von einer blassen Hand umklammert war. An einem Ring funkelte ein blutroter Rubin. Dann sauste das glänzende Messer wie ein Lichtstrahl nieder. Ein Stöhnen, ein dumpfer Aufprall. Leise Schritte entfernten sich in der Nacht. Die Fackel erlosch.

Der Bursche blieb wie erstarrt stehen, der Geruch von verbranntem Pech zog ihm in die Nase. Er wartete noch ein paar Atemzüge, dann schlich er auf den zusammengesackten Körper zu und tastete nach dem Herzschlag des Fremden. Erschrocken zuckte er zurück, als er den metallenen Griff des Messers fühlte, das im Brustkorb des Toten steckte, und er hastete mit seinem struppigen Jagdhund davon.

»Wo die Kutsche nur bleibt?« Siegfried, der Turmwächter von Altweilnau, schob das schwere Fenstertuch des Torturms zur Seite. Sofort fuhr ihm ein Windstoß durch das schüttere Haar.

»Sie müssten längst schon hier sein.« Kopfschüttelnd blickte er von der Burg hinunter in den dämmrigen Taunus. Weder Pferdegetrappel noch das Aufleuchten lodernder Fackeln kündigte das Eintreffen der Gäste an. Siegfried beugte sich aus dem Turmfester. Die Festungsanlage mit der Ringmauer und den anderen sechs Türmen war nur schattenhaft zu erkennen. Das Land schien im grauen Nichts zu versinken.

Alles war ruhig, nur zwei Gänse liefen mit kehligem Geschnatter durch das Tor ins Burggelände. Ein Mädchen in kurzem Leinenkleid jagte sie mit einer Weidenrute den Weg in Richtung Burgküche hinauf. Sie wirkte im Nebel wie ein Feenwesen, das dem Grünwiesenweiher entstiegen war. Die blassen Beine waren vom Kot der Tiere bis über die Knöchel fleckig grün und schwarz gesprenkelt und schwebten fast über die Pflastersteine.

»Wollt ihr wohl weiter, ihr störrischen Tiere?« Ihr dünnes

Stimmchen hallte durch die Burgmannensiedlung*, die im Schutze der Ringmauer errichtet worden war. »Die Herrschaft will an Ostern einen fetten Braten haben!«

Siegfried schaute vom Torturm hinaus in die Ferne. Der Ruf eines Käuzchens zerriss die Stille wie eine unheilvolle Warnung.

»Ich hoffe nur, sie sind nicht vom Weg abgekommen.« Siegfrieds Stimme klang ein wenig brüchig. Er räusperte sich, fuhr sich mit dem Handrücken über die müden Augen und sah sich nach Susanne um. Die junge Magd, die bei Feierlichkeiten auf der Burg aushalf, stand am Kamin und starrte in die brennenden Holzscheite. Ihre Wangen waren leicht gerötet, die rissigen Hände, die sie mit Schweineschmalz eingerieben hatte, glänzten im Lichtschein des Feuers.

»Was soll ich den Herrschaften nur sagen?«, jammerte sie leise und schob sich die Haube aus der verschwitzten Stirn. »Der gefüllte Karfreitagsfisch steht auf dem Ofen und zerfällt, die Suppe köchelt vor sich hin, der gewürzte Wein ist längst in Krüge abgefüllt ...«

»Sie sollten mit dem Mahl beginnen.« Siegfried räusperte sich wieder und hustete keuchend. Der zugige Wind hatte ihm im letzten Winter schwer zugesetzt. »Wer weiß, wann unsere Gäste ankommen.«

Susanne nickte zögerlich. Vielleicht war der reiche Kaufmann aus Frankfurt ja schon am Landstein und würde mit seiner Tochter bald hier eintreffen. Ob sie wohl in Begleitung waren? Hoffentlich reiste Junker Daniel, der Neffe des Grafen von Weilnau, mit ihnen ... Susannes Augen leuchteten. Er war doch von seiner Hollandreise zurück, wie ein Bote berichtet hatte, und hatte nur noch kurz Station in Frankfurt gemacht.

In diesem Moment zerbarst mit lautem Knall im Kamin ein

Holzscheit. Feuerzungen flammten auf, als hätte der Teufel höchstpersönlich die Glut mit fauchendem Atem angefacht und Funken hochgewirbelt. Susanne wandte sich ruckartig ab, so dass ihr die blonden Zöpfe auf den Rücken flogen.

Die Äste waren sicher feucht, dachte sie ärgerlich, da der Funkenflug sie aus ihren Gedanken gerissen hatte, die immer wieder auf eine heimliche Sehnsucht zusteuerten: Daniel ... Ob er wohl heute Abend zu ihr zurückkehren würde? Viel zu lange war er durch fremde Länder gereist. Susanne lächelte verlegen und zwirbelte an einer kleinen Locke, die sich gelöst hatte und ihr übers Gesicht fiel. Ihre wasserblauen Augen blickten an die steinerne Decke, als suchte sie dort Daniels Abbild. Aber immer wieder verschwammen seine Gesichtszüge, sein Lächeln glitt davon, es wollte sich nicht von ihr festhalten lassen.

Mit der Kuppe des Zeigefingers fuhr sie zögerlich über ihre Lippen. Bei den Sonnenwendfeuern im letzten Jahr hatte Daniel sie zum ersten Mal geküsst, als wollte er ein heimliches Versprechen besiegeln. Sie schloss die Augen. Wieder glaubte sie, seine Umarmung zu spüren, in der sie einfach davongeschwebt war, in die Unendlichkeit des Himmels.

Als Daniel zu seiner Reise aufgebrochen war, hatte sie ihm zum Abschied ein grob gewirktes Leinentüchlein geschenkt, das sie im Blaufärberhaus der Eltern gefertigt hatte. In einer Ecke hatte sie den Anfangsbuchstaben ihres Namens eingefärbt, den sie von einem reisenden Händler gelernt hatte.

Susanne seufzte leise. Aber Daniel war der Neffe des Grafen Philipp und sie nur eine Magd, eine einfache Dienstmagd, die mitunter auf der Burg aushalf. Sonst ging sie in der Blaufärberei zur Hand. Sie beide waren unterschiedlicher Herkunft und würden bestimmt nie das Recht erhalten, einander zu ehelichen. Susanne fuhr sich über die Augen. Ihr war wieder einmal, als würden ihre Träume und Sehnsüchte in den Feuerflammen zu Asche verbrennen. Und übrig blieb nur noch Rauch. Beißender, rußiger Rauch.

Warum hatte Gott nur gewollt, dass sie in diese niedere Schicht hineingeboren wurde? Sie fühlte sich wie in einen Käfig gesperrt, dem sie lebenslang nicht entfliehen konnte. Daniel hatte sich mit dieser Ordnung nie zufriedengegeben. Die Zeiten änderten sich, hatte er immer zu ihr gesagt, um sie aufzumuntern. Es wären nicht ihre Träume, sondern die alten Denkweisen, die zu Asche zerfielen, damit aus ihnen eine neue Welt erwachsen könnte. Daniel hatte ihr von unglaublichen Neuigkeiten berichtet: Ein Seefahrer namens Kolumbus hätte auf dem Seeweg Indien erreicht. Man könnte die Welt kopfüber mit dem Schiff befahren! Einfach unvorstellbar! Die Welt – eine Kugel! Angeblich schwebte sie im Universum, ohne Halt. Aber sicher gab es eine unsichtbare göttliche Hand, die den Erdenball vor dem tiefen Fall bewahrte. Susanne hob verängstigt die Schultern. Wenn sie im Universum schwebten, wusste man dann überhaut, wo oben und unten war? Wo befand sich die Hölle mit ihrer ewigen Verdammnis? War das Firmament mit den Kristallschalen, an denen angeblich die Gestirne befestigt waren, etwa auch nur ein Trugbild? Oder ein irreführendes Spiegelbild der Hölle, um die Menschheit zu narren?

»Vielleicht ist die Kutsche ja im Schlamm stecken geblieben«, unterbrach Siegfried ihre Gedanken.

Susanne nickte heftig. »Oder ein Wagenrad ist gebrochen! Hoffentlich ist niemand verletzt …« Aufgeregt wischte sie über ihr Leinenkleid, als könnte sie die zerschlissenen Stellen wie Schmutzflecken herausbürsten.

Siegfried beugte sich weit aus der Fensterlaibung und schaute hoch in den grauen Himmel. Das spitze Walmdach seines Torturms schimmerte im Licht der Pechfackeln, die inzwischen entzündet worden waren. Sie steckten in eisernen Halterungen, in der Turmmauer verankert. Zwei Wachmänner standen unten vor der Toreinfahrt und rieben sich die kalten Hände.

»Bewaffnete sollten ihnen entgegenreiten.« Siegfrieds Stimme klang stockend, als hätte sie Risse bekommen. Susanne betrachtete ihn nachdenklich. Seit sein Weib zu Grabe getragen worden war, hatte er sich immer mehr in sich zurückgezogen. Der Turmwächter ließ das dicke Tuch wieder vor die Fensterluke fallen und band es mit geflochtenen Schnüren fest, so dass der Wind es nicht fortreißen konnte.

Plötzlich stutzte er. »Hörst du? Die Glocke der Wallfahrtskirche am Landstein!«

»Was hat das zu bedeuten? Die Zeit des Abendläutens ist doch längst vorbei«, meinte Susanne verunsichert.

Siegfried zuckte mit den Schultern. »Ich weiß die Nachricht von Pater Johannes nicht zu deuten. Vielleicht hat die Herrschaft sich verirrt …«

Susanne sah ihn ängstlich an. »Und wenn Räuber … oder Raubritter …?«

Ächzend schlurfte Siegfried zu einem Seil, das hoch in den Glockenturm führte. »Der Herr wird mit ihnen sein. Das Läuten der Marienglocke soll ihnen den Weg weisen.«

Er zog kräftig an dem Strang und sofort tanzten auch die Glockentöne von Altweilnau davon, als wollten sie nach den Vermissten Ausschau halten. Dann ließ er den Glockenstrang aus den Händen gleiten. Ein paar silbrige Schläge klangen nach, und es war still im oberen Turm.

Mit leerem Gesichtsausdruck starrte Siegfried in den Kamin. Ob er wohl wieder an die unheilvolle Nacht zurückdachte, als das Feuer in der Burgmannensiedlung ausgebrochen war?, überlegte Susanne. Die Flammen hatten damals seine Wohnstätte erfasst, Leinentücher und Holzbänke durchfressen wie ein gieriger Feuerdrache. Das flackernde Feuer, das Knacken und Krachen der Äste, alles war wie ein immerwährender Albtraum für ihn, in dem die Todesschreie seines Weibes nachhallten, bis sie schließlich in einem Wimmern erstarben. Das war ihr letztes Lebenszeichen gewesen.

»Ich bin müde«, sagte Siegfried leise. »Ich möchte schlafen. Einfach nur schlafen. Möge der Herrgott meinen Wunsch doch endlich erfüllen und mir Schlaf schenken! Ich bin so müde …«

Susanne streichelte ihm sanft über seine zitternde Hand, die von Altersflecken übersät war. Dann stieg sie die steile Steintreppe hinunter und verließ den Torturm. Die Holztür fiel leise hinter ihr ins Schloss.

Der räuberische Überfall

Wo nur die Kutsche bleibt!« Der Bursche mit dem breiten Krempenhut hockte zusammengekauert auf einem schmalen Felsvorsprung und starrte in den Nebel, der den Handelsweg einhüllte. Immer wieder dachte er an die Ereignisse der letzten Stunde zurück: Da tauchte diese blasse Hand mit dem Rubin vor ihm auf, die sich aus dem dunklen Gewand hochstreckte, um ihr teuflisches Werk zu vollenden. Erbarmungslos fuhr das stählerne Messer in den Körper des Opfers. Dann das Stöhnen, der dumpfe Aufprall ...

Der Bursche schüttelte sich und strich ein paar Erdkrumen von seiner Hand, als könnte er die Erinnerung an den Mord einfach wegwischen. Aber was war mit diesem Schriftstück, auf dem sieben geheimnisvolle Zeichen abgebildet waren und das wohl in einem alten Buch versteckt war? Ärgerlich fuhr er sich über die Stirn, als wollte er auch diese Gedanken verscheuchen, und atmete tief die Nachtluft ein: Jetzt galt es, seine Aufmerksamkeit auf den Handelsweg zu lenken!

Die Kühle ließ ihn frösteln. Das Gras war klamm, die modrige Walderde zwischen den Steinen nass und schmierig. Er vergrub die Hände unter seinem Lederwams und rieb sie warm.

Der zottelige Jagdhund neben ihm winselte leise.

»Sei endlich ruhig, Cäsar!«, fuhr er den Hund an.

»Das ist aber das letzte Mal!«, raunte plötzlich eine zweite Gestalt, die neben ihm hockte. »Ich schwör's dir! Das allerletzte Mal!«

»Du bist und bleibst ein Feigling«, fluchte der Bursche leise zurück.

»Und wenn sie uns erwischen?«, flüsterte der andere. »Hörst du nicht? Die Glocken vom Landstein und von der Burg Altweilnau. Wahrscheinlich kommen schon bewaffnete Reiter der Kutsche entgegengeritten, um sie zu schützen. Verstehst du nicht? Büchsen, Flinten, Schießpulver …«

Der Bursche warf seinem Gefährten einen verächtlichen Blick zu. »Du bist ein Angsthase erster Güte.«

»Bin ich gar nicht!«, kam trotzig die Antwort zurück.

»Und ob du das bist, Reinhard!«, raunte der andere. »Oder warst du inzwischen beim Bader, damit er dir endlich deinen faulen Zahn rausrupft?«

»Es … war kein Bader in der Nähe«, jammerte Reinhard leise. Er verzog gequält das Gesicht und rieb sich über die geschwollene Wange. Um den Kopf hatte er sich ein altes Katzenfell geknotet, dem heilende Wirkung nachgesagt wurde. »Die Schmerzen bohren sich immer tiefer in meinen Schädel. Es hämmert, als müsste er zerplatzen. Vielleicht ist mein Zahn ja verhext!«

»Quatsch!« Der andere grinste spöttisch. »Der ist faul, weiter nichts. In zwei Tagen ist Ostermarkt. Da werden wir bestimmt jemanden finden, der dir das kleine Miststück rausreißt.«

»Rausreißen!« Ein leises Wimmern war zu hören. »Niemals.«

»Ich werde es dir schlicht und einfach befehlen«, erwiderte der Bursche feixend. »Schließlich bist du unser Pferdeknecht und hast zu gehorchen.«

»Mir bleibt auch nichts erspart«, ächzte Reinhard und zupfte das zerfledderte Katzenfell zurecht. »Warum hat das Schicksal es nur so auf mich abgesehen!«

Plötzlich zerriss das Knallen von Peitschen die Stille. Dann war das Knarren von schlingernden Wagenrädern zu hören, die sich allmählich näherten. Pferde wieherten, ihr Getrappel wurde lauter. Aufgeschreckte Raben flatterten auf.

»Achtung!«, zischte der Bursche und reckte sich über den Granitfels, der neben dem Handelsweg aufragte. »Da sind sie!«

Die Pferde kamen immer näher, die Hufe trommelten hart auf den felsigen Boden. Ein Licht bahnte sich seinen Weg durch den Nebel. Es schwebte wie ein Geisterfeuer vor der Kutsche her und ließ das schweißnasse Fell der Pferde glänzen.

»Sie haben nur einen Waffenknecht dabei«, raunte der Bursche mit dem Krempenhut und grinste breit. »Der hockt auf dem Kutschbock und hält die Fackel. Bewaffnete Reiter kann ich nicht entdecken.«

»Wenigstens etwas!«, antwortete Reinhard mit kläglich fiepender Stimme. »Und wenn ich trotzdem ins Jenseits befördert werde, habe ich wenigstens keine Zahnschmerzen mehr. Tröstlich zu wissen!«

Die Kutsche holperte über den Handelsweg heran. Der Lichtschein der Fackel flammte unruhig über das stoppelige Gesicht des Kutschers, der die Zügel straff in den Händen hielt. Der Waffenknecht selbst wirkte noch sehr jung. Sein Gesicht war von der Hitze der Fackel gerötet, die Augen hatte er zu schmalen Schlitzen zusammengekniffen.

»Umso besser für uns!«, flüsterte der Bursche zufrieden.

»Was ist besser?«, winselte Reinhard. »Dass ich sterbe?«

»Unsinn! Dass sie von der Fackel geblendet sind!«

Wieder sauste die Lederpeitsche durch die Luft und die Pferde schnaubten. Dunstwölkchen drangen aus ihren Nüstern. Die Laterne an der seitlichen Kutschenwand schwang hin und her, die hölzernen Wagenräder rumpelten durch die Nacht. Die dunkle Kutsche schwankte immer näher.

»Halt dich bereit«, zischte der Bursche und zog ein Messer aus seinem Gürtel.

»Willst du wirklich?«, jammerte Reinhard ängstlich. »Wer weiß, wer da noch alles in der Kutsche hockt. Und denk doch an die neuartigen Pulverwaffen ...«

»So flink können die ihre schweren Flinten gar nicht laden. Wir sind viel schneller! Und noch schneller wieder verschwunden.«

»Aber wenn sie uns verfolgen?«

»Der Nebel wird sie davon abhalten. Also, du Hasenfuß! Gleich geht's los!«

Da wieherten mit einem Mal die Pferde und bäumten sich auf. Ihre Vorderhufe wirbelten durch die Luft. Das Licht der Fackel leuchtete über einen schweren Baumstamm, der quer über dem Weg lag. Mit einem Satz sprangen die Pferde über das Hindernis. Und schon krachten die Räder der Kutsche gegen den Stamm. Sie drehte sich knirschend in der Achse und kippte. Holz splitterte, Menschen schrien. Das panische Wiehern der Pferde hallte durch die Nacht, das Weiße in ihren Augen blitzte gespenstisch auf.

»Siehst du, es hat wieder einmal geklappt«, raunte der Bursche oben auf dem Felsvorsprung seinem Kumpan zu.

»Aber nur, weil ich wie ein Besessener den Stamm auf die Straße geschleppt habe!«, grunzte Reinhard zurück.

Der andere grinste. »Darin hast du doch schon Übung. – Aber jetzt aufgepasst! Gleich schnappen wir uns einen von denen.«

In diesem Moment stürzte der Kutscher los, um die aufgescheuchten Tiere zu beruhigen. »Lauf du zur Kutsche!«, rief er dem verwirrten Waffenknecht zu, während er die Pferde am Zaumzeug packte. »Sieh nach, ob die Herrschaft Hilfe braucht.«

Mit einem Schlag wurde die Holztür der umgekippten Kutsche aufgestoßen und ein junger Herr in einer Felljacke kletterte heraus, während ihm der Waffenknecht mit der Fackel leuchtete.

»Ist jemand verletzt?«, rief der Kutscher, der den hin und her tänzelnden Pferden beruhigend die Hälse klopfte.

»Alles in Ordnung!«, antwortete eine kräftige Männerstimme aus dem Wageninneren.

Jetzt streckte sich eine schmale Hand aus der Türöffnung und tastete nach Halt. Kleiderrascheln war zu hören, der Duft von parfümiertem Puder lag plötzlich in der Luft.

»Daniel«, jammerte ein feines Frauenstimmchen. »Nun hilf mir doch. Du siehst doch, dass ich es allein nicht schaffe!«

Junker Daniel, der in der Felljacke, ergriff die schmale Hand mit den Diamantringen. Ein Köpfchen mit sorgsam frisierten Locken streckte sich aus der Kutschenluke und ein junges Fräulein kletterte heraus. An ihrem schlanken Hals schimmerte eine doppelreihige Perlenkette.

»Es ist nur ein umgestürzter Baum«, hörten sie die verärgerte Stimme des Kutschers. »Aber die verfluchte Achse ist gebrochen.«

Oben auf dem Felsvorsprung duckten sich sprungbereit zwei dunkle Gestalten. Der struppige Hund neben ihnen hechelte leise.

»Cäsar, du bleibst hier. Und keinen Mucks!«, befahl der Bursche ihm mit eindringlichem Ton. »Los, Reinhard! Der Moment ist günstig. Denk an den Schmuck! Die Münzen! Die Waffen.« Noch einmal wischte er sich mit den lehmverschmierten Fingern durchs Gesicht und stieß seinem Gefährten auffordernd in die Seite.

Der Pferdeknecht zupfte ein letztes Mal das Katzenfell über seiner geschwollenen Wange zurecht und fingerte nach dem Messer in der Lederscheide. Im nächsten Augenblick sprangen die beiden von der Felskante. Die sanfte Landung auf dem grasigen Boden ging im Schnauben und Hufstampfen der Pferde unter.

»Wir schnappen uns das Weib«, flüsterte der Bursche Reinhard zu, während sie sich noch im Schatten des Felsvorsprungs verborgen hielten.

Das edle Fräulein war von der Kutschenwand in Daniels Arme geglitten, schmiegte sich kurz an ihn und löste sich dann, um ihr Kleid zu glätten.

Auf einmal wurde sie zu Boden geschleudert. Jemand riss sie an den Haaren nach hinten, gleichzeitig legte sich die kühle Klinge eines Messers an ihre Kehle. In Todesangst schrie sie auf, während Junker Daniel entsetzt die beiden Burschen anstarrte, die aus der Finsternis hervorgesprungen waren.

»Ruhig! Verhaltet Euch ruhig!«, flüsterte eine warnende Stimme am Ohr des Fräuleins. »Dann wird Euch nichts geschehen.«

Reinhard verzog sein geschwollenes Gesicht zu einem schiefen Grinsen. Es hatte geklappt. Sie hatten eine Geisel!

Mit einem Satz war er auf der umgekippten Kutsche und fuchtelte mit dem Messer drohend in der Luft herum. »Gold, Schmuck! Her damit! Und Waffen runter, sonst wird euer wertes Fräulein ohne das Heil der Sterbesakramente in die Hölle fahren.«

Der junge Waffenknecht mit der Pechfackel verharrte in seiner Bewegung. Der Kutscher hielt die Zügel der schweißnassen Pferde fest umklammert. Entsetzt starrte er zu dem vornehmen Fräulein hinüber, das mitten im Straßenmatsch saß, während der Bursche mit dem Krempenhut eine Messerklinge an ihre Kehle drückte. Das fliederfarbene Kleid war verdreckt, der kostbar bestickte Umhang mit lehmigem Pfützenwasser verschmiert.

»Nun mal brav die Hände hoch!«, rief Reinhard dem Kutscher zu, während der Bursche seine Geisel in Schach hielt, um jeglichen Widerstand der anderen im Keim zu ersticken.

Allmählich wurde Reinhard selbstsicherer, seine Befürchtungen hatten sich in Luft aufgelöst. Noch einmal fuhr er über seine dicke Wange, dann durchwühlte er dem Kutscher und dem Waffenknecht die Jackentaschen. Zufrieden ließ er zwei Dolche, Geldbeutel und eine Pistole in seinem Jutesack verschwinden.

»Und jetzt seid Ihr dran!« Reinhard sprang auf das edle Fräulein zu, verbeugte sich galant und zeigte auf ihren Hals. »Her damit!«

»Meine Juwelen!« Sie schrie und zeterte und umklammerte die Perlenkette. Ihre Tränen vermischten sich mit der Augenschminke und zogen dunkle Spuren durch das zarte Wangenrouge.

»Fräulein Ute, tut, was er sagt!«, rief Junker Daniel. »Mit denen ist nicht zu spaßen!«

Plötzlich schrie sie entsetzt auf. Das Messer des Räubers hatte ihre Haut aufgeritzt. Eine hauchfeine Blutspur zog sich über ihren Hals.

»Nun mach schon. Beeil dich!«, zischte der Bursche seinem Kumpan zu, lockerte den Griff und ließ die Messerschneide ein wenig sinken, während Reinhard dem Fräulein Ute die Glitzerringe von den Fingern zog.

Ein Windstoß ließ das Fackellicht auflodern. Der Feuerschein fiel über das dreckverschmierte Gesicht des Räubers mit dem Krempenhut, dessen Blick fest auf das wimmernde Fräulein gerichtet war. Junker Daniel musterte ihn heimlich.

Was für katzengrüne Augen er hat, überlegte Daniel. Und wie er spöttisch den rechten Mundwinkel nach oben zieht …

Reinhard ließ gerade die Perlenkette durch seine Finger gleiten und stopfte sie dann in den Jutesack.

In diesem Moment tauchte der dunkelhaarige Schopf eines weiteren Mitreisenden aus dem Kutschenrumpf auf. Graue Haarsträhnen an den Schläfen glänzten silbrig. Der Mann schien noch ein wenig benommen und wischte sich über eine blutende Platzwunde an der Stirn.

»Hier, nehmt diese kostbare Schatulle, sie ist voller Schmuck und Goldmünzen. Aber lasst meine Tochter frei!«, rief er mit schnarrender Stimme und streckte den Räubern eine kleine Truhe aus Ebenholz entgegen.

Er trug einen pelzbesetzten Mantel, wie die Kaufmannsleute in Frankfurt ihn besaßen. Reinhard grinste mit schiefem Gesicht und sprang fast übermütig auf den vornehmen Herrn zu.

»Aber gerne doch, Eure Wertigkeit! Her damit!« Er nahm die Schatulle, ließ sie in dem Jutesack verschwinden und verbeugte sich tief nach allen Seiten.

»Allerherzinnigsten Dank auch! Solche Reisenden lieben wir.« Dann bückte er sich, streckte sein Hinterteil in die Luft, furzte einmal kräftig und sprang auf Daniel zu. »Jetzt ist nur noch der da dran.«

Der faulige Atem des Pferdeknechts schlug dem Junker entgegen. Angewidert wandte er den Kopf. Schweißperlen rannen ihm von der Stirn und liefen ihm in die Augen. Verärgert zwinkerte er mit den Lidern. Eine Hand durchwühlte seine Tasche. Dann blitzte ein Messer auf und zerschnitt das Lederband, mit dem das prall gefüllte Münzsäckchen an seinem Gürtel festgebunden war. Schließlich durchtrennte der Räuber die Schnüre, mit denen Daniels Felljacke zusammengebunden war. Aus einer Innentasche zog er ein schmales, in Schweinsleder gebundenes Buch hervor.

»Nein!« Junker Daniel schrie erschrocken auf. »Um Himmels willen! Das ist ein wichtiges Dokument …«

»Was steht denn da drin, dass es Euch so wichtig ist?« Reinhard drehte sich zu dem Waffenknecht. »He, du! Komm mal her mit deiner Fackel! Aber nimm dich in Acht! Damit dein edles Fräulein diese Nacht noch überlebt.«

Er blätterte das schmale Buch auf. Das Pergament knisterte und knackte, als wollte es sich gegen die grobe Behandlung wehren. Reinhards verdreckter Zeigefinger wanderte über die Seiten. Goldene Schriftzeichen leuchteten im Fackellicht, die Ränder waren mit purpurnen und blauen Miniaturen ausgemalt. Fremdartige Tiere mit Echsenköpfen und vollbrüstige Teufelsweiber starrten ihm entgegen. Alle Bilder waren durch schlangenartige Ranken miteinander verwoben. So fügten sich die Malereien zu einem prachtvoll gewirkten Teppich, der ein seltsames Geheimnis in sich zu tragen schien. Verständnislos betrachtete Reinhard die kleinen Gemälde.

»Willst du es haben oder sollen wir es verbrennen?«, fragte er den mit dem Krempenhut und hielt das Buch an die lodernde Pechfackel, die gierig ihre Flammenspitzen danach ausstreckte.

»Das dürft Ihr nicht«, schrie Junker Daniel aufgebracht. »Nehmt mein Geld, alles, was Ihr wollt! Aber lasst mir das Buch! Es gehört doch …« Entsetzt biss er sich auf die Lippen. Sein flehender Blick jagte zwischen den beiden Räubern hin und her, während die Flammen der Fackel langsam die schweinslederne Buchhülle ansengten.

»Steck es ein.« Der mit dem Krempenhut grinste. »Wenn es

von solch einer Wichtigkeit ist, lässt sich vielleicht noch Geld daraus schlagen.«

Reinhard pustete gegen das glimmende Leder, Funken sprühten auf. Dann lüpfte er sein Wams, erstickte damit die Glut und steckte das seltsame Buch zu den anderen geraubten Kostbarkeiten in den Jutesack.

Daniel wagte vor Angst kaum zu atmen und starrte auf das Messer in der Hand des Räubers. Er wirkte, als hätte er es schon oft benutzt, um seine Opfer erbarmungslos abzustechen. Es hieß, dass diese Räuberbanden sich daran ergötzten, wenn Blut aus durchgeschnittenen Kehlen strömte, bis auch der letzte Lebenshauch aus den Körpern gewichen war. Jetzt flog Daniels Blick wieder zu dem Burschen mit den katzengrünen Augen, die aus seinem lehmverschmierten Gesicht wie aus einer Maske hervorstachen.

Plötzlich stieß der Bursche einen schrillen Pfiff aus und rannte mit seinem Kumpan los, geradewegs auf den Berghang zu, der dicht mit Sträuchern und Büschen bewachsen war. Aber Daniel schnellte hinterher, bekam ihn am flatternden Leinenhemd zu fassen und schlug ihm das stählerne Messer aus der Hand. In weitem Bogen flog es durch die Nacht und rammte sich mit der Spitze ins Erdreich. Im gleichen Moment bekam Daniel von seinem Gegner einen heftigen Tritt versetzt, hielt aber das Leinenhemd fest umklammert, während der Kutscher und der Waffenknecht auf ihn zurannten.

»Cäsar!« Ein Schrei zerriss die nächtliche Stille.

Da jagte ein zotteliger Schatten vom Felsvorsprung herunter und stürmte zähnefletschend auf Daniel zu. Der mit dem Krempenhut riss sich los. Es ratschte laut, als das Leinenhemd zerfetzte. Dann jagte er mit seinem Zottelhund den Abhang hoch seinem

Gefährten hinterher. Und schon waren sie in der Nebelwand verschwunden.

»Ute! Ist dir etwas geschehen?« Der Kaufmann hatte sich weiter aus der umgekippten Kutsche gereckt und stemmte sich ächzend hoch.

»Nein, Vater! Aber das Geschmeide ...« Ute wankte ein wenig, als sie sich aufrappelte. Ungläubig starrte sie an sich herunter und hielt ihre drecktriefenden Hände weit von sich.

»Hier, nehmt dies!« Der Kutscher reichte ihr ein Tuch vom Kutschbock. »Damit könnt Ihr Euch säubern.«

Sie rieb sich angeekelt über die Hände und tupfte mit den Fingerkuppen über die Blutspur am Hals. Dann streckte sie Daniel ihre blasse Hand entgegen. »Seht Ihr das? Die kostbaren Ringe, der Schmuck meiner Ahnen, die Perlen ... alles geraubt!«

Daniel schnupperte. Utes kostbares Parfüm hatte sich inzwischen mit dem Geruch von Angstschweiß vermischt. Ihre Unterröcke raschelten leise, als sie sich notdürftig den Schmutz vom Kleid wischte.

»Wenn ich das Angebot der Altweilnauer doch angenommen hätte, mehr Wachen zu unserem Schutz mitzunehmen! Es wimmelt in den Taunuswäldern von Schurken ...« Der Kaufmann fluchte leise. »Ist es Gutgläubigkeit oder Dummheit, dass jeder meint, unangreifbar zu sein?« Er kletterte von der Kutsche zu Boden und humpelte auf seine Tochter zu. »Aber Hauptsache, dir ist nichts geschehen!«

»Nichts geschehen? Das nennt Ihr ›nichts geschehen‹? Der Schmuck geraubt, die Kleider verschmutzt. Und seht Euch mein Gesicht an!« Ute fuhr mit dem Handrücken über die Schminkspuren, so dass sie noch mehr verwischten. »Soll ich so etwa der Herrschaft von Altweilnau unter die Augen treten?«

Nur ein paar Steinwürfe weiter wieherten plötzlich hinter der Nebelwand Pferde auf, dann entfernte sich eiliges Hufgeklapper. Daniel hob den Kopf. »Die Räuber! Sie ziehen sich in ihren Unterschlupf zurück«, schimpfte er.

Dann hallten von der anderen Seite her Trompetensignale durch die Nacht. Die Reisenden atmeten erleichtert auf. Die Altweilnauer! Sie waren unterwegs, um sie zu suchen.

»Wie ich nur aussehe! Und das ist ganz allein Eure Schuld!«, herrschte Ute ihren Vater an. »Ihr wart schon immer zu nachsichtig und vertrauensselig. Sowohl mit dem Gesinde als auch mit dem Bettelvolk. Anstatt sie auszupeitschen, gebt Ihr ihnen noch Almosen. Und hättet Ihr den Begleitschutz angenommen, hätte Pulver den Gaunern das Hirn aus dem Kopf geblasen!«

»Ute, es reicht!« Die Stimme des Kaufmanns wurde schneidend scharf. »Pass auf, dass du den Bogen nicht wieder überspannst.«

Schluchzend hielt sie sich die Hände vors Gesicht. »Wie ich nur aussehe!«

»Was sollte Euch verunstalten können?«, raunte Daniel ihr zu. »Ihr könnt Euch darauf verlassen: Ich werde die Räuber jagen, bis sie am Galgen aufgeknüpft sind.«

»Aber … wie wollt Ihr das anstellen?« Sofort hörte Ute mit dem Weinen auf, ließ die Hände sinken und musterte ihn neugierig.

»Die Bluthunde werden ihre Witterung aufnehmen.« Daniel hielt den Stofffetzen, den er dem Burschen aus dem Leinenhemd gerissen hatte, wie eine Siegestrophäe in die Luft. Dann verstaute er ihn sorgsam in seiner Wamstasche. »Ich schwöre Euch bei Gott, ich werde diese Lumpen jagen, und wenn der Weg mich durch die Hölle führt. Ich werde sie finden und ihre Verstecke ausräuchern! Am Pranger sollen sie ausgepeitscht und dann dem Henker vorgeführt werden. Ich will sie hängen sehen!« Mit durchdringendem Blick schaute er in die Richtung, in der die Räuber verschwunden waren, und fügte leise hinzu: »Und das Buch … Ich will es zurück.«

Dann wischte er sich ein paar Locken aus der Stirn und bückte sich über die neumodischen Ledergurte, die den Kasten der Kutsche mit der Achse verbanden, um den Wagen besser abzufedern.

»Da ist wirklich nichts mehr zu machen«, seufzte er. »Der Kutscher hat Recht, die Achse ist gebrochen.«

Die Kaufmannstochter rubbelte sich die Schmutzspuren von den Wangen und musterte wohlwollend die muskulösen Oberarme des Junkers, die sich unter seinem Leinenhemd abzeichneten. Ein Lächeln huschte über ihr Gesicht. Wie es wohl sein mochte, seine Lippen zu küssen? Allmählich bekam sie Gefallen an Daniel. Sie würde ihre starrköpfige Abwehrhaltung dem Vater gegenüber ablegen, der sie des Titels wegen in das ärmliche Adelshaus der Weilnauer einheiraten lassen wollte. Das war sicher eine bessere Lösung, als diesen grobschlächtigen Kaufmann Marquard zu nehmen, der zwar ein wandelnder Geldsack war, ihr aber jetzt schon mit seinen hervorquellenden Augen die Kleider vom Leib wegglotzte. Geld scheffelte das Handelshaus ihres Vaters säckeweise, ihre kostbare Aussteuer füllte Kisten. Da fehlte eigentlich nur noch der Adelstitel, der sie ein für alle Mal emporheben und ihr den Rang einer höfischen Edeldame verleihen würde. Zwar wusste der hübsche Junker Daniel noch nichts von seinem Glück … Utes Lächeln wurde breiter. Aber es würde ihr schon gelingen, ihn von der Heirat zu überzeugen.

Auf Burg Reifenberg

Na, Reinhard? Was hab ich dir gesagt?« Ein unterdrücktes Lachen gluckste durch die neblige Nacht. »Nicht die Spur von gefährlich!«

»Nun ja …« Der Pferdeknecht verzog gequält das Gesicht zu einem Lächeln. »Wenn nur der Zahnschmerz nicht wäre! Meine Lippen fühlen sich an, als wären sie zu dicken Würsten angeschwollen. – Aber hast du gesehen, wie ich dem Waffenknecht zugesetzt habe?«, versuchte Reinhard vom Thema abzulenken. »Der hätte sich vor Angst beinahe in die Beinkleider gepinkelt!«

»Dass sie euch nicht erwischt haben, war Glück. Weiter nichts!« Die dunkle Stimme eines dritten Reiters meldete sich. »Und Ihr habt schon wieder gegen das strenge Verbot Eures Vaters gehandelt und Euch in Gefahr gebracht, Franziska!«, sagte er.

Der Bursche zog den Krempenhut vom Kopf und schwenkte ihn übermütig durch die kühle Nachtluft. Langes Haar fiel über Franziskas schmale Schultern.

»Aber Bruno! Wir bringen uns doch nicht ernsthaft in Gefahr! Wir schröpfen ja nur Handelsleute. Und feine Herrschaften von nicht zu hoher Position. Die reisen nicht in einem Tross von bewaffneten Reitern«, rief sie lachend. »Und tausendmal Dank, dass du auf die Pferde geachtet hast, während wir … nun ja … unseren Geschäften nachgegangen sind.«

Knappe Bruno unterdrückte einen Seufzer. »Warum lasse ich mich nur immer wieder von Euch dazu breitschlagen? Ich bin doch der größte Trottel, der in den Taunuswäldern herumläuft!«

»Herumhinkt, mein lieber Bruno! Hinkt!« Franziska warf dem Alten einen zärtlichen Blick zu. Vor vielen Sommern war dem Knappen bei einem Turnier das Fußgelenk zerschmettert worden. So hatte er nicht zum Ritter geschlagen werden können und blieb Franziska als Knappe erhalten. »Alles hat sein Gutes! Jetzt musst du dich ausschließlich um meine Belange kümmern.«

»Dass ich Euch im Auge behalte, hat grundsätzlich nichts mit Befehlen zu tun«, brummte Bruno leise. »Ich kenne Euch seit sechzehn Lenzen, seit Eurer Geburt. Und ich habe Eurer verstorbenen Mutter versprochen, immer nach Euch zu schauen.«

»Ich weiß. Und dafür bin ich dir auch dankbar.« Franziska lächelte verschmitzt. »Aber jetzt komm zurück nach Reifenberg. So, wie es sich für einen folgsamen Knappen gehört.«

Mit sanftem Druck der Lederstiefel trieb sie ihre schwarze Stute an. Trotz der Dunkelheit trabte das Tier sicher den Pfad entlang, zwischen breit ausladenden Bäumen und weiter durch das Tal, wo der Weilbach floss. Franziska drehte noch einmal den Kopf, aber hinter ihnen blieb alles still. Nur das Trappeln der Pferdehufe und Plätschern des quirligen Wassers hallte durch die Nacht.

»Cäsar?«, rief Franziska leise. Ein Winseln in der Finsternis war die Antwort. Sie lächelte zufrieden. Ihr Zottelhund war dicht hinter ihnen und würde bei Gefahr anschlagen.

Franziska schloss die Augen und streckte den Kopf in den Wind. Feine Nebeltröpfchen kühlten ihre erhitzte Haut, die langen Haarsträhnen umtanzten ihr Gesicht wie übermütige Nachtgeister. Fast glaubte sie, auf dem Rücken ihrer schwarzen Stute schwerelos durch die kühle Nacht zu gleiten. Sie breitete weit die Arme aus. Könnte sie doch mit der Leichtigkeit des Windes dahinschweben! Und unverwundbar werden wie der versteinerte Drache, der seinen gewölbten Rücken zwischen Taunusbergen verbarg und sein gefräßiges Maul dem Drususkippel bei Obernhain entgegenstreckte.

Ja, unverwundbar wollte sie sein! Unverwundbar, dass selbst Tod und Teufel ihr nichts anhaben konnten! Unsichtbar für die, die ihrer Seele gefährlich werden konnten. Und unnachgiebig gegen die, die sie unterjochen wollten. Sie wollte ihrem Namen alle Ehre machen. Franziska – das war die eiserne Wurfaxt, aus bester Eisenschmelze gewonnen und härtestem Stahl geschmiedet. Mit dieser Wurfaxt hatten die merowingischen Frankenkönige einst sogar das mächtige Frankreich gegründet, dessen ruhmvoller Erbe Karl der Große wurde …

Und frei wollte sie sein. Frei von strikten Befehlen und Maßregelungen ihres Vaters Ritter Gunther von Reifenberg, die sie tagtäglich über sich ergehen lassen musste, nur weil sie als Weib geboren worden war.

Franziska atmete tief aus, als könnte der Weltenwind ihre innersten Sehnsüchte mit sich tragen wie Samenkörner, die über weite Wiesen verstreut allmählich verwurzelten und zu wildfeurigen Blüten heranwuchsen.

»Ritter Gunther hat nächtliche Ausritte verboten«, brummte Bruno ungehalten und holte sie damit jäh in die Wirklichkeit zurück. »Ständig muss ich mich seinen Anordnungen widersetzen. Wenn er von Euren Überfällen erfährt, lässt er mich bestimmt auspeitschen und bei Wasser und Brot in den Kerker werfen.«

»Ich werde dich täglich besuchen.« Franziska grinste breit. »Und wetten, vor Wintereinbruch bist du wieder draußen!«

»Ach, Franziska!« Bruno seufzte. »Warum gebt Ihr Euch nicht so, wie es sich für ein Fräulein geziemt?«

»Und was geziemt sich für ein Fräulein?« Franziska zog spöttisch den rechten Mundwinkel hoch. »Oder für einen Ritter, einen Pfaffen oder Landgrafen? Hat Vater Gunther nicht selbst geraubt und geplündert?«

»Aber nur, wenn er fremde Ländereien unterwerfen wollte ...«

»Ja und?«, unterbrach Franziska ihn starrköpfig. »Wo liegt da der Unterschied? Wenn eine feindliche Landgrafschaft ausgeplündert wird, ist es rechtens. Aber wenn stinkreiche Kaufleute um ein paar Münzen erleichtert werden, soll es ein sträfliches Vergehen sein?«

Der Alte seufzte wieder. »Das könnt Ihr doch nicht miteinander vergleichen. Und Ihr wisst, dass auf Diebstahl der Galgen steht. Außerdem seid Ihr ein Weib ...«

»Ach! Und ein Weib hat zu gehorchen, meinst du?« Franziskas Stimme klang herausfordernd. »Wer diese Regel wohl aufgestellt hat! Ich wette mit dir, es ist ein Mann gewesen! Und außerdem: Du kennst doch den Leitspruch unserer Familie, die Losung der Reifenberger: ›Reiten und Rauben ist keine Schande, das tun die Edelsten im Lande‹ ...«

»Aber Franziska!«, entgegnete der alte Knappe. »Die Zeiten ändern sich.«

Franziska lachte hell auf. »Und genau deshalb bin ich gezwungen, mir ein paar Kostbarkeiten zusammenzurauben. Für den Notfall – wer weiß, was die Zukunft bringen wird.«

Bruno schwieg, wusste er doch, dass Franziska schon als kleines Mädchen für ihren Dickschädel berüchtigt war. Bereits im Alter von sechs Jahren hatte sie im klirrenden Winter das eisige Bad im Fluss auf sich genommen, nur um zu zeigen, dass sie in nichts den

Burgmannen nachstand. Oder sie hatte tagelang das Essen verweigert, weil es während einer fiebrigen Seuche nur Brei aus gestoßenen Eicheln zu essen gegeben hatte. Bis die Knechte endlich in die Wälder aufgebrochen waren, um Wild zu erlegen. Niemand hatte bisher ihre Starrköpfigkeit brechen können.

Franziska presste die Lippen aufeinander. Natürlich wusste sie, dass die Zeiten des Minnesanges und der höfischen Huldigung der Ritterfrauen längst vorbei waren. Immer öfter wurde der Lederriemen gezückt, um die Weiber zu züchtigen und sie, wie die heilige Bibel lehrte, dem Manne untertan zu machen … So etwas würde sie sich nie bieten lassen! Entschlossen fasste sie nach den Zügeln und trieb ihre Stute an. Aber jetzt war es erst einmal das Wichtigste, auf schnellstem Weg zurückzureiten, damit Ritter Gunther ihren Ausritt nicht bemerkte. Sie schaute hoch zum Firmament. Das blasse Licht des Vollmondes verschwamm in Wolkenschlieren und wurde allmählich heller. Der Nebel schien langsam aufzureißen.

Die Pferde trabten auf dem Handelsweg weiter auf das Dorf Schmitten zu. Schon von weitem war der Lichtschein einer der Rennschmieden* zu erkennen, nur eine kleine Wegstrecke von der ärmlichen Hütte der Köhler entfernt, die in einem Erdmeiler* Holzkohle für die Schmieden brannten.

Hier bog das Flussbett leicht nach rechts ab, weiter das Weiltal entlang in Richtung der Quelle, wo schon die Römer ein Kastell und ein kleines Dorf, ihre »Villa«, errichtet und so der Weil ihren Namen gegeben hatten.

Reinhard seufzte erleichtert, als sie nach längerem Ritt endlich die windschiefen Häuser erreicht hatten, die am Fuße der Burg Reifenberg lagen.

Frischer Wind war aufgekommen. Franziska steckte das zerrissene Leinenhemd unter den Lederriemen, der ihre Beinkleider hielt, und hauchte gegen ihre Handflächen. Oben auf der Burg fiel Fackellicht über den Bergfried und den vierstöckigen Wohnturm. Im nebligen Dunst wirkten die Gebäude wie Geisterstätten jenseits der Zeit.

Im Schritt ging es leise vorbei an den Holzhütten und der kleinen Kapelle, die an den Platz grenzten, auf dem neuerdings Markt abgehalten wurde. Jetzt waren sie an dem steilen Anstieg hoch zur Burg angekommen. In der meterhohen Schutzmauer waren Einbuchtungen für Signalfeuer angelegt, die aber gottlob nicht brannten und sie nicht verraten konnten. Die verrußten Steine glotzten ihnen wie unheimliche Totenwächter entgegen.

Die Nebelschwaden wurden immer dünner, der Mondschein kräftiger und ihre Gesichter bekamen einen blassen Glanz.

Franziskas Stute schritt weiter den Pfad an der wuchtigen Wehrmauer entlang und blieb plötzlich an einer alten Buche stehen.

»Wartet hier«, flüsterte Franziska, während sie zu Boden sprang. »Zuerst muss ich die Schätze in Sicherheit bringen.«

Der alte Bruno verdrehte die Augen. »Ich flehe Euch an, beeilt Euch. Stellt Euch vor, sie würden uns jetzt noch erwischen!«

»Dann möchte ich nicht in meiner Haut stecken«, nuschelte Reinhard, während er wieder seine aufgedunsene Backe betätschelte.

Im Flüsterton fuhr Bruno fort: »Wenn ich sie doch nur vor sich selbst schützen könnte.« Im gleichen Moment krümmte er sich und stöhnte mit schmerzverzerrtem Gesicht.

»Bruno?« Sofort war Franziska bei ihm. »Was ist mit dir?«

»Nichts weiter«, antwortete er keuchend. »Das vergeht wieder. Es ist nur mein kranker Fuß. Manchmal schwillt er zu sehr an. Jetzt schmerzt das ganze Bein.«

»Dann muss der Stiefel runter!« Franziska half ihm, den engen Lederstiefel vom Bein zu ziehen. Das Fußgelenk war dick und bläulich angelaufen. Narben zogen sich wie aufgeworfene Geschwülste über Fuß und Wade. Mit einem leisen Ratsch riss Franziska schmale Streifen von ihrem Leinenhemd, das sowieso schon zerfetzt war. Sie umwickelte damit die alte Verletzung vom Ritterturnier, bei dem das Knochengelenk zersplittert worden war. Die Fußsohle war jetzt ein wenig abgepolstert, so dass Bruno ohne Stiefel weiterlaufen konnte.

»Geht es wieder?«, fragte Franziska vorsichtig. Sie fühlte eine tiefe Verbundenheit zu dem Knappen, der ihr immer beigestanden hatte, als wäre sie seine leibhaftige Tochter.

»Ja, viel besser!« Bruno ächzte erleichtert. »Wenn der Fuß so fest umwickelt ist, habe ich mehr Halt.«

»Was stehen wir dann hier noch rum?«, jammerte Reinhard und blies seine Wange auf. »Ich will zu Fridolin, unserem Koch. Der gibt mir sicher wieder gestoßenen Mohn. Das hilft gegen Schmerzen. Und dann noch dunkles Bier. Wenn ich vier bis fünf Humpen davon …«

»Warte …!«, unterbrach ihn Franziska. »Ich bin gleich zurück.«

Sie griff nach dem Jutesack mit dem Diebesgut und huschte in Richtung Wehrmauer. Mit hochgezogenen Schultern zwängte sie sich zwischen Fichten und dichtem Gestrüpp auf den Schutzwall aus Bruchsteinen zu. Zwischen den ausladenden Ästen war es stockdunkel. Franziska drückte sie mit aller Kraft zur Seite. Plötzlich fuhr ihr ein kratziger Schweif durchs Gesicht. Erschrocken wich sie zurück, aber es war nur ein zurückschnellender Zweig gewesen, den sie nicht festgehalten hatte. Vorsichtig tastete sie sich weiter. Gleich musste die abgebrochene Astgabel kommen, die sie als Erkennungszeichen fest in den Boden gerammt hatte. Danach der mit Pflanzen überwucherte Stein, der sich anfühlte wie ein narbiges Pockengesicht. Dann war sie an der wuchtigen Wehrmauer. Franziska fuhr mit den Fingerspitzen über die kantigen Felssteine, die zu dem meterdicken Schutzwall hochgemauert worden waren. Jetzt war sie an der Stelle, wo sich mehrere Einschlüsse aus Quarzstein befanden. Sie fühlten sich glatt an, nicht so grobporig wie rauer Fels.

Franziska nickte zufrieden, als sie die drei länglichen Quarze spürte, die miteinander ein Dreieck bildeten. Dann packte sie zu. Es knirschte leise, während sie einen lockeren Stein unterhalb der Quarze aus der Schutzmauer hievte. Dahinter verbarg sich ein kleiner Hohlraum. Langsam streckte sie ihre Hand in das dunkle Loch und fühlte nach den prall gefüllten Geldbeuteln. Fast zärtlich strich sie über das seidige Samtsäckchen, in dem sie kostbaren Schmuck und Edelsteine verwahrte, und über das fein geschnitzte Holzkästchen, das sie mit Silbermünzen gefüllt hatte. Franziskas Atem ging schneller, sie legte die Hand schützend über all die Habseligkeiten: Das war ihr kleines Vermögen, dessen Versteck niemand kannte. Selbst Bruno und Reinhard wussten nicht genau, wo sie den Schatz verborgen hatte. Natürlich würde sie ihnen in Notlagen immer Goldstücke zustecken. Aber wie viele, das wollte sie selbst entscheiden. Denn wer ahnte schon, was die nächsten Jahre an Verwirrungen bringen würden. Kriegerische Überfälle? Dürre und Hungersnot? Vielleicht sogar die schwarze Pest, so dass sie Reifenberg verlassen musste? Und was geschah, wenn Ritter Gunther sterben und ihr verhasster älterer Bruder Winfried die Trutzburg übernehmen würde? Würde sie fliehen müssen? Jedenfalls bräuchte sie dann einiges an Goldstücken, um ein neues Leben beginnen zu können. Franziska lächelte verschmitzt. Dafür hatte sie vorgesorgt. Sicher, Gottes Wille war unergründlich. Aber ihr eigener Wille war auch nicht zu verachten!

Zufrieden schob sie den Jutebeutel mit dem neuen Diebesgut zu den anderen Kostbarkeiten. Dann aber zögerte sie kurz, suchte nach dem schweinsledernen Buch mit den seltsamen Malereien und steckte es unter ihr Wams. Vorsichtig wuchtete sie den lockeren Stein zurück in das Mauerwerk.

Nur das Rascheln von Blättern und das Knicken kleiner Zweige war zu hören, als sie sich durch das Gestrüpp zurück auf den Burgweg zwängte. Cäsar sprang ihr übermütig entgegen.

»Gleich bekommst du einen schönen Knochen«, sagte sie und tätschelte dem Hund das zottelige Fell. Und an Reinhard gewandt fügte sie hinzu: »Und du einen großen Krug dunkles Bier!«

»Einen? Das wird nicht reichen …«, wimmerte er in einer seltsam hohen Tonlage.

»Dann werde ich den Stallknecht bitten, dir eins über den Schädel zu braten, damit du bis Sonntag schlafen kannst«, meinte Franziska trocken.

»Herr im Himmel!«, jammerte Reinhard mit gedämpfter Stimme, während er die Augen verdrehte. »Was musstest du uns nur mit den Weibern strafen!«

Knappe Bruno lachte leise. Wie oft hatte er die harmlosen Frotzeleien der beiden beobachten können. Reinhard, der Sohn des alten Pferdeknechts, war nur drei Winter älter als Franziska. Die beiden waren fast wie Geschwister aufgewachsen, weil das Mädchen lieber in den Pferdeställen herumtollte, als sich im Sticken zu üben, und selbst vor Schlammschlachten nicht zurückschreckte. Ritter Gunther hatte sie damals trotz des Standesunterschieds gewähren lassen. Aber nun war Franziska kein Kind mehr und mit ihren sechzehn Lenzen längst im heiratsfähigen Alter …

Der alte Knappe seufzte und ritt hinter den beiden auf die hochgelegene Burganlage zu, die mit ihrer massiven Ringmauer als uneinnehmbar galt. Beim Anstieg auf der steilen Wegstrecke riss der Nebel immer mehr auf. Franziska atmete tief durch. Die Luft schmeckte nach frischer Walderde und wilden Kräutern. Nachdenklich schaute sie hoch zum Firmament. Ob dort oben, irgendwo auf einem dieser blinkenden Himmelssterne, ihre Mutter über sie wachte? Der Vollmond strahlte jetzt bleich auf sie herunter. Verunsichert kniff sie die Augen zusammen und betrachtete die düsteren Mondflecken. Plötzlich wirkten sie wie Mahnmale für schmutzige Schandtaten, die in dieser Nacht begangen worden waren. Der Mord! Das Messer, der Rubin, die sieben geheimnisvollen Zeichen ... Franziska schluckte. Gleichzeitig tauchten Erinnerungsbilder von dem eigenen Überfall auf ... Hatte sie sich vielleicht doch versündigt? Franziska schüttelte den Kopf: Der Überfall war keine Schandtat, keine Gotteslästerung! Hatte Jesus nicht selbst die reichen Kaufleute aus dem Tempel geworfen? Sie verging sich nicht an den Bettlern oder leibeigenen Bauern, die durch Steuerabgaben sowieso ausgeblutet waren.

Im Gegenteil, versuchte Franziska sich vor sich selbst zu rechtfertigen. Hatte sie nicht schon öfters der Köhlerfamilie unten in Schmitten eine Münze oder ofenfrisches Brot zukommen lassen? Oder hungernden Bauern bei Dorfweil nach einer Jagd heimlich frisches Fleisch vorbeigebracht? Nein, ihre Überfälle waren kein Werk höllischer Dämonen oder schwarzer Mächte. Sie handelte auch im Namen des Herrn!

Franziska warf den Kopf in den Nacken und schaute lächelnd hinunter in die Täler. Sie liebte die Weite des Landes, das sich zu ihren Füßen erstreckte. Letzte Nebelschleier hingen über den Ebenen wie gespenstisch bleiche Meereswogen.

Als sie in Sichtweite der Wächter kamen, stieß Knappe Bruno einen Erkennungspfiff aus. Zwei Burgmannen öffneten ein hölzernes Burgtor und hielten ihnen eine hoch auflodernde Pechfackel entgegen.

»Mathias?«, rief Bruno mit gedämpfter Stimme. »Wir sind's. Franziska, Reinhard und ich.«

»Na, dann rein mit euch!«, brummte der Wächter und gähnte herzhaft. Zwischen seinen gelbbraunen Zähnen klafften mehrere Lücken, so dass Reinhard erschrocken zurückwich.

»Haben sie dir die gezogen?«, fragte er kläglich winselnd.

»Gezogen? Was meinst du damit?«, entgegnete der Wächter verdutzt und schaute an seinem Körper herunter. »Die Waffen?«

»Nein!« Reinhard deutete mit seinem Zeigefinger auf die löchrigen Zahnreihen. »Die da! Die Zähne.«

Der Wächter schüttelte grinsend den Kopf mit den verlausten Haaren. »Nein, die sind mir von selbst ausgefallen. Waren ja schon oberfaul. Eigentlich schade, denn beim Rausreißen soll man ja die Englein singen hören ...« Der Wächter brüllte vor Lachen und rieb sich mit seiner Handfläche über die rote Specknase.

»Hat ... irgendjemand nach uns gefragt?«, wollte Franziska wissen, während sie über den Burghof in Richtung des Rittersaales spähte, wo ihr Vater wohl beim Abendbrot saß. »Oder war etwas Verdächtiges zu sehen?«

»Nichts, was für ein Weib von Bedeutung wäre.« Der andere kicherte. »Doch halt: zwei junge Füchse, die sich um ein Huhn balgten. Tja, wo die Liebe hinfällt ...«

Der mit der roten Specknase prustete los und verschluckte sich. Seine tränenden Äugelchen blitzten vor Übermut.

»Wir ... waren unterwegs, Kräuter suchen«, versuchte Franziska ihr spätes Ankommen zu erklären. »Wegen Reinhards Zahnschmerzen.«

»Ich werde dann mal zu Fridolin …« Reinhard zog das zerfledderte Katzenfell von seiner geschwollenen Wange und streckte sie den Wächtern wehleidig entgegen. »Der hat in seiner Küche so manches Mittelchen, das helfen könnte.«

In diesem Moment hallten Schritte über den Burghof. Einer der Knechte kam angerannt, als wäre der Leibhaftige hinter ihm her. Er war groß, lief aber gebückt, als hätte er Angst, ein Prügel könnte auf seine Schultern eindreschen.

»Ihr sollt sofort zu Eurem Vater kommen!«, rief er Franziska zu und schnappte nach Luft. »Sofort! Ritter Gunther wartet schon seit geraumer Zeit auf Euch! Ich denke, da ist ein gewaltiges Gewitter im Anmarsch.«

Franziska presste erschrocken die Lippen zusammen, ihre Finger griffen unwillkürlich nach dem seltsamen Buch, das sie unter ihrem Wams versteckt hielt.

»Nun geht schon«, raunte der alte Bruno ihr zu. »Beeilt Euch! Und du auch, Reinhard. Ich werde die Pferde versorgen.«

Der Knecht rannte mit brennender Fackel am Wohnturm vorbei auf den Palas* mit dem Rittersaal zu. Franziska folgte ihm, während Reinhard sich in die Burgküche trollte.

Über das Burggelände fuhr eine frische Windböe. Die hohen Bäume, die sich auf der anderen Seite der Schutzmauer mit störrischem Wurzelwerk in den steil abfallenden Berghängen festkrallten, neigten ihre Kronen zur Seite.

Kaum hatten sie die Vorhalle des Palas erreicht, gab Franziska dem Knecht mit einer knappen Handbewegung das Zeichen zu verschwinden. Dann atmete sie noch einmal tief durch und trat langsam auf die Holztür mit den schmiedeeisernen Verzierungen zu. Die Türklinke war in Form eines Löwenkopfes gestaltet. Das Metall lag kalt in ihrer Hand, als sie es niederdrückte und die Tür öffnete. Vor ihr lag ein hoher Raum aus Bruchsteinen. Im gemauerten Kamin loderten dicke Buchenscheite, das Feuer strahlte eine wohlige Wärme aus. Neben dem Kamin standen mehrere Ledereimer, die mit Wasser gefüllt waren. An der gegenüberliegenden Wand hing das Banner der Reifenberger, ein goldener Löwe aus der Zeit, als sie noch im »Bund der grimmigen Löwen«* kämpften.

An einem langen Eichentisch hockten Burgmannen und Ritter beim Abendessen zusammen. Der Burgherr, Ritter Gunther, saß auf einem hohen Lehnstuhl, der mit Fellen bedeckt war. Am Tischende lagen auf einem Holztellerchen ein paar magere Fische und Brotbrocken für die, die am Karfreitag fasteten. Doch andere hatten darauf gepocht, etwas gegen ihre angeschlagene Gesundheit tun und frisches Fleisch zu sich nehmen zu dürfen.

Vor ihnen türmten sich auf großen Brettern abgenagte Knochen und halb verzehrte Schweinsfüße. In Schüsseln lagen geschmorte Herbstäpfel, deren Schale schrumpelig und fleckig geworden war wie die Haut eines alten Marktweibes. Aber auch gekochte Möhren und Schwarzwurzeln wurden aufgetischt.

Franziska betrachtete die gut genährten Gesichter der Mannsbilder und grinste verstohlen, denn in ihnen war nicht der blasseste Hauch einer Krankheit auszumachen.

Ein Ritter mit hochroten Wangen, die mit aufgeplatzten Äderchen durchzogen waren, füllte sich aus einem hohen Bierkrug von dem schäumenden Gebräu nach.

Noch hatte Ritter Gunther seine Tochter nicht entdeckt, die sich hinter einem schweren Vorhang im Türrahmen verbarg.

»Unser Rundturm und die Pulverkammer sind endlich fertig

gebaut und können genutzt werden«, brummte einer der Reifenberger Burgmannen. Er hatte eine seltsam tief liegende Stirn, die fast bis an die Augenbrauen reichte. Es sah aus, als fehlte ihm ein Stück vom Schädel. Mit knorriger Stimme fuhr er fort: »Mit den neuen Pistolen und Gewehren können wir jetzt jederzeit dem Ansturm von Feinden standhalten.«

»Aber unsere Schwerter werden wir trotzdem weiterhin tragen – und zwar nicht nur zur Zierde!«, erklärte der Burgherr gut gelaunt. »Und die Rituale der Ritterkämpfe werden wir ebenfalls beibehalten.«

Ein zustimmendes Grummeln war zu hören, ein Zuprosten und Rülpsen.

Franziska linste vorsichtig zu ihrem Vater hinüber. Er war ein hochgewachsener Mann mit ersten grauen Strähnen im Haar, das ihm in Wellen bis auf die Schultern fiel. Sein Wams war mit goldenen Fäden durchwirkt, das Beinkleid ohne geflickte Löcher. Den Reifenbergern ging es gut wie lange nicht mehr. Sie hatten Wassermühlen, betrieben Viehzucht und unten vor der hohen Wehrmauer einen eigenen Wochenmarkt. Und in Schmitten, Brombach und Dorfweil waren sie sogar Lehensträger* geworden.

»Aber dass diese Nonnen vom Kloster Thron uns das Leben zur Hölle machen könnten, hätte ich niemals geglaubt«, schimpfte Gunther.

»Verweigern sie Euch immer noch das Mühlenrecht in Dorfweil?«, fragte einer der Männer mit dünnen Haaren, die wie zerzauste Wollfransen von seinem Kopf abstanden.

Gunther stieß verärgert ein Messer in die Tischplatte, griff nach einem fettigen Bratenstück und biss herzhaft hinein, als wollte er so seinen Protest gegen dieses Nonnenpack mit seinen Fastentagen zum Ausdruck bringen.

»Sie wollen die Einkünfte aus der Verpachtung immer lieber selber einstecken!«, wetterte er. »Vielleicht ist es ja auch die Rache dafür, dass wir Kloster Thron mal geschleift haben. Aber das ist doch schon verdammt lange her …«

»Ich wünschte, der Teufel würde mit Pech und Schwefel in ihr Kloster und mit Höllendampf unter ihre Röcke fahren!« Winfried, Franziskas älterer Bruder, grinste. Er griff nach der letzten gebratenen Schweinshaxe und riss mit den Zähnen ein ordentliches Stück heraus. Einer der Burgmannen wischte sich mit dem Ärmel über sein fettiges Gesicht, ein anderer schnäuzte sich in einen zerschlissenen Vorhang, der am zugigen Fenster die Kälte abhalten sollte.

Im gleichen Moment hob Ritter Gunther den Blick. Seine Augen wirkten durchdringend wie die eines Magiers. Unter buschigen Brauen stierte er Franziska an. Tiefe Falten hatten sich in sein Gesicht gegraben, eine Narbe zog sich quer über die Stirn.

»Wo bist du gewesen?«, fragte er mit donnernder Stimme. Ritter und Burgmannen rückten sich ihre Stühle zurecht, um nichts von dem zu erwartenden Spektakel zu verpassen. Einer kraulte sich den dichten Bart, in dem noch Fettreste hingen. Ein anderer leckte sich genießerisch die Finger ab, während er mit weingetrübtem Blick die Tochter des Ritters musterte wie ein Stück Vieh, das zum Verkauf stand.

»Ich war … noch einmal kurz ausreiten.« Franziska lächelte verunsichert. Trotzdem blitzten ihre katzengrünen Augen dem Vater herausfordernd entgegen. Ritter Gunther stemmte sich langsam an dem Eichentisch hoch, bis sein Körper sich in voller Größe aufgebaut hatte.

»Ich hatte dir doch verboten, nachts die Burg zu verlassen«, sagte er mit gefährlich leiser Stimme. »Wo hast du gesteckt?«

»Es … es war nur ein kurzer Ritt an der Wehrmauer entlang«, meinte Franziska beschwichtigend. »Vater, was sollte da schon geschehen?«

Sie spürte, wie der Hofmeister* herablassend zu ihr herübersah. Er verabscheute sie, weil sie wie ein Bursche oft in Beinkleidern herumlief.

»Was hattest du in der Nacht da draußen zu suchen?« Die Stimme Gunthers war jetzt schneidend scharf. »Du weißt, dass bewaffnete Räuberbanden die Gegend unsicher machen!«

»Wir waren nur auf der Suche … nach … Kamille.« Franziskas Stimme zitterte. Mit aller Macht versuchte sie vor diesen Männern die Beherrschung zu wahren. »Wegen Reinhards faulem Zahn. Seht selbst in der Küche nach. Dort hockt er mit dick geschwollenem Gesicht …«

»Willst du mir wirklich weismachen, dass du nach Kamilleblüten Ausschau gehalten hast? Nachts? Und das zur Osterzeit?«

Franziska senkte den Blick und blieb regungslos stehen. Einen Moment lang war es still im Saal. Nur die brennenden Buchenscheite im Kamin knackten. Vor der Feuerstelle saß ein gedrungener Ritter, der seine düsteren Augen auf Franziska gerichtet hatte. Seine Haut war wettergegerbt, das dichte Haar nach hinten gekämmt. Er lächelte anzüglich, als sie ihren Kopf hob und sich ihre Blicke trafen. Versonnen kraulte er sich durch seinen Bart.

Plötzlich merkte Franziska, wie das lederne Buch unter ihrem Wams tiefer rutschte. Sie wölbte den Bauch, um das Rutschen aufzuhalten.

Der Ritter vor dem Kaminfeuer grinste noch breiter, seine spröde Gesichtshaut spannte sich. »Hab ich's nicht gesagt, Gunther? Eurer Tochter muss endlich gezeigt werden, wer der Herr im Hause ist.«

Er ballte seine Finger zu einer plumpen Faust. Der behaarte Handrücken wirkte, als wäre er mit Fell überzogen. »Dem Vater nicht zu gehorchen …! Wenn Ihr sie mir zusprechen würdet, wüsste ich genau, was zu tun ist.«

Franziska sah ihren Vater erschrocken an. Zusprechen? Was hatte das zu bedeuten?

Gunther schritt auf Franziska zu. Wie viel Leid sich trotz allem Zorn in seinen Augen spiegelte! Ob er den Fiebertod der Mutter jemals überwinden würde? Wie so oft kam es dem Mädchen vor, als suchte er in ihrem Gesicht nur das Abbild seines verstorbenen Weibes.

Franziska atmete tief durch. Gleich würde er sich bestimmt wieder auf seine erzieherischen Pflichten besinnen. Sie verschränkte störrisch die Arme über dem Leib und dem geheimnisvollen Buch. Welche Worte er ihr wohl mitten in dieser verlausten Männerrunde entgegenschleudern würde? Jaaa, Franziska! Du musst dich mehr um deine Pflichten in der Burg kümmern …?

»Ja, Franziska …« Seine Stimme wirkte herrisch, trotzdem schwang eine leise Trauer mit. »Ich sage es zum letzten Mal. Es ist an der Zeit, dass du deine Pflichten als Weib endlich ernst nimmst! Du bist die Tochter eines Reifenbergers. Und du hast dich nicht herumzutreiben wie ein Stallknecht.«

Franziskas rechter Mundwinkel zuckte. Sie konnte sich ein spöttisches Lächeln nicht verkneifen. Ihre grünen Katzenaugen funkelten spitzbübisch. Na also!, dachte sie. Und jetzt würde er bestimmt auf die Stickerei und Kochkunst zu sprechen kommen.

»Wie willst du je einen Haushalt führen können, wenn du einfach nicht lernen willst … äh … Wild köstlich zuzubereiten.« Ihr Vater räusperte sich unwirsch. »Oder wie man ein Wams ausbessert!«

»Aber wir haben doch Fridolin den Küchenmeister und die Gewandschneiderin«, meinte Franziska gereizt und trat mit der Stiefelspitze eine Erbse platt, die wohl vom Esstisch heruntergekullert war. »Und das Gesinde …«

»Und wer soll das Gesinde überwachen? Den Küchenmeister und die Gewandschneiderin?« Gunther riss das Messer, das immer noch mit der Spitze im Eichentisch steckte, heraus und ließ es in ein Stück Schweinebraten sausen. »Nein, Franziska! Wie willst du verdammt noch mal deiner Stellung als Herrin gerecht werden, wenn du alles verweigerst? Schließlich wirst du in Kürze verehelicht.«

»Verehelicht?« Franziska starrte ihren Vater fassungslos an. »Ihr wollt mich verheiraten?«

Gunther wandte sich zu dem Ritter, der grinsend auf dem Stuhl vor dem Feuer hockte und seinen Bart kraulte.

»Ja, und hier ist schon ein Freier für dich.« Gunther erhob feierlich seine Stimme. »Gottfried, der Sohn von Henne von Hattstein!«

»Ich werde nicht heiraten«, erwiderte sie bockig. »Niemals im Leben! Und den dahinten schon gar nicht!«

Die Burgmannen grölten vor Lachen. Einer drückte sich schwerfällig von der Tischkante hoch, schwankte breitbeinig auf Franziska zu und starrte ihr mit vom Wein getrübten Augen entgegen. Dann streckte er seine schwielige Hand aus, um ihr über die Wange zu streichen, und spitzte seine Lippen zu einem Kussmund. Aber Franziska spuckte ihm mitten ins Gesicht.

Es wurde mucksmäuschenstill. Der Angespuckte wischte sich langsam mit dem Hemdärmel über die Wangen. Dann duckte er sich und hob seine Pranke, bereit zuzuschlagen.

»Kommt, Alfons«, säuselte Gottfried von Hattstein zuckersüß, führte ihn zurück zu seinem Platz und drückte ihn beschwichtigend auf seinen Stuhl. »Lasst mir das Weib. Es kann sich seiner Strafe sicher sein.«

»Ich hoffe darauf!«, meinte ihr Bruder Winfried mit näselnder Stimme. »Irgendjemand muss ihr endlich die Starrköpfigkeit aus dem Körper prügeln.«

Der Burgherr Gunther wirkte fast riesig, wenn er einatmete. Er beugte sich langsam zu seiner Tochter herunter und zischte ihr kaum hörbar ins Ohr: »Ich schwöre dir, Franziska, bei deiner verstorbenen Mutter! Wenn du den Hattsteiner nicht heiratest, bleibt für dich nur eins: Du kommst ins Kloster!«

Franziska glaubte, der Steinboden würde ihr unter den Füßen weggleiten und sie in ein düsteres Loch fallen lassen, tiefer und tiefer …

»Und jetzt verschwinde in deine Kammer«, donnerte Gunthers Stimme durch den Rittersaal.

Franziska warf dem Hattsteiner einen hasserfüllten Blick zu. Er erwiderte ihn mit einem noch breiteren Grinsen und rieb mit der geballten Faust herausfordernd über seinen Oberschenkel. Empört drehte Franziska sich um. Das dunkle Seidenhaar flog ihr über die Schultern, die Ledersohlen klatschten laut auf dem Steinfußboden, während sie aus dem Rittersaal rannte. Mit heftigem Krachen ließ sie die Holztür hinter sich ins Schloss fallen. Das grölende Lachen der Rittersleute und Burgmannen hallte ihr noch lange hinterher.

Draußen war es kühl. Ein frischer Wind fegte über den Burghof. Franziska schob das schweinslederne Buch höher unter ihr Wams und rannte auf den Abort zu. Wutentbrannt hockte sie sich über das Steinloch, durch das der Unrat an der Außenmauer entlang in die Tiefe fiel.

»Hoffentlich friert sich der Scheißkerl den Hintern ab, wenn er das nächste Mal brunzen muss«, fluchte Franziska leise.

Dieser ungeschlachte Haudegen! Einen Hattsteiner! Ausgerechnet einen Hattsteiner sollte sie heiraten! Vor ein paar Jahrzehnten hatten die Reifenberger die Hattsteiner Burg geschleift und zerstört, weil die beiden Familien mal wieder eine Fehde miteinander hatten. Gerade wurde die Burganlage neu aufgebaut. Und Franziska sollte wohl dazu dienen, alte Zwistigkeiten beizulegen und neue Familienbande zu knüpfen!

Wütend trat sie gegen die Steinmauer. Tränen stiegen ihr in die Augen. Wie konnte sie nur ihrem Schicksal entgehen? Ob sie sich davonmachen sollte? Genügend Goldmünzen und Juwelen hatte sie ja. Aber wo sollte sie hin? Plötzlich stupste eine feuchte Nase gegen ihre Hand. Es war Cäsar, der sich neben sie gehockt hatte und auf sie wartete. Zärtlich fuhr sie ihrem Hund durch das struppige Fell.

Ein paar Augenblicke später liefen die beiden auf das Burghaus zu, in dem die Schlafkammern untergebracht waren. Obwohl Franziska sich bemühte, die massive Tür aus Eichenholz leise zu öffnen, war doch ein leises Knarren zu hören. Dann ein gedämpftes Räuspern und Hüsteln. Wigand war aufgewacht.

»Da bist du ja endlich«, sagte er mit verschlafener Kinderstimme.

»Schlaf weiter! Es ist schon spät.« Franziska setzte sich zu ihrem kleinen Bruder, der gerade mal fünf Winter zählte, auf das Strohlager. Die brennende Pechfackel, die weiter hinten im Schlafgemach in einer eisernen Halterung steckte, verbreitete sanftes Licht. Behutsam strich Franziska ihm die verklebten Haarsträhnen aus dem Gesicht.

Sein Kopf muss unbedingt mit der Schmiere aus Seifenkraut

gewaschen werden, dachte sie. Und warum hatten die Knechte die Strohmatratze nicht gewechselt? Sie stank nach den Ausdünstungen langer Fiebernächte.

Franziska betrachtete Wigands vom Schlaf geröteten Wangen. Was hatten sie nicht alles getan, um sein Leben zu retten! Jeden zweiten Tag hatten sie die Blaufärberin aus Neuweilnau, die Mutter ihrer Freundin Susanne, mit dem Pferdekarren nach Reifenberg geholt. Sie verstand sich auf den Umgang mit Heilkräutern und hatte den fiebernden Jungen mit frisch gebrautem Sud versorgt. In der Nacht vor Neujahr hatten sie versucht, die bösen Geister mit lauten Trommelschlägen und Feuerregen aus wirbelnden Pechfackeln zu vertreiben. Das dumpfe Wummern der Trommeln und Schnarren der Rasseln war stundenlang durch die Nacht gehallt, begleitet von üblen Verwünschungen auf die krank machenden Höllengeister, die den Kinderkörper wieder freigeben sollten. Anschließend war der Burgherr sogar zur Wallfahrtskirche am Landstein gepilgert und hatte für sich und den kleinen Wigand teure Ablassbriefe gekauft, um ihre Sünden zu tilgen. Nächtelang hatten Franziska, eine Amme aus dem Dorf und ihr Vater an Wigands Strohlager gewacht, seine Beine mit nassen Leinentüchern umwickelt, die Brust mit Kräutersalben eingerieben und die heiße Stirn gekühlt. Und dann, erst vor ein paar Tagen, war Wigand plötzlich wieder ausgelassen auf dem Burghof herumgetollt, so als wäre nie etwas gewesen, und hatte mit Kinderpfeil und Bogen Flugenten gejagt.

In diesem Moment glimmte die Pechfackel auf. Rußiger Qualm zog durch den Raum. Dann sank die zuckende Flamme allmählich in sich zusammen. Nicht mehr lange, und das Feuer würde erlöschen.

»Ich hab was für dich!«, krähte Wigand, während er sich aufrecht setzte. »Ein Geschenk!«

Er zog einen Fetzen gegerbte Tierhaut unter seinem Lager hervor. Darauf war mit spitzer Holzkohle eine längliche Figur gekritzelt. Seitlich standen riesige Flügel ab, die Stirn war mit lauter Augen bemalt.

»Das ist ein Engel.« Wigand blickte seine Schwester verschwörerisch an. »Der soll immer auf dich aufpassen!«

»Aber der hat ja ganz viele Augen ...« Franziska lachte leise und fuhr ihrem Bruder durch die strähnigen Locken. Morgen würde sie sich darum kümmern, dass der Badezuber mit heißem Wasser gefüllt würde. »Wozu braucht denn ein Engel so viele Augen?«

»Damit er dich überall sieht. Wo immer du bist!« Wigand strich stolz über eine kleine, rosige Narbe auf seiner Hand, die er sich bei der Jagd nach einem Kaninchen zugezogen hatte. »Kuck mal hier! Ich übe mich im Kämpfen. Und der Engel schaut nach dir, solange ich noch nicht selbst für dich sorgen kann.«

Franziska drückte ihm einen Kuss auf die Stirn und nahm ihn zärtlich in den Arm. »Danke, mein großer Beschützer. Und nun leg dich hin und schlaf!«

Wigand rollte sich wie eine Katze zusammen und schmiegte sich an den Oberschenkel seiner Schwester. Behutsam zog sie ihm die Leinendecke über die Schultern und legte noch ein Tierfell über seinen schmächtigen Körper. Schon bald war sein gleichmäßiges Atmen zu hören. Franziska lächelte, als sie noch einmal die Tierhaut mit dem krakeligen Engel betrachtete. Wie sorgfältig er die Augen auf die Stirn gemalt hatte! Sieben Augen waren es, mit zarten Wimpern ... Auf einmal spürte sie Zuversicht in sich aufsteigen: Vater würde es doch nicht wirklich wagen, sie mit diesem grobschlächtigen Hattsteiner zu verheiraten. War ihr Wohlergehen für ihn nicht das Wichtigste auf der Welt?

Leise schlich sie zu ihrem Bett mit der Strohmatratze. Die

Flamme der Pechfackel verbreitete nur noch schummriges Licht. Sie musste grinsen, als in ihrer Erinnerung das verschwommene Bild der Kaufmannstochter Ute auftauchte. Wie sie um ihr bisschen Schmuck gezittert und gejammert hatte! Und wie lächerlich sie ausgesehen hatte in den verdreckten Kleidern!

Franziska kämmte ihr dunkles Haar und flocht sich Zöpfe für die Nacht. Wie es wohl wäre, in einer großen Stadt das Leben einer Kaufmannstochter zu führen? In Reichtum zu baden? Sich von Bediensteten mit kostbaren Stoffen einkleiden zu lassen, im Winter an offenen Kaminen zu sitzen, sich in Bädern mit wohlriechenden Ölen zu räkeln …? Ein angenehmer Schauer lief ihr über den Rücken. Hier in der zugigen Burganlage gab es nur einen offenen Kamin im Palas und dann noch den in der Küche. Oft war es eisig kalt und klamm. Ständig mussten ihre Strohlager nach Wanzen, Flöhen und Spinnen abgesucht werden. Wenigstens hatte ihr Bett einen Baldachin mit seitlichen Stoffbahnen, so dass die Wanzen nicht von der Zimmerdecke direkt auf ihr Lager fallen konnten und sie selbst vor Zugluft geschützt war.

Franziska nahm Wigands Engelpergament und wollte es gerade in ihren Brustbeutel stecken. Da rutschte das schweinslederne Buch aus ihrem Wams. Das hatte sie in der Aufregung ja ganz vergessen! Sie wischte ihre Schmutzfinger an den Beinkleidern ab und blätterte es vorsichtig auf. Nachdenklich betrachtete sie die bunt ausgemalten Figuren, die mit goldener Farbe umrandet waren. Die Schriftzüge wirkten verworren und geheimnisvoll. Plötzlich klappte das Buch auseinander und ein seltsames Blatt kam zum Vorschein. Es war aus so feinem Papier, als sollte es zwischen den störrischen Pergamentseiten verborgen werden. Offenbar war es nachträglich hier eingeklebt worden.

Franziska ging näher an das Fackellicht heran. Das Blatt war kunstvoll mit Miniaturen bemalt: Da waren zwei Raubtiere mit flammenden Schwänzen abgebildet, deren Körper nach links gerichtet waren. Sie hoben drohend die Tatze, ihre blaue Zunge hatten sie weit herausgestreckt. Über ihnen spannte sich schützend eine Art Torbogen. Franziska schüttelte verwirrt den Kopf. Das Zeichen der Raubkatzen kannte sie doch irgendwoher ... Dann war da noch eine zierliche Madonnenfigur zu sehen, über der ein kleiner, frech glotzender Drache schwebte. Das dritte Bild zeigte seltsam ineinander verhakte Äste und ein loderndes Feuer, aus dem ein Vogel mit feinstem Gefieder aufflatterte. Über den drei Abbildungen stand ein Kreis mit einem Kreuz in der Mitte, der durch hauchzarte Linien mit ihnen verbunden war. An den unteren Seitenrand waren mit feinem Strich zwei verschnörkelte Windungen gezeichnet ... Ob das Buchstaben waren?

Franziska schob verärgert die Unterlippe vor. Zum ersten Mal in ihrem Leben bereute sie, nicht lesen zu können. Behutsam strich sie über die sorgfältig gemalten Zeichnungen. Da spürte sie unter ihren Fingerkuppen winzige Erhebungen, kleinen Sandkörnchen gleich. Franziska versuchte sie mit dem Handrücken wegzuwischen. Aber sie schienen auf dem Papier festzukleben. Ob sie mit der Farbe aufgetragen worden waren? Verwundert klappte sie das merkwürdige Buch zu und versteckte es unter ihrer Strohmatratze. Fast gleichzeitig erlosch mit leisem Knistern die Flamme der Pechfackel. Franziska verkroch sich unter ihre Leinendecke.

Und diesen schleimigen Hattsteiner, dachte sie noch, bevor sie einschlief, den würde sie nie im Leben heiraten! Und wenn er ihr Hochzeitsgemach mit Goldmünzen pflastern würde ...

Ostermarkt an der Wallfahrtskirche

Schon vor Sonnenaufgang herrschte auf dem Platz vor der Wallfahrtskirche am Landstein ein reges Treiben. Die Osterfeuer der vergangenen Nacht brannten noch, die Händler krochen aus ihren Zelten und von Ochsenkarren, um auf wackeligen Holztischen ihre Waren auszubreiten. Selbst eine Gauklertruppe war angereist, um ihre Späße vorzuführen. Gerade wurden die Landsknechte, die mit ihren Flinten den Markt vor räuberischen Überfällen schützen sollten, von der nächsten Wachschicht abgelöst. Völlig übermüdet torkelten sie in eine der Katen neben der Landsteiner Wassermühle. Das Wirtshaus dort hatte schon geöffnet, erstes Dünnbier wurde ausgeschenkt.

Allmählich färbte Morgenröte das Firmament. Die Berge des Taunus wirkten wie mit Blattgold überzogen. Marie, die Gauklerin, stand breitbeinig auf einer grob gezimmerten Holzbühne und ließ ihren Blick über den klaren Himmel schweifen. Sie hatte ihre Hände in die Hüften gestemmt, das lange, rostrote Haar hing ihr weit den Rücken hinunter. Sie schnupperte und sog genüsslich die Morgenluft ein, als wollte sie ihren Körper mit Lebenskraft vollpumpen.

Die Nebelschwaden, die noch wie Feenhauch über den Wiesen schwebten, würden sich bald auflösen. Es würde ein schöner Tag werden.

»Wo hast du die Schminke, Thomas?«, rief Marie einem Kleinwüchsigen mit aufgedunsenem Gesicht zu, der zwischen Bühne und Theaterkisten hin und her wuselte. Sein buntes Flickenkostüm aus zerschlissenem Samt hüpfte wie ein Farbklecks durch den frühen Morgen. Seine Lippen waren knallrot angemalt. Übermütig warf er ihr mit beiden Händen Küsse zu.

»Marie, Marie, Marie!«, kiekste er laut, wankte auf seinen Stummelbeinen auf sie zu und verbeugte sich mit einer ausladenden Handbewegung wie vor einer königlichen Hoheit. Dann überreichte er ihr eine Schatulle und klappte, während er sich noch einmal verbeugte, den Deckel auf. Kohlestifte, Puder und Quasten lagen darin.

Marie lachte laut auf und beugte sich zu ihm hinunter, so dass sich ihr praller Busen noch weiter vorwölbte. »Lass den Unsinn, Thomas!«

Der Kleinwüchsige quiekte vor Vergnügen, drehte sich mit verzücktem Gesichtsausdruck wie trunken im Kreis und ließ sich auf die Bretterbühne plumpsen.

Ein stämmiger Kerl mit eng anliegenden Beinlingen, von denen der eine grün-gelb gestreift, der andere einfarbig grün war, stieg kopfschüttelnd über ihn weg. Die Zipfel seiner Schnabelschuhe waren so lang, dass er sie ein wenig mit Fäden hochgezogen hatte, die um seine Knie gebunden waren. Er rollte bemalte Leinenbahnen auseinander und heftete sie als Kulissen an ein Lattengerüst auf der hinteren Bühne. Dort jonglierten zwei Artisten mit bunten Bällen aus zusammengewickelten und festgezurrten Stoffresten. Ein bulliger Mann mit nacktem Oberkörper band sich gerade einen Leinenstreifen um die Stirn, damit ihm sein wirres Haar nicht ins Gesicht fallen konnte. Dann hantierte er mit einer Fackel und stinkender Flüssigkeit herum. In der Nähe wieherten Pferde, die von Stallknechten auf einer Wiese angepflockt und versorgt wurden.

Immer mehr Fromme pilgerten über den Handelsweg auf die Wallfahrtskirche zu, die der Gottesmutter Maria geweiht war. Die massive Holztür war weit geöffnet, um die Gläubigen zur Ostermesse einzulassen. Handwerker hatten ihr sauberes Sonntagswams angezogen, Mägde ihre frisch gestärkte Haube aufs Haar gesteckt. Mit demütig gesenkten Köpfen betraten sie das dreischiffige Kirchenhaus. Auch Susanne, die Dienstmagd von Altweilnau, war unter ihnen. Sie drängte auf die Nordseite zu, wo die Weiber zu stehen hatten. Es hieß nämlich, denen wohne das Böse inne, das aus dieser Himmelsrichtung kam. Die Männer standen dicht beieinander auf der anderen Seite. Vorne waren nur ein paar Betstühle aufgestellt, die den Herrschaften vorbehalten waren. Reiche Kaufleute in pelzbesetzten Kleidern und Adlige, die einen Ablassbrief für ihre Sünden kaufen wollten, ließen sich darauf nieder.

Dann öffnete sich die Tür der Sakristei, Pater Johannes trat an den geschmückten Altar und die Ostermesse begann. Dichte Schwaden waberten aus einem silbrigen Weihrauchfass, das Pater Johannes hin und her schwenkte, und legten sich über die Gläubigen. Susanne spürte leichte Übelkeit in sich aufsteigen. Sie war noch nüchtern, ihr Magen knurrte. Schon seit Stunden war sie auf den Beinen, hatte in aller Frühe das Essen für die Herrschaft von Altweilnau gerichtet, um rechtzeitig den Weg von der Burg zur Kirche pilgern zu können.

Sie wischte sich über die schweißnasse Stirn. Der süßliche Geruch des Weihrauchs verwirrte ihre Sinne und ließ sie taumeln. Die Steinwände schienen nachzugeben, die Säulen wankten. Auf einmal drehte sich alles. Die Flammen der Kerzen tanzten im

Weihrauchdunst davon. Da entdeckte sie ein bekanntes Gesicht. Erst verschwommen, dann wurde ihr Blick wieder klarer: Junker Daniel kniete auf einem der Betstühle. Andächtig hielt er den Kopf gesenkt. Sein lockiges braunes Haar glänzte im Licht der Altarkerzen. Susanne lächelte verschämt. Vielleicht würde er ja mit ihr über den Ostermarkt schlendern. Zwei Nächte hatte er inzwischen auf der Burg Altweilnau verbracht, aber sie hatte ihn seit seiner Ankunft noch nicht zu Gesicht bekommen. Es hieß, er wäre tagsüber mit seinem Onkel in den Taunuswäldern auf der Jagd gewesen. Einen Pulk von Bluthunden hätten sie mit sich geführt, die sich gut auf Fährtensuche verstanden. Susanne rieb sich nachdenklich über die Nase. Wonach sie wohl gesucht hatten? Kaufmannstochter Ute hatte sich während dieser Zeit in ihre Kemenate zurückgezogen. Und das Fastenessen, das ihr vor die Zimmertür gestellt worden war, hatte sie nicht angerührt.

Sie könnte wohl den Überfall vom Karfreitag nicht verkraften, hieß es. Der Hals wäre ihr übel aufgeschlitzt worden! Sie hätte gottlob gerade noch überlebt, aber viel Blut verloren und müsste jetzt in Ruhe genesen. Außerdem wären die gesamten Juwelen, Goldmünzen, Waffen und andere Kostbarkeiten geraubt worden! Susanne schüttelte den Kopf. Wer gab eigentlich einem Menschen das Recht, sich am Eigentum anderer zu vergreifen?

Die frühe Morgensonne warf erste Strahlen durch die Fenster in das Kirchenschiff. Kerzen flackerten auf dem Altar, der mit einer kostbar bestickten weißen Decke geschmückt war. Darauf lag ein Tuch, mit Fäden aus Gold durchwirkt. Neben dem silbernen Kreuz stand eine Monstranz*, die wie eine gotische Kathedrale gearbeitet war. Der Silberschmied hatte dabei drei kunstvoll ziselierte Stockwerke übereinander gebaut, die sich mit Pfeilern und Spitzbögen dem Himmel entgegenstreckten. In jedem Stockwerk waren winzige Figürchen angebracht, kaum so groß wie ein Fingerglied. Einige hielten den Baldachin, andere stellten Apostel dar, die sich der heiligen Maria mit dem Kind zuwandten. Über allem erstrahlte ein unwirklich heller Glanz.

An der steinernen Kirchenwand hing ein Bildnis vom heiligen Georg. Er saß in einer Ritterrüstung auf einem Pferd, das sich wild aufbäumte. Mit einer Lanze versetzte er einem riesigen Drachen den Todesstoß. Das Gemälde schimmerte, als wäre es mit Seidenfarben gemalt.

Allmählich hatte sich der Weihrauch etwas verzogen. Susanne atmete tief durch und ihre Übelkeit ließ nach. Wieder blickte sie vorsichtig zu Daniel hinüber. Wie sehr sie sich danach sehnte, von ihm in den Arm genommen zu werden! Ob er das kleine blaue Tuch, das sie ihm als Zeichen ihrer Zuneigung geschenkt hatte, noch bei sich trug?

Plötzlich wandte er den Kopf. Ihre Blicke trafen sich mit einer Heftigkeit, die sie erröten ließ. Susanne sah verwirrt auf ihre gefalteten Hände. Verlegen wischte sie ein paar Staubkörnchen von ihrem Kleid. Als sie wieder zu ihm hinüberblicken wollte, nahm ihr ein Zunftweib mit breiter Haube die Sicht. Susanne lächelte: Nach der Ostermesse würde sie bestimmt ein paar Worte mit ihm wechseln können.

Auf dem Platz vor der Wallfahrtskirche drängten sich indessen Marktleute und Händler um ihre Stände. Zerlumpte Bettler, die noch in der Nacht von Usingen über den Handelsweg hierher gewandert waren, hockten zusammengesunken an der Kirchmauer. Ihre müden Augen waren geschlossen, die verdreckten Gesichter zerfurcht wie rissiger Lehm. An anderer Stelle saßen Bettelweiber mit ihren Kindern, die wie Hunde zusammengerollt auf der feuchtnassen Erde lagen. Sie blickten zaghaft hoch in den Himmel. Ob der Winter sich endgültig verabschiedet hatte? In diesem Jahr hatte er klirrend kalt auf dem Land gelegen, als wollte er Dörfer und Weiler für immer erstarren lassen. Und doch hatte er sich auch barmherzig gezeigt und die bettelarme Gesche von ihrem irdischen Leid erlöst. Auf dem Weg nach Merzhausen hatte er sie und ihre beiden abgemagerten Lumpenkinder im tiefen Schnee einschlafen lassen und sanft ihr Leben davongetragen.

In diesem Moment sprengten hinter der Landsteiner Wassermühle drei Reiter heran. Einer von ihnen war Franziska, die Tochter des Ritters Gunther von Reifenberg. Sie zog die Zügel und sprang noch im Trab von ihrer schwarzen Stute. Ihr Zottelhund Cäsar tänzelte ausgelassen um sie herum.

»Bruno!«, rief sie ihrem alten Knappen zu, der mit seinem Gaul auf einen Pflock zuhumpelte. »Bleib du bei den Pferden. Wir sind bald wieder zurück.« Dabei schaute sie zu Reinhard hinüber, der ängstlich seinen Blick zum Ostermarkt wandern ließ. Er kühlte sich mit einem nassen Tuch die dick geschwollene Wange und mümmelte auf einer Gewürznelke herum, die ihm der Burgkoch zugesteckt hatte.

»O weh!«, jammerte er in höchsten Tönen, während er mit dem Kopf hin und her wackelte. »O weh! Und wenn ich sterbe?«

»So schnell stirbt es sich nicht.« Franziska klopfte ihm aufmunternd auf den Rücken. »Wenn alles vorbei ist, bekommst du ein gutes Dunkelbier. Oder auch zwei!«

»O weh, o weh!« Reinhard wimmerte leise und fuhr sich mit dem zerfledderten Katzenfell, das er immer noch um den Hals hängen hatte, durchs Gesicht.

Bruno rieb sich nachdenklich über das stoppelige Kinn. »Ihr solltet Euch hier nicht blicken lassen«, meinte er zu Franziska.

»Einen Bader findet Ihr auch woanders. Hier ist es viel zu gefährlich!«

»Was soll denn hier gefährlich sein?«, sagte Franziska beschwichtigend und band die Zügel ihrer Stute an einem jungen Birkenstamm fest.

»Jemand von den Herrschaften, die Ihr ausgeraubt habt und die wohl Gäste der Altweilnauer sind, könnte Euch wiedererkennen«, raunte er ihr zu.

»Wie sollten sie mich wiedererkennen? Beim Überfall war es dunkel. Und wir hatten unsere Gesichter mit Lehm verschmiert!« Franziska strich ihrem Pferd zärtlich über die Blesse und schmiegte sich an sein weiches Fell. »Und selbst wenn, dann würde ich alles von mir weisen.«

»Und wenn Euch jemand von den Reifenbergern entdeckt?«, erwiderte Bruno besorgt. »Beinkleider und Stiefel! Das gehört sich nicht für ein junges Weib! Euer Vater hat es Euch doch verboten …«

»Aber in bauschigen Röcken würde ich an Ästen und Zweigen hängen bleiben, vom Pferd fallen und mir das Genick brechen. Willst du das?« Franziska lachte laut auf. Sonnenstrahlen fielen durch die hellgrünen Blätter der Buchen auf ihr Seidenhaar. »Sag schon! Willst du das?«

Bruno schüttelte resigniert den Kopf. »Was aus Euch noch werden soll …«

»Was werden soll? Der Tag wird wunderbar und ich bringe dir ein deftiges Stück Fleisch vom Markt mit!« Sie schloss kurz die Augen, als sie die wohlige Wärme der Morgensonne spürte. Dann zog sie den Krempenhut in die Stirn und schubste Reinhard auf den Ostermarkt zu.

Seufzend hockte sich der alte Knappe auf einen Baumstumpf

und rieb sich den schmerzenden Fuß, der immer noch mit den zerrissenen Leinenstreifen umwickelt war.

Franziska sah sich neugierig auf dem Ostermarkt um und zwängte sich durch die bunte Menge. Ganz in der Nähe standen vornehme Edelfräulein, die sich mit kostbaren Riechwässerchen betupften. Sie verzog angewidert das Gesicht, denn für sie gab es nichts Berauschenderes als den Geruch eines Pferdes, voll unbändiger Lust nach wilder Freiheit. Nie würde sie sich in eine enge Holzkutsche verbannen lassen, wenn sie selber zu Pferde durch die Wälder jagen konnte. Cäsar sprang hechelnd vor ihr hin und her, als wollte er ihr zustimmen. Er hatte seine glänzenden Augen erwartungsvoll auf sie gerichtet und leckte sich mit der langen Zunge über die Nase. Eine sanfte Windböe wehte nämlich auch den Duft von frisch gebackenem Brot zu ihnen her und von würzigem Fleisch, das über einem Feuer brutzelte.

»Da drüben! Da baut der Bader gerade seinen Stand auf«, rief Franziska und zog Reinhard an der Joppe hinter sich her. »Los, keine Widerrede. Auf den Stuhl mit dir!«

Der Bader betrachtete abschätzend Reinhards geschwollene Backe, schob die Leinenärmel seines Hemdes hoch und spuckte in seine Hände.

»He, ihr da! Kommt mal her, hier gibt's Arbeit für euch!« Er winkte ein paar kräftige Burschen in zerlumpten Hemden herbei.

»Hihihi«, kicherte der eine. »Mal sehen, ob der so laut quieken kann wie das Schwein, das gestern abgestochen wurde.« Sie packten Reinhards zappelnde Arme und Beine und pressten ihn erbarmungslos auf den Stuhl. Der Bader nahm eine der Kneifzangen vom Holztisch. Prüfend ließ er sie ein paar Mal auf und zu klacken. Reinhard schielte auf den Tisch, auf dem fein säuberlich aufgereiht jede Menge gezogene Zähne lagen, halb verfaulte, abgebrochene, gelb verfärbte.

Reinhard drückte sich hoch, winselte und schrie. Aber der Zahnklempner hockte sich kurzerhand auf seinen Schoß, riss das Katzenfell, hinter dem Reinhard sein Gesicht verbarg, fort und stemmte ihm den zusammengepressten Mund auf. Da fingen die Kirchenglocken an zu läuten und der Pferdeknecht stieß einen ohrenbetäubenden Schrei aus. Ein ächzender Ruck und der Bader streckte triumphierend einen blutigen Zahnstumpf hoch, den er mit der Zange fest umklammert hielt.

Die kräftigen Burschen klatschten und krakeelten, hievten den jammernden Reinhard auf ihre Schultern und drehten mit ihm eine Ehrenrunde um den Bader, der die blutige Zange säuberte. Dann setzten sie ihn wieder auf den Baderstuhl.

Franziska drückte ihm tröstend das Katzenfell in den Arm.

»Soll ich dir ein Bier holen?«, fragte sie leise. »Damit kannst du deinen Mund spülen.«

Reinhard nickte erschöpft, verdrehte die Augen und fiel wie ein nasser Sack in sich zusammen.

Der Himmel strahlte inzwischen in einem tief glänzenden Blau, als hätte der dichte Nebel in der Nacht das Firmament blank gewischt. Wieder läutete die Glocke der Wallfahrtskirche, deren heller Klang weit über die Bergkuppen davongetragen wurde. Der Gottesdienst war zu Ende. Die schwere Holztür wurde aufgestemmt und die Gläubigen strömten heraus. Ein zerlumpter Bursche, der eine lange Astgabel wie eine Schaufel über der Schulter trug, rannte auf die Kirche zu. Sobald er in Sichtweite der Kirchgänger war, klemmte er sich den Ast wie eine Krücke unter die Achselhöhle und humpelte auf die Gläubigen zu.

»Eine milde Gabe!«, krächzte er mit flehender Stimme und streckte seine Hand aus. »Der Herr im Himmel wird es Euch lohnen! Eine milde Gabe!«

Jetzt griffen auf dem Marktplatz Musiker nach ihren Instrumenten und spielten auf. Dudelsackklänge und Trommelschläge vermischten sich mit den durchdringenden Tönen der Drehleiern und Schalmeien, als wollten sie böse Geister lautstark aus den Wäldern vertreiben.

Franziska stand mit verschränkten Armen im Schatten eines Baumes und grinste breit, während sie Reinhard beobachtete, der drüben vor dem Gasthaus sein zweites Dunkelbier in sich hineinschüttete.

»He, Franziska!« Susanne schlängelte sich durch die Menge auf sie zu.

Franziska schob ihren Hut ein wenig in den Nacken und lachte. »Ach, du bist es! Wie schön, dich hier zu treffen!«

Susannes blaue Augen glänzten wie die des Wasserweibchens, das dem Meerpfuhl entstiegen war*. Das Haar war mit einer Haube bedeckt, dicke Zöpfe baumelten ihr über den Rücken. Ihre Hände schimmerten bläulich, bestimmt hatte sie noch bis spät in die Nacht in der Blaufärberei ihrer Eltern gearbeitet.

»Du hast mir gefehlt!« Franziska legte liebevoll den Arm um sie. Die beiden Mädchen waren seit frühester Kindheit befreundet, seit dem Tag, als die Blaufärberin zum ersten Mal mit Susanne auf die Burg Reifenberg gekommen war, um für die Kinder fiebersenkende Kräuter und Heilsalben zu bringen.

Susannes helle Gesichtshaut war leicht gerötet, immer wieder drehte sie sich zu den Kirchgängern um.

»Wen suchst du denn?« Franziska folgte neugierig ihrem Blick. »Ist da etwa jemand, der dir schöne Augen macht?«

Ihre Freundin senkte verlegen den Kopf. »Nein, nein … ich meine …«

»Nun sag schon«, drängte Franziska. »Wer ist es?«

Susanne lächelte zaghaft. »Er … er ist ein Junker …«

»Ach, du lieber Himmel!« Franziska verdrehte die Augen. »Ausgerechnet ein Junker! Mit dem wirst du nur kurze Freude haben.«

»Du hast ja Recht.« Susanne wischte über den dünnen Stoff ihrer Schürze. »Sieh mich an: der zerschlissene Rock, das geflickte Hemd … eine Färbertochter und ein Adliger! Das passt irgendwie nicht zusammen. Aber er meint, die Zeiten würden sich ändern und die alten Denkweisen wären bald überholt …«

»Liebst du ihn etwa?«, fragte Franziska vorsichtig.

Susanne seufzte. »Was soll ich nur tun? Ich kann ihn einfach nicht vergessen!«

In diesem Moment hielt eine schwarze Kutsche hinter der Brücke am Landstein, die über den Weilbach führte. Der Kutscher öffnete hastig den Verschlag und drei Zisterzienserinnen kletterten gebückt über die Holzstufen heraus.

»Die Grauen!«, flüsterte Susanne. »Die Zisterzienserinnen vom Kloster Thron. Was wollen die denn hier?«

»Wahrscheinlich haben sie die Pachtzinsen für ihre Ländereien hier in der Gegend eingetrieben.« Franziska grinste verschmitzt. »Und bevor sie noch andere Pächter schröpfen, wollen sie sich ein wenig nach den Laienbrüdern vom Landstein umschauen …«

»Franziska!« Susanne sah sie empört an. »Was du nur wieder denkst! Du solltest dich schämen.«

Die drei Schwestern strichen ihre Kutten glatt. Die naturfarbenen Leinenmäntel mit den schwarzen Kreuzen auf dem Rücken waren schmucklos, die Kapuzen hatten sie in die Stirn gezogen. Eine der Zisterzienserinnen war schon älter und schien blind zu sein. Sie wartete vor der Kutsche, die Arme in den weiten Kuttenärmeln verschränkt. Ihre Augen mit den weißlichen Pupillen starrten ins Leere. Die fahle Gesichtshaut wirkte wie glattes Pergament, das fest über die Wangenknochen gezogen war. Jetzt fassten ihre beiden Mitschwestern sie an den Armen, aber die Blinde wies sie mit einer herrischen Geste zurück und ließ nur eine sanfte Berührung am Ellbogen zu. So gingen die drei auf die Wallfahrtskirche zu. Die Marktbesucher wichen auseinander, als würden sie von unsichtbarer Hand zur Seite gedrängt. Das Geplapper und Getuschel verstummte, während die drei Nonnen lautlos durch die Menge schritten und schließlich in der leeren Wallfahrtskirche verschwanden.

»Mich friert schon, wenn ich die sehe!« Franziska rümpfte die Nase. »Wie kann man sich nur für ein Kloster begeistern!«

»Musst du immer Gott lästern?« Susanne sah sie vorwurfsvoll an und rieb sich die Hände, als könnte sie so die blaue Farbe daran einfach auflösen.

»Ich werde mich bessern«, erwiderte Franziska und grinste. »Wirklich! Das verspreche ich dir.«

Plötzlich klappte ihr jemand den Krempenhut hoch, und Franziska sah geradewegs in die Augen von Junker Daniel. Sie erstarrte.

»Kennen wir uns nicht?«, meinte Daniel verunsichert, während er ihr Gesicht und die katzengrünen Augen musterte.

Franziska schüttelte so heftig den Kopf, dass ihr langes Haar auf den Rücken flog. »Ich …«, stammelte sie, »ich habe Euch noch nie gesehen.«

»Daniel!« Susanne strahlte ihn an. Zärtlich griff er nach ihrer Hand, die sie aber verschämt wieder zurückzog.

»Das … das ist dein Junker?«, stotterte Franziska ungläubig.

Ob er sie wiedererkannt hatte? Ihr Gesicht war bei dem Raubüberfall in der Dunkelheit doch mit Lehm verschmiert gewesen. Oder hatte ihr Krempenhut sie verraten? Aber andere trugen auch solche Hüte ... Franziska biss vor Anspannung ihre Zähne derart fest zusammen, dass es leise knirschte.

»Mir ist so, als wären wir uns schon einmal begegnet«, unterbrach Daniel ihre Gedanken, während er sie durchdringend ansah.

Franziska spürte, wie ihr das Blut in den Kopf schoss.

»Wo sollten wir uns denn begegnet sein?« Sie tat, als würde sie angestrengt überlegen. Dann lächelte sie scheinheilig. »Hm ... tut mir leid. Nicht, dass ich wüsste ...«

In diesem Moment jagte Cäsar kläffend auf sie zu. Er war wohl über den Markt gestreunt und hatte jetzt endlich seine Herrin wiedergefunden. Franziska grapschte nach seinem ledernen Halsband und zerrte ihren Zottelhund näher an sich heran, während Susanne sich verwundert über die Nase rieb.

»Nein, Daniel«, sagte sie mit zaghafter Stimme. »Franziska hat Recht. Du kannst sie nicht kennen! Sie lebt doch drüben in Reifenberg und kommt nur selten hierher ...«

Die dunklen Augen des Junkers waren immer noch auf Franziska gerichtet. Ein paar Haarlocken fielen ihm in die Stirn. Die Lippen hatte er leicht geöffnet, aber er sagte kein Wort. Da lüpfte Franziska plötzlich ihren Hut und schwenkte ihn scheinbar übermütig durch die Luft.

»Mach's gut, Susanne!«, rief sie mit wachsender Selbstsicherheit. »Wir sehen uns später. Ich muss noch an den Stand mit den Lederwaren.«

Sie hob spöttisch den rechten Mundwinkel, nickte dem Junker kurz zu und huschte mit Cäsar davon. Erleichtert atmete sie auf. Das wäre geschafft! Ob Daniel Verdacht geschöpft hatte? Lachend warf sie ihren Kopf in den Nacken. Und wenn schon! Erst einmal müsste er ihr den Überfall nachweisen. Und dann würde er die Angelegenheit bestimmt auf sich beruhen lassen. Von einem Mädchen ausgeraubt worden zu sein! Dem Spott würde er sich nicht aussetzen.

An dem Händlerstand mit Lederwaren blieb sie stehen. Stiefel aus Kalbsleder, polierte Schuhe und beschlagene Gürtel lagen hier neben Pferdehalftern und Zugleinen ausgebreitet. Sogar ein fein gearbeiteter Sattel mit eingestanzten Mustern hing über einem Hocker zum Verkauf. Hinter Bauersfrauen versteckt beobachtete sie, wie Susanne und Daniel miteinander tuschelten. Wie sie sich ansahen! Franziska schüttelte den Kopf.

»Susanne«, flüsterte sie beschwörend, als könnte ihre Freundin sie hören. »Mach dir keine falsche Hoffnung. Er ist doch ein Junker und wird dich bei nächster Gelegenheit wieder fallen lassen!«

Am Rand des Marktes hatte auf der Bretterbühne inzwischen das Gauklerspiel begonnen. Die Menschen drängten sich vor das Holzpodest, auf dem die rothaarige Marie mit den anderen Gauklern ihre Kunststückchen vorführte. Bunte Flickenbälle flogen wie mit unsichtbaren Fäden gezogen durch die Luft. Sogar ein Schwertschlucker zeigte seine Kunst und steckte unter Röcheln einen messingfarbenen Dolch in seinen Schlund, während die Zuschauer entsetzt aufschrien. Der kleinwüchsige Thomas wuselte mit einer Holzschale zwischen den Gaffenden umher und bettelte um ein paar Kupferpfennige.

»Seht euch diesen Wicht an!«, grölte ein dickbäuchiger Kaufmann und deutete mit seinem fetten Zeigefinger auf den kleinen Gaukler. »Der ist ja das Beste von dem ganzen Stück.«

Er stieß Thomas mit dem Fuß in den Rücken, so dass der stolperte und mit dem Gesicht mitten in den Dreck fiel. Thomas schaute an den schmutzigen Röcken und zerfetzten Beinkleidern hoch, an feinen Gewändern und sorgsam genähten Mänteln mit Pelzbesatz. Köpfe beugten sich über ihn. Schadenfrohe Mäuler grinsten ihn an, rot bemalte Frauenmünder waren neugierig geöffnet oder angewidert verzerrt. Thomas rappelte sich mühsam auf. Blut tropfte ihm aus der Nase.

»Diese Missgeburt!«, rief der Kaufmann mit glucksender Stimme. »Da hat der Herrgott wohl nur geübt!«

Die Schaulustigen kreischten vor Vergnügen. Thomas wischte sich übers Gesicht, das Blut vermischte sich mit der roten Schminke auf seinem Mund. Seine Miene war starr wie eine groteske Puppenmaske. Aber in seinen Augen lag eine Traurigkeit, die nur ein Getretener kannte.

Die gesammelten Kupfermünzen waren aus dem Schälchen auf die Erde gekullert. Sofort bückten sich Marktweiber, Gassenjungen und Händler und wollten nach ihnen grapschen. Aber Franziska ging dazwischen.

»Lasst ihr ihm wohl die Münzen?«, fuhr sie die Leute an und sammelte selbst die Geldstücke aus dem schlammigen Dreck auf. »Sie gehören den Gauklern! Da habt ihr euch nicht dran zu vergreifen!«

»Was erdreistest du dich, Weib?« Der dicke Kaufmann packte sie am Arm und riss sie hoch. »Läufst rum wie ein Bursche und spuckst große Töne! Dir muss wohl erst der Ort gezeigt werden, wo du hingehörst!«

Er packte sie am Oberarm, zog sie näher und fuhr sich mit der Zunge über seine wulstigen Lippen, als Franziska ihm kräftig gegen das Schienbein trat. Mit einem Aufschrei ließ er sie los. Da wurde sie an der Hand gefasst und durch die Menge fortgezerrt. Es war Marie, die Gauklerin, hinter der sie herrannte. Ihre bunten Röcke raschelten, das rostrote Haar wehte ihr wirr über die Schultern. Vor ihr rannten die beiden muskelbepackten Gewichtheber der Truppe, die Thomas einfach unter die Achseln gefasst hatten und davontrugen, so dass der Kleinwüchsige nur noch hilflos mit den Beinen durch die Luft strampeln konnte. Franziska stolperte hinter ihnen her, über den ganzen Markt an der Wallfahrtskirche vorbei bis zum Vagantenwagen, der hinter dem Gotteshaus abgestellt war. Angsterfüllt stürzten sie die Stufen hoch und rissen die Wagentür auf.

»Wir müssen wieder auf die Bühne«, raunte Marie Franziska zu, als sie in Sicherheit waren. »Aber bleib du eine Weile hier. Und dann verschwinde, so schnell du kannst. Das war nämlich Kaufmann Marquard aus Frankfurt, der hat Einfluss. Mehr als uns lieb ist. Der könnte dich verhaften lassen.« Marie strich Franziska sanft über die Wange. »Ich danke dir! Von ganzem Herzen!« Und schon war sie mit den beiden Muskelmännern wieder verschwunden.

In dem Holzwagen war es düster und es roch nach muffigen Kleidern, Schweiß und Armut. Thomas öffnete den Fensterladen einen Spaltbreit, so dass etwas Licht in den Wagen fiel. Franziska sah sich verwundert um. Die Holzwände waren bunt bemalt, seltsame Fratzen starrten ihr entgegen. Ein siebenköpfiger grüner Drache, dessen Pranken bis zu den Dielen am Fußboden reichten, glotzte sie mit roten Augen an. Wundersame Engel in blassen Farben schienen an der Holzdecke zu schweben. Franziska musste an den krakeligen Engel denken, den ihr Bruder gezeichnet hatte. Ob es tatsächlich welche gab, die sieben Augen hatten?

Thomas stand vor einem polierten Kupferspiegel, der auf

einem Tisch gegen die Wagenwand gelehnt war, und wischte sich die Blutspuren aus dem Gesicht. Dann tupfte er sich mit Mehlpuder ab und malte seine Lippen rot nach. Langsam drehte er sich um und sah Franziska an.

»Tut's noch weh?«, fragte sie leise.

Thomas versuchte zu lächeln. Aber es wirkte, als würde er nur verkrampft das Gesicht verziehen.

»Ja«, antwortete er ebenso leise. »Manchmal tut es sehr weh.«

Franziska wusste, dass er nicht den Schmerz im Gesicht meinte. Warum musste Gott sein Geschöpf nur in einen Körper zwängen, der ständiger Verspottung ausgesetzt war? Der sogar mit Tritten geknechtet wurde, als wäre er ein räudiger Hund? Wieso hieß es, dass Gott die Menschen nach seinem Bilde erschuf? Dann war Thomas doch auch ein Abbild Gottes oder hatte da der Teufel seine Hand im Spiel? Franziska schüttelte energisch den Kopf. Niemals! Es war doch eher dieser Kaufmann Marquard gewesen, der das Teuflische in sich trug! Er säte Hass, er hatte Thomas in den Dreck getreten.

Franziska beobachtete den Kleinwüchsigen, der eine geschmiedete Schatulle unter einer lockeren Holzplanke am Boden hervorzog und sie behutsam öffnete. Er schob ein Tuch darin zur Seite, ein paar schillernde Steine und ein bunt bemaltes Schneckenhaus. Dann hob er ein Stückchen blauen Samt hoch und zögerte einen kurzen Augenblick. Er hatte wohl gefunden, was er gesucht hatte. Mit seinen dicklichen Fingern nahm er ein Silberkettchen heraus. An der Kette hing ein winziger Anhänger, ein Blütenblatt aus fein ziseliertem Silber. Unendlich zärtlich legte er Franziska das Schmuckstück in die Handfläche und bog ihre Finger darum.

»Nehmt es, ich bitte Euch!«, sagte er mit heiserer Stimme.

Seine Augen strahlten. »Wenn Ihr einmal in Schwierigkeiten seid, dann wird der Silberschmied Euch helfen.«

»Der Silberschmied?«, fragte Franziska verdutzt. »Welcher Silberschmied?«

Thomas lächelte. »Seine Initialen sind auf der Rückseite des Anhängers eingraviert. Er wohnt in Frankfurt. Fragt dort einfach nach ihm.«

Franziska sah in seine Augen, in denen sich zwar tiefes Leid spiegelte, aber nicht der winzigste Keim von Hass zu erkennen war. Noch immer hielt er ihre Finger umklammert. Plötzlich ließ Thomas erschrocken ihre Hand los, als hätte er in Feuer gefasst.

»Ich muss wieder raus«, stammelte er, öffnete die Holztür des Wagens und schaute sich noch einmal wehmütig nach Franziska um. Dann grinste er wie eine Marionette, der mit einem Mal Leben eingehaucht worden war. Franziska ging auf ihn zu und tupfte mit einem Tuch vorsichtig den letzten Rest von verschmiertem Rot an seinem Mund weg. Thomas wandte sich ab und rannte überstürzt davon.

Nachdenklich betrachtete Franziska das Silberkettchen mit dem Blütenblatt. Auf der Rückseite waren zwei Zeichen eingraviert, zwei sich windende Linien. Aber … die kannte sie doch! Franziska spürte, wie ihre Handfläche mit dem Kettchen anfing zu zittern: Es waren die gleichen Buchstaben wie die unter den Miniaturen in dem geheimnisvollen Buch …

Hastig legte sie sich das Silberkettchen um den Hals und ließ den Anhänger unter ihrem Leinenhemd verschwinden. Dann sprang sie die Holztreppe vor dem Gauklerwagen hinunter und rannte los, geradewegs auf Cäsar zu, der hinter der Wallfahrtskirche mit aufgestellten Ohren auf sie wartete. Verwirrt kniete sie sich zu ihm und schmiegte sich an sein Zottelfell.

Plötzlich hörte sie eine weibliche Stimme, die jemanden leise, aber in scharfem Tonfall anfuhr. Franziska reckte sich und entdeckte neben der Kirche die drei Zisterzienserinnen mit Pater Johannes. Blitzschnell huschte sie an die Kirchenmauer, drückte sich eng an die kalten Steine und lugte um die Ecke. Unauffällig beobachtete sie, wie die blinde Nonne ihre beiden Klosterschwestern mit einer knappen Kopfbewegung fortschickte. Ihre Schritte wurden vom wuchernden Gras gedämpft, das Klappern der Rosenkränze und das Rascheln der langen Gewänder verlor sich allmählich in den fernen Geräuschen des Ostermarktes.

»Wo ist es? Ich habe dir vertraut!«, hörte Franziska die alte Zisterzienserin sagen.

»Es war nicht meine Schuld«, entgegnete der Prediger kaum vernehmbar. »Ich schwöre dir, ich konnte nicht ahnen, dass so etwas geschieht.«

»Du hättest Vorsorge treffen müssen!«, antwortete die Blinde mit gefährlich leisem Unterton. »Um Gottes willen, kümmere dich darum, dass es wieder auftaucht.«

Franziska beugte sich weiter vor. Die blinde Zisterzienserin stand starr, wie in Stein gemeißelt, nur ihre Nasenflügel zuckten. Das blasse Nonnenkleid bewegte sich keinen Hauch. Ihre toten Augen waren in die Ferne gerichtet. Der Prediger stand gebeugt und schaute flehentlich bittend hoch zum Firmament. »Gott im Himmel! Wenn ich doch nur wüsste, wer den Junker überfallen hat! Dann könnte ich Nachforschungen anstellen …«

Franziska zuckte zusammen. Wer den Junker überfallen hat? Gebannt hörte sie weiter zu.

»Stelle Nachforschungen an!« Die Stimme der Nonne klang jetzt schneidend scharf wie eine dünne Glasscherbe. »Rufe zur Beichte auf! Lass dir von den Sünden berichten! Verdamme die

Abtrünnigen, die Räuber und Diebe heiliger Schriften! Drohe mit ewigen Höllenqualen, wenn das Diebesgut nicht zurückgegeben wird.«

Der Prediger nickte heftig. Seine Kapuze rutschte ihm tiefer in die Stirn, während er die Hände aneinander rieb, als müsste er sich wärmen. »Ja, predigen, das will ich tun. Ich will aus der Genesis predigen, Texte des Weltuntergangs unter das Volk tragen, um den Sünder zur Buße zu bekehren.«

Die perlmuttfarbenen Pupillen der Zisterzienserin wirkten gespenstisch. »Ich will dieses Buch haben! Es ist eine magische Kostbarkeit von unschätzbarem Wert.«

Franziska wagte kaum zu atmen. Sollte diese magische Kostbarkeit etwa das Buch sein, das sie selbst geraubt hatte und unter ihrem Schlaflager verborgen hielt? Das Blut pochte in ihren Schläfen, als sie sich noch weiter an der bröseligen Kirchenmauer vorbeugte.

»Weiß sonst noch jemand von dem Geheimnis? Oder von dem Diebstahl?«, raunte die Zisterzienserin ihm zu. Ihre Gesichtszüge wirkten verhärmt, die Mundwinkel waren steil nach unten gezogen.

»Niemand weiß davon«, versicherte Pater Johannes eindringlich. »Niemand!«

Wieder zitterten die Nasenflügel der Nonne, während sie langsam den Kopf in Franziskas Richtung drehte. Dann stockte sie, ihre toten Augen waren geradewegs auf Franziska gerichtet. Sie hob bedächtig den Zeigefinger und rieb über einen unsichtbaren Punkt an der Stirn. Erst nach mehreren Augenblicken winkte sie ihre Mitschwestern wieder heran, die auf dem Kirchhof gewartet hatten.

Die beiden waren wesentlich jünger als die Blinde. Die eine wirkte gedrungen. Sie hatte die Schultern hochgezogen, als erwartete sie ein göttliches Strafgericht, das jederzeit über sie hereinbrechen könnte. Die Zweite hatte ein madonnenähnliches Gesicht mit braunen Augen. Wenn sie in die Frühlingssonne zwinkerte, konnte man goldene Sprenkel darin aufblitzen sehen.

»Schwester Almut, haben wir noch etwas auf dem Markt zu besorgen?«, fragte die alte Zisterzienserin mit belegter Stimme.

»Es fehlen die Korbwaren«, antwortete die mit den hochgezogenen Schultern. »Und neues Steingut …«

»Dann lass dich nicht aufhalten. Bring alles gleich zur Kutsche. Schwester Lucia bleibt inzwischen bei mir.«

Mit demütig gesenktem Blick fasste Schwester Lucia die Alte vorsichtig am Arm. Die ließ es geschehen und ging für eine Blinde ungewöhnlich sicher den Pfad an der Kirchenmauer entlang in Richtung Ostermarkt.

Verwirrt sah Franziska ihnen nach. Was hatte das alles zu bedeuten? Wieso wusste die blinde Nonne von dem Überfall und dem geheimnisvollen Buch? Und warum hatte dieser Junker es überhaupt bei sich getragen? Und Pater Johannes, steckte er mit den beiden etwa unter einer Decke?

Der Tote vom Landstein

Gedankenversunken steuerte Franziska an der Kirche vorbei auf die Verkaufsstände zu. Auf der Bühne, wenig von ihr entfernt, führte die Gauklertruppe immer noch ihr buntes Spektakel auf. Fauchende Feuerzungen flammten aus dem öligen Mund des Feuerspuckers, während Marie zu den Tönen der Laute ein Dirnenlied von einem gewissen François Villon vortrug, das die Truppe aus Frankreich mitgebracht hatte. Franziska hörte aufmerksam zu. Die alten Minnelieder, die die Schönheit und Anmut des höfischen Burgfräuleins priesen, waren wohl auch dort inzwischen veraltet. Überall schien eine neue Zeit anzubrechen.

Thomas torkelte in seinem grellfarbigen Flickenkleid zwischen den Zuschauern hindurch und streckte ihnen die Holzschale entgegen, in der sich wieder ein paar Kupfermünzen angesammelt hatten.

»Seht euch den an!«, rief eine derbe Bäuerin feixend und zeigte auf Thomas. »Den möchte ich aber nicht unter meine Röcke schlüpfen lassen.«

Die Menge johlte schadenfroh auf, ein Kesselflicker schlug übermütig mit einem Stock nach ihm. Thomas duckte sich und wuselte zum Bühnenrand, um die paar Kupfermünzen in Sicherheit zu bringen.

»He, ihr da unten!« Marie stellte sich herausfordernd auf das

Brettergestell und zog die verschiedenfarbigen Röcke, die sie übereinander trug, bis zur Wade hoch, um die Aufmerksamkeit auf sich zu lenken. »Hört zu! Dies ist die Geschichte von den Dirnen aus dem Gasthaus ›Zum Goldenen Helm‹.«

Sofort ging ein Raunen durch die Menge, und Marie begann mit ihrer schlüpfrigen Erzählung.

»He, was treibt Ihr da!«, hörte Franziska plötzlich die derbe Stimme eines Mannes. Erschrocken drehte sie sich um, aber ein anderes Weib war gemeint. Es hatte verschiedene Waren auf einem Holztisch ausgebreitet. »Ihr handelt mit Rosenkränzen? Was für eine Schande!«

Die Händlerin schüttelte den Kopf. »Beruhigt Euch«, meinte sie beschwichtigend. »Sie stammen von braven Holzschnitzern. Die wurden eigens von einer Pfarrei in Frankfurt für diese Arbeit ausgesucht, wie es der heilige Dominikus, der Vater des Rosenkranzes, forderte. – Oder habt Ihr etwas gegen die Marienverehrung einzuwenden?«

Der Wallfahrer räusperte sich. »Sie sind doch nicht etwa gesegnet?«

Das Weib winkte entrüstet ab. »Gott bewahre! Dann dürften wir sie doch hier nicht verkaufen.«

Der Wallfahrer schob seinen bulligen Schädel näher an sie heran. »Oder haben verruchte Weiber sie bei geheimen nächtlichen Treffen mit schwarzem Wasser dem Teufel geweiht? Drüben, auf dem Hexenplatz bei den Nonnen vom Kloster Thron …?«

»Bei Gott! Was redet Ihr da!« Schwester Almut, die gedrungene Zisterzienserin, hatte sich unbemerkt zu ihnen gestellt und fuhr ihn empört an. »Bei uns gibt es keinen Hexenplatz! Alles andere ist übelste Gotteslästerung. Und diese Frau hier ist ehrenhaft und uns wohlbekannt.«

Der Wallfahrer fuhr sich durch den Vollbart und musterte die Händlerin noch einmal misstrauisch. Dann trollte er sich. Franziska beobachtete heimlich vom Nachbarstand mit den Lederwaren aus, wie die Nonne die ausgebreiteten Rosenkränze der Händlerin begutachtete. Beim Kreuz am unteren Ende wurde das Apostolische Glaubensbekenntnis gebetet, bei den großen Perlen das »Vater unser«, bei den kleinen das »Gegrüßet seist du, Maria«. Einige der Rosenkränze waren aus geschliffenem Glas, andere aus feinstem Silber, getriebenem Kupfer oder geschnitztem Holz. Sogar aus aufgereihten Fruchtkernen waren welche dabei.

Schwester Almut beugte sich über die Ware, nahm eine der Ketten und ließ ihre Perlen durch die Finger gleiten. Sie waren aus schwarzem Ebenholz gefertigt.

»Habt Ihr keine ... ausgefallenen Exemplare?«, fragte sie leise, während sie sich vorsichtig umschaute. Franziska tat so, als prüfte sie einen ledernen Gürtel, verfolgte aber jede ihrer Bewegungen.

Die Händlerin nickte und öffnete ein kleines Kistchen, das sie unter dem Verkaufstisch versteckt gehalten hatte. »Der Rosenkranz hier ist aus schwarzem Wachs, der da aus weißem – von geweihten Osterkerzen«, raunte sie der Nonne zu. »Dieser ist aus Natternwirbeln und Steinbockhorn. Und seht her! Ich habe noch einen aus Achat, der schützt vor Wahnsinn, und einen aus Bergkristall. Der bannt Übel aller Art.«

Die Nonne nickte erregt, fuhr sich mit der Zungenspitze über die blassen Lippen und fingerte ein paar Münzen aus der Innentasche ihres Mantels. Franziska stutzte. War es Nonnen nicht untersagt, eigenes Geld oder anderen Besitz zu haben?

»Und schließlich noch das hier«, fuhr die Händlerin kaum hörbar fort. »Ein Wendehaupt ...«

Sie legte der Schwester vorsichtig eine kleine Metallkugel in die geöffnete Hand. Franziska rückte unauffällig ein wenig näher. Auf der einen Seite der Kugel war ein Menschengesicht, auf der anderen ein Totenkopf reliefartig eingraviert. Die Nonne schloss ehrfürchtig die Augen.

»Ein Memento mori«, flüsterte sie. »Gedenke des Todes! Bedenke, dass du sterblich bist!«

Mit einer blitzartigen Bewegung ließ die Zisterzienserin ein paar der Kostbarkeiten unter ihrer weiten Kutte verschwinden, drückte der Händlerin das Entgelt in die Hand und eilte davon.

Franziska schob sich den Krempenhut aus der Stirn und ließ ihren Blick über den Markt schweifen. Unten am Weilufer hatte sich eine Menschenmenge zusammengefunden. Dort war eine fahrbare Küche aufgebaut. Aus dem Backofen strömte ein betörender Duft von frischen Osterküchlein.

Plötzlich hallte ein Aufschrei von der Holzbrücke herüber.

»Dort drüben«, schrie Thomas der Gaukler aufgeregt. Seine Stimme klang schrill und überschlug sich. »Da! Da liegt jemand im Wasser!«

Von überallher kamen Dienstmägde, zerlumpte Knechte und Bauern auf die Weil zugerannt. Auch Kaufleute und fein gekleidete Herrschaften drängten zur Holzbrücke und stierten dorthin, wo der Gaukler hinzeigte. Franziska stürzte ihnen hinterher. Tatsächlich schwamm in der Weil ein lebloser Körper. Seine Kutte hatte sich in einem Ast verfangen. Das starre, aufgedunsene Gesicht war dem Himmel zugewandt, seine Haare wogten wie Flussalgen hin und her.

»Holt ihn raus!«, rief ein Schultheiß* mit heiserer Stimme. »Es ist einer der Prediger der Wallfahrtskirche.«

Sofort rannten Knechte und Bauern aufs Ufer zu, drückten Gestrüpp und Äste zur Seite und stapften zum Wasser. Franziska spürte, wie ihr Puls anfing zu rasen, Erinnerungsbilder blitzten auf: die Fackel, das stählerne Messer, der blutrote Rubinring am Finger des Mörders ... Ob dieser Mönch das Mordopfer war? Der Mann, der das Versteck des geheimnisvollen Buches nicht hatte preisgeben wollen und der sein Schweigen mit dem Tod bezahlen musste? Mit einem Mal wurde ihr schwindelig, kalter Schweiß stand auf ihrer Stirn. Hilfesuchend griff sie nach dem Brückengeländer und jäh durchfuhr sie ein entsetzlicher Gedanke: Sollte dieses geheimnisvolle Buch, das der Mörder gesucht hatte, etwa dasjenige sein, das sie dem Junker geraubt hatte? Und das die blinde Nonne suchte?

Franziska atmete tief durch und spähte in das Wasser hinunter, das immer wieder das fahle Gesicht des Toten überspülte. Seine Augen waren weit aufgerissen, die Lippen dunkel angelaufen.

»Ob der zu viel Branntwein gesoffen hat und von der Brücke gefallen ist?«, meinte einer der Umstehenden.

»Geschieht ihm recht!«, brummte ein anderer. »Sich volllaufen lassen! Und das in der Fastenzeit! Das war die gerechte Strafe Gottes.«

Ein Knecht stakste ins Wasser, packte die Leiche an ihren Kleidern und zog sie ans Ufer, während die anderen gebannt zusahen. Einer schrie auf, als die leblose Hand des Toten an einer Baumwurzel hängen blieb. Plötzlich wich der Knecht erschrocken zurück: Der Umhang des Toten hatte sich gelöst, darunter war ein rotes Gewand zu sehen, das Kleid der Märtyrer. Es war am Oberkörper zerrissen. In der schwammigen Brust des Toten klaffte eine tiefe Fleischwunde.

»Mord!«, schrie der Knecht den Schaulustigen zu. »Er wurde ermordet!«

Franziska presste ihre Lippen zusammen. Sie hatte richtig vermutet. Er war mit einem Messer erstochen worden. Es musste der Fremde jener Mordnacht gewesen sein …

Franziska starrte zu der Leiche hinüber, die jetzt auf das breite Holzbrett gehievt wurde, auf dem vorher die Osterküchlein gelegen hatten. Ein paar Holzfäller und Schmiede schleppten die Bahre mit dem Toten hoch zur Wallfahrtskirche.

Erregtes Murmeln ging durch die Menge, die sich näher an das Tragebrett drängte, um einen Blick auf die aufgedunsene Leiche zu erhaschen.

»Seht nur, die Wunde in seiner Brust!«, flüsterte ein Bauernweib mit hochrotem Gesicht. »Die stammt sicher nicht von einem herabgefallenen Ast.«

»Vielleicht ist ja auch der Teufel höchstpersönlich in ihn gefahren und hat ihn in ewige Verdammnis gestürzt.« Der Wagner*, ein stämmiger Mann mit speckiger Lederschürze, bahnte sich den Weg durch die Gaffenden. Er hielt eine zersplitterte Wagenspeiche so fest umklammert, dass das Weiße an seinen Handknöcheln deutlich hervortrat.

Schwester Lucia, die Zisterzienserin mit den Goldsprenkeln in den Augen, sah die Leiche fassungslos an. »Es ist … Bruder Barrabas! Bruder Barrabas ist tot«, flüsterte sie mit tonloser Stimme.

Die blinde Nonne wurde so bleich, als hätte eine unsichtbare Hand die letzte Farbe aus ihrem Gesicht gewischt. Ein paar Herzschläge lang blieb sie stocksteif stehen. Dann wandte sie sich ab. Ihre schmale Gestalt schien in dem grauen Kapuzenmantel fast zu versinken. Mit einer kurzen Kopfbewegung gab sie ihren Mitschwestern das Zeichen zum Aufbruch. Schweigend schritt sie über die Holzbrücke auf die hochrädrige Kutsche zu, die an der Handelsstraße abgestellt worden war.

Wie sicher sie sich bewegt, überlegte Franziska. Ob sie auf das

Rauschen des Baches horcht und so den Weg über die Brücke findet? Auf das Schnauben der Pferde und das Scharren ihrer Hufe?

Der schmächtige Kutscher, der jetzt eine Flinte über der Schulter trug, öffnete wieder den Verschlag, so dass die Zisterzienserinnen einsteigen konnten. Franziska sah der seltsamen Alten hinterher, die sich noch einmal umwandte, bis ihre weißlichen Pupillen Franziska entgegenstarrten. Ein eisiger Schauer lief ihr über den Rücken. Sie fühlte sich, als könnte die blinde Alte in diesem Moment ihre geheimsten Gedanken aufspüren. Verwirrt schaute sie zu Boden, sie konnte dem toten Blick der Alten nicht standhalten.

Als Franziska wieder den Kopf hob, zuckten die Mundwinkel der Zisterzienserin. Langsam reckte die Alte das blasse Kinn, schnupperte und fuhr mit der linken Hand tastend über die Kutschenwand. Mit ungeahnter Geschmeidigkeit kletterte sie hoch und verschwand in dem schwarzen Gefährt. Die Pferde schnaubten und die Kutschenräder setzten sich knirschend in Bewegung. Die zerklüftete Felswand warf düstere Schatten über den Zweispänner, das Knallen der Peitsche hallte über den Landstein. Franziska blickte zurück zu der Menge, die sich immer noch rund um den Ermordeten drängelte. Pater Johannes stand zwischen ihnen, seine Lippen bewegten sich lautlos zu einem Gebet. Die Buchen- und Eichwälder hinter der Wassermühle schienen regungslos, nicht der leiseste Windhauch war zu spüren. Nur ein paar Raubvögel zogen ihre Kreise am gläsernen Himmel.

Der tote Bruder Barrabas wurde auf dem Kuchenbrett in ein Nebengebäude der Wallfahrtskirche gebracht und rasch für das letzte Sakrament hergerichtet. Das rote Märtyrergewand und der Umhang wurden gegen eine trockene Kutte ausgewechselt, das schüttere Haar gekämmt und das bläulich verfärbte Gesicht mit

Mehlpuder betupft. Dann wurde der Tote in der Wallfahrtskirche aufgebahrt. Die Sonnenstrahlen fielen durch die bunten Kirchenscheiben, so dass ein rosiger Lichtschein auf sein Gesicht fiel.

»Ein göttliches Zeichen«, flüsterte einer der Schaulustigen Franziska zu.

Pater Johannes gab dem Toten das Sterbesakrament und malte mit heiligem Öl ein Kreuz auf die leblose Stirn. »Eigentlich ist es zu spät für die letzte Ölung. Aber ich bete aus tiefstem Herzen, dass er ins göttliche Himmelreich aufgenommen wird.«

Die Wachskerzen, die neben Bruder Barrabas aufgestellt waren, flackerten auf, als plötzlich die Kirchentür geöffnet wurde und zwei Männer hereinpolterten. Sie schleppten einen grob gezimmerten Sarg herbei und ließen ihn neben dem Toten auf den Boden krachen. Angewidert wandten sie sich ab. Trotz Puder und frischer Kutte stieg ein durchdringender Geruch von der Leiche auf. Am gleichen Tag noch wollten sie den toten Körper in den Sarg verfrachten und ihn über den Pfarrweg hoch zum Friedhof auf den Treisberg bringen.

Allmählich ließ die Neugierde der Gaffenden nach und sie schwärmten wieder hinaus auf den Ostermarkt. Neben der Wallfahrtskirche war ein kleines Podest aus massivem Holz aufgestellt worden. Die Laienbrüder standen dicht an dicht, die Arme in den Kuttenärmeln verschränkt, die weiten Kapuzen auf dem Rücken. Pater Johannes hob jetzt die knochigen Hände gegen den Himmel und kletterte auf die Holzkiste.

»Ihr Sünder, die ihr euch vom Antlitz des Herrn abgewandt habt«, donnerte seine Stimme über den Markt. »Die ihr sogar nicht davor zurückschreckt, unseren Bruder Barrabas zu töten, sein irdisches Licht auszulöschen. Ihr Mörder! Ihr Diebe! Ihr, die ihr euch nicht scheut, brave Handelsleute zu überfallen und auszurauben! Ihr Verräter des Gotteswortes! In ewiger Verdammnis, in verzehrendem Feuer werdet ihr für alle Zeiten büßen …«

Die Menschen duckten sich, als erwarteten sie gleißende Feuerblitze, die als himmlische Strafe auf sie herniedersausen würden.

»Wehe denen, die da Gott lästern!«, fuhr Pater Johannes mit beschwörender Stimme fort. »Die sich in Sünden suhlen und die Gebote des Herrn missachten, die werden nicht an der Auferstehung des Fleisches teilnehmen. Ihre Körper werden dereinst von irrwitzigen Dämonen zerrissen, von Teufelsrachen bespuckt und zerfleddert. Wollt ihr euch selbst davor bewahren?«

Eine junge Magd öffnete ihre schmale Faust, ein kupfernes Geldstück blinkte auf. »Ja, ja! Ich will! Ich will meine Schuld tilgen und um Ablass meiner Sündenstrafe bitten.« Mit aufgerissenen Augen blickte sie Pater Johannes flehend an und streckte ihm die Kupfermünze entgegen.

»Gut, meine Tochter. Die Sünden werden dir vergeben.« Mit lauter Stimme verkündete er: »Am heutigen Ostersonntag, zur Auferstehung des Herrn, sollt ihr ein Zeichen setzen für eure aufrichtige Reue: Nennt mir eure Sünden, beichtet eure Vergehen, erzählt mir von euren Schandtaten! Kauft von den Ablassbriefen und der Herr wird sich eurer erbarmen.«

Bauern und Handwerker drängelten sich an einen Holztisch neben dem Podest heran, an dem die Laienbrüder jetzt die begehrten Briefe verkauften. Schon klimperten die ersten Münzen in einem kleinen Silberkasten.

»Warum macht er das?«, fragte ein ausgemergelter Köhler und deutete mit dem Kinn zum Gerichtsplatz auf der anderen Seite des Marktes, wo gleich neben dem Galgen eine Art Beichtstuhl aufgebaut worden war, damit Bruder Barrabas' letzte Ruhe in der

Kirche nicht gestört würde. »Sonst werden die Ablässe doch ohne Beichte gegeben.«

In diesem Moment erhob Pater Johannes noch einmal seine Stimme: »Ich werde bei der heiligen Beichte prüfen, ob sich eure Gesinnung verbessert hat. Und wenn ihr euch als würdig erweist, wird euch eine weitere göttliche Gnade zuteilwerden: Am heutigen Fest der Auferstehung soll euch nicht nur für alle begangenen Sünden verziehen werden. Nein, mir ist sogar die Erlaubnis erteilt worden, euch Ablässe für zukünftige Sünden zu verkaufen.«

Eine Tuchhändlerin stemmte ihre Hände in die Hüften. »Aber wie sollen wir wissen, was wir in Zukunft sündigen?«

»Ihr sollt gar nicht sündigen!«, donnerte der Mönch ihr entgegen. »Aber ihr kennt eure Schwächen, eure Halsstarrigkeit am besten. Kauft jetzt Ablässe, dann habt ihr für eure künftigen Vergehen schon einmal welche bereit.«

Die Tuchhändlerin grinste einem kräftigen Burschen mit nacktem Oberkörper verstohlen zu. Sie lüpfte ihre Unterröcke und zog eine sackähnliche Geldbörse aus einem Gürtel, den sie sich um den Oberschenkel gebunden hatte. »Wenn das so ist, hätte ich gerne drei Stück für vier Silbermünzen.«

Als wäre auch das ein himmlisches Zeichen gewesen, schoben sich immer mehr reuige Sünder dicht an den Holztisch mit den Ablassbriefen.

»Erst die Beichte!«, rief ihnen Pater Johannes mit erhabener Stimme zu. Die Gläubigen folgten ihm zu dem hastig aufgebauten Holzgestell, das mit einem Leinentuch verhangen war und als Beichtstuhl dienen sollte. Der hohe Galgen warf einen düsteren Schatten über die wartenden Büßer. Ängstlich drückten sie sich eng aneinander.

Franziska schmunzelte und zog ihren Krempenhut tiefer ins Gesicht. Dieses Spektakel war besser inszeniert als das der Gaukler! Die blinde Nonne hätte ihre helle Freude daran. Aber ob der Mörder sich wirklich dem Mönch offenbaren würde? Jedenfalls würde Pater Johannes so nicht erfahren, wer den Überfall auf die Kutsche begangen und das kostbare Buch an sich genommen hatte …

Da schob sich eine einzelne, düstere Wolke vor die Sonne. Franziska fröstelte und schaute hoch zum Firmament. Und plötzlich verspürte sie das dringende Bedürfnis, sich den aufgebahrten Leichnam des Ermordeten noch einmal anzusehen. Vielleicht gab es daran ja irgendeinen Hinweis auf den Mörder, den in der Eile niemand bemerkt hatte.

Franziska zwängte sich an den Marktleuten vorbei, die sich allmählich wieder ihren Geschäften zuwandten, und steuerte geradewegs auf die Wallfahrtskirche zu.

»Warte hier«, flüsterte sie ihrem Zottelhund Cäsar zu, der sie nicht mehr aus den Augen gelassen hatte. »Und keinen Mucks!«

Behutsam drückte sie die eisenbeschlagene Eichentür einen Spaltbreit auf und schlüpfte lautlos in das Kirchenhaus. Es war leer. Die Geräusche, die von draußen kamen, wirkten gedämpft. Franziska ging langsam auf den Leichnam zu. Jetzt fielen wieder Sonnenstrahlen durch die farbigen Glasfenster der Apsis*, die genau nach Osten ausgerichtet war, zur aufgehenden Sonne hin, dem Paradies und der Auferstehung entgegen. Die düstere Wolke hatte sich verzogen. Franziska betrachtete den toten Mönch. Jemand hatte ihm die Augenlider geschlossen. Sein mehlweißes Gesicht war aufgedunsen. Die schwammigen Hände lagen auf dem gewölbten Bauch, die rechte war zu einer Faust verkrampft. Franziska stutzte. Hatte er sich im Todeskampf etwa irgendwo festgekrallt? Zaghaft schlich sie noch näher an den Toten heran. Ein Lichtfleck lag jetzt genau auf der Leichenhand, die bläulich angelaufen war.

Wirkte sie nicht, als hielte sie etwas umschlossen?, überlegte sie und zögerte kurz. Dann fuhr sie mit ihrem Zeigefinger zwischen die Fingerglieder und lockerte die Faust. Das tote Fleisch fühlte sich kalt an. Etwas blitzte silbern auf. Ein kleines Kettchen mit einem Anhänger glitt aus der Hand des Toten auf seinen dicklichen Bauch. Plötzlich war ein leises Knarren zu hören. Franziska griff blitzschnell nach dem Silberschmuck und drehte sich erschrocken um. Aber kein Mensch war zu sehen. Die Kerzendochte glimmten auf, das Feuer flackerte. War da ein Windhauch? Eine geöffnete Tür? Im gleichen Moment glaubte sie, Schritte zu hören. In panischer Angst rannte sie auf die geschlossene Eichentür zu, die nach draußen führte, während neben ihr auf dem Mauerwerk ein düsterer Schatten allmählich zu einer riesigen Silhouette anwuchs.

Wer ist da? Franziska fuhr herum. Aber niemand war zu entdecken. Schneller! Ich muss hier raus!

Endlich spürte sie den kalten Türgriff in der Hand und drückte die Kirchentür auf. Helles Tageslicht blendete sie, kühler Wind fuhr ihr über den Nacken.

Susanne lief ihr entgegen. »Wo warst du denn?«, rief sie lachend.

Franziska warf einen letzten Blick zurück in die Kirche: Sie war tatsächlich leer. Noch immer hielt sie den silbernen Anhänger, den der Tote wohl dem Mörder vom Hals gerissen hatte, fest umklammert. Mit zitternden Fingern ließ sie ihn in den Lederbeutel gleiten, der um ihren Hals hing.

»Kommst du mit?«, fragte Susanne, die jetzt atemlos vor ihr

stand. »Ich soll neues Linnen auf die Burg bringen, das von uns blau gefärbt wurde.«

»Auf die Burg von Altweilnau? Wo dein Junker nächtigt?« Franziska versuchte sich ihre Anspannung nicht anmerken zu lassen.

»Ja«, antwortete Susanne mit glänzenden Augen. »Außerdem soll ich dort noch in der Küche helfen. Wenn du magst, kannst du dich da oben mal umschauen. Du warst doch noch nie in der Burganlage.«

Franziskas Gedanken überschlugen sich. Sollte sie sich wirklich in die Höhle des Löwen wagen? Was wäre, wenn der Kaufmann samt seiner Tochter sie wiedererkennen würde? Dieser Daniel hatte sie sowieso schon so misstrauisch beäugt. Andererseits könnte sie dort vielleicht etwas über dieses geheimnisvolle Buch erfahren. Der Junker musste etwas darüber wissen, er hatte es schließlich bei sich getragen!

»Ich komme mit!« Franziska warf entschlossen den Kopf in den Nacken. »Ich sage nur schnell dem Knappen Bescheid. Und Cäsar lasse ich am besten bei ihm.«

Franziska rannte mit ihrem Hund davon, während Susanne ihre blau verfärbten Hände noch einmal am Bach mit einer sandigen Paste aus Seifenkraut wusch. Dann stapelte sie am Verkaufsstand der Färberei Leinentücher in einen geflochtenen Weidenkorb.

Seltsame Entdeckungen

Die Sonne stand hoch am Firmament, nur ein paar kleine Wolken trieben gemächlich über die Bergkuppen. Weit oben am Himmel zogen zwei Rotmilane ihre Kreise. Die beiden Freundinnen schlenderten die enge Schlucht entlang, die zur Muckenmühle* führte, während Susanne von den Gerüchten über den Priestermord am Landstein berichtete. Franziska schwieg. Ihre Freundin sollte nie erfahren, dass sie selbst den Überfall auf die Kutsche begangen hatte und beim Auskundschaften der Gegend Zeugin des Mordes geworden war.

An der Muckenmühle gabelte sich der Weg. Der Handelsweg führte weiter in Richtung Neuweilnau, ein anderer bog scharf rechts ab, hoch zur befestigten Burganlage von Altweilnau, die mit ihrem steilen Anstieg und schmalen Zugang als uneinnehmbar galt. Allerdings brachte ihr Standort auch einige Unannehmlichkeiten. So musste beispielsweise das Koch- und Waschwasser im Tal aus dem Weilbach geholt werden, weil das Quellwasser hinterm Königsholz* zu schnell im Erdreich versickerte. Außerdem waren die Steilhänge ungeeignet für Ackerbau, einige Häuser der Burgmannensiedlung waren lediglich aus Platzgründen am Abhang errichtet worden. Und der Weißwein, der aus den an den Hängen angebauten Trauben gekeltert wurde, schmeckte angeblich so sauer, dass er nur gewürzt genießbar war. Dafür war die

Aussicht über das Bergland fast so beeindruckend wie bei ihr zu Hause auf Burg Reifenberg, stellte Franziska fest.

Langsam stiegen sie den Burgweg hoch, überholten Ochsenkarren, Pferdeknechte und Mägde, die Ablassbriefe erstanden hatten, immer weiter auf die siebentürmige Festung zu.

Sieben! Bei dieser Zahl tauchten in Franziskas Kopf sofort wieder Erinnerungsbilder von dem Mörder auf, der drohend zischelte: »Ich warne Euch! Die sieben Zeichen führen so einen, wie Ihr es seid, geradewegs in die Hölle!«

Da rüttelte jemand an ihren Schultern. Erschrocken fuhr sie zusammen. Aber es war nur Susanne.

»He, was ist mir dir? Träumst du?«, fragte sie lachend.

Franziska schüttelte den Kopf. »Nein, es ist nichts. Erzähl mir lieber, was dein Junker dir wieder für Flausen in den Kopf gesetzt hat«, versuchte sie ihre Freundin abzulenken. »Hat er dich zum Nachtmahl eingeladen? Will er dich entführen und mit dir über die Meere segeln?«

»Nichts von alledem«, erwiderte Susanne ein wenig traurig. »Wenn ich doch nur wüsste, was mit Daniel und mir einmal wird. Auf dem Ostermarkt konnten wir nicht weiterreden, weil plötzlich sein Onkel, Graf Philipp, auftauchte.«

»Habt ihr euch denn wenigstens hier auf der Burg verabredet?«, fragte Franziska diesmal ernsthaft.

Susanne schüttelte den Kopf. »Dazu war keine Zeit. Aber ich werde ihn sicherlich zu Gesicht bekommen.«

Geschmückte Pferde mit Reitern in prächtigen Gewändern trabten an ihnen vorbei. Die Pferdehufe warfen Grasbüschel hoch, so dass Susanne mit dem Korb voller Leinentücher schnell zur Seite wich. Den Fuhrwerken, die auf dem Weg zurück ins Tal waren, mussten immer wieder Holzstämme vor die Räder gelegt werden, da sie mit ihren Deichseln sonst gegen die Hinterhand der Pferde gefahren wären.

Nach dem steilen Anstieg bogen die beiden Freundinnen in die Gasse ein, die in die Burg hineinführte. Susanne winkte dem Turmwächter Siegfried zu, der sich aus dem Fenster über dem Burgtor beugte. Darunter war das Wappen der Herrschaft von Altweilnau angebracht: zwei Löwen, die ihre blaue Zunge herausstreckten und deren rechte Vordertatzen drohend hochgereckt waren. Franziska erstarrte. Wie Schuppen fiel es ihr von den Augen: Natürlich, das Wappen von Altweilnau! Das war eine der Miniaturen aus dem geheimnisvollen Buch. Daher kannte sie die Abbildung also.

Gerade brachten Weinhändler im Pferdekarren mehrere Holzfässer hoch, die mit Teer abgedichtet waren, damit der Kelterwein nicht herauslaufen konnte. Die Hufe der Ackergäule klapperten auf dem Kopfsteinpflaster, Knechte fegten dicke Haufen von Pferdemist zusammen, über denen Wolken von surrenden Fliegen schwirrten.

Dicht an der Burgmauer waren zwischen meterhohem Farn wuchtige Holzkäfige mit Eisengittern aufgestellt, in denen die Jagd- und Bluthunde der Herrschaft eingesperrt waren. Als Franziska und Susanne an ihnen vorbeigingen, brachen sie in wütendes Geheul aus und sprangen an den Gitterstäben hoch, als wäre der Teufel in sie gefahren.

»Was ist denn mit denen los?« Franziska wich erschrocken ein paar Schritte zurück, als könnten die Eisenstäbe im nächsten Moment bersten.

»Die sind heiß auf den Ausritt mit Junker Daniel«, raunte Susanne ihr zu. »Wahrscheinlich sind sie von ihm zu sehr aufgestachelt worden.«

»Aufgestachelt?«, fragte Franziska hellhörig, während sie die Bluthunde betrachtete, die gefährlich ihre Reißzähne fletschten. Speichelfäden tropften von ihren schwarzglänzenden Lefzen. Die bulligen Körper mit den gesträubten Nackenhaaren waren zum Sprung bereit. »Wie meinst du das?«

Susanne beugte sich nah zu Franziska herüber und flüsterte: »In der Nacht, als der Frankfurter Kaufmann mit seiner Tochter überfallen wurde, hat Daniel dem Räuber ein Stück Stoff vom Hemd gerissen.«

Franziska starrte sie an. »Ja, und?« Entsetzt presste sie die Lippen zusammen.

»Damit macht er jetzt die Bluthunde heiß und setzt sie auf seine Fährte an.« Susannes blasse Wangen schimmerten rosig vor Anspannung. »Diese Hunde finden jede Spur. Daniel hat geschworen, die Räuber in ihren Nestern aufzustöbern und auszuräuchern! Ich denke, wir können sie bald am Galgen baumeln sehen.«

»Aber …« Franziska schluckte, um sich wieder zu beruhigen. »Aber … es könnte doch sein, dass die Räuber gar nicht so furchterregend sind …«

Susanne fuhr ihre Freundin an. »Nicht so furchterregend? Fräulein Ute hätten sie beinahe die Kehle durchgeschnitten!«

»Aber sie lebt doch noch«, antwortete Franziska leise. Ihr Atem ging stoßweise, ihre Finger zitterten.

»Das klingt ja beinahe, als wolltest du sie verteidigen«, meinte Susanne vorwurfsvoll. »Nein, die müssen aufgeknüpft werden! Am allerhöchsten Ast sollen sie baumeln. Wo soll das denn hinführen, wenn man keinen einzigen Schritt mehr ohne bewaffnete Begleitung machen kann.«

Franziska schwieg. Sie fühlte sich hundeelend. Sollte sie Susanne nicht lieber die Wahrheit sagen? Andererseits könnte sie dadurch ihre Freundschaft aufs Spiel setzen, und die Möglichkeit, das Geheimnis des magischen Buches zu lüften. Am Ende würde sie sogar Susanne selbst in Gefahr bringen …

Nachdenklich stolperte Franziska ihrer Freundin quer über den Burghof hinterher. Drei steinerne Stufen führten hinunter in die Küche, aus der es köstlich duftete. Auf einem Holzregal neben dem Kücheneingang wurden frische Kräuter aufbewahrt. Körbe voller Eier standen neben Laiben von hellgelbem Käse und Töpfchen mit ausgelassenem Schmalz. Ein knuspriges Spanferkel, das starr seine Beine von sich streckte, garte an einem Spieß, während immer wieder Fett ins Herdfeuer tropfte, so dass es hell aufzischte. In Kupferkesseln kochte Rotkohl, gefüllte Täubchen brutzelten in einer sahnigen Soße – das war ein neuartiges Gericht aus Frankreich. An dem blank gescheuerten Küchentisch füllte eine Magd dampfendes Gemüse in Tonschüsseln mit blauer Lasur, der Burgkoch ordnete Hühnerschenkelchen auf Holzbrettern an.

»Wo soll ich die Leinentücher hinlegen?«, fragte Susanne die Küchenmagd, die sich mit dem Ärmel über das hochrote Gesicht fuhr und ihr jetzt entgegenwatschelte.

»Gib sie her!«, keuchte sie. »Ich werde gleich die Betten der Herrschaft neu richten.«

Der Burgkoch sah sich mit verschwitztem Gesicht nach Susanne um. »Ach, da bist du ja endlich!«, brummte er. »Beeil dich, zwei Mägde sind ausgefallen.«

»Vielleicht könnte ich ja auch noch helfen«, sagte Franziska, die neben ihr stand. »Ich bin eine Freundin von Susanne und habe nichts weiter zu tun.«

Susanne verdrehte die Augen. Franziska ahnte ihre Gedanken: Diese Franziska! Als Tochter des Ritters von Reifenberg wollte sie in der Küche helfen … Gut, dass keiner sie hier kannte.

Der Burgkoch musterte sie abschätzend. »In Beinkleidern und Wams? Willst du Schande über die Dienerschaft von Altweilnau bringen? Wie kommst du überhaupt zu solchen Kleidern?«

»Ihre eigenen sind … feucht«, versuchte Susanne sie zu entschuldigen. »Sie ist am Ufer der Weil abgerutscht und ins Wasser gefallen. Da hat ein Handwerker ihr ein paar von seinen Sachen ausgeliehen.«

»Soso«, brummelte der Koch, während er mit einem Stein ein langes Messer schärfte. Ein unangenehmes Quietschen war zu hören.

»Habt Ihr nicht ein Kleid für mich?«, fragte Franziska. »Dann könnte ich mich rasch umziehen und helfen.«

»Nun ja, ein paar Schüsseln aufzutragen, das dürfte nicht allzu schwer sein …« Der Burgkoch nahm das geschärfte Messer und schnitt die ersten Scheiben von einem saftigen Schweinebraten ab. »Also gut! In der hinteren Vorratskammer müssten noch Kleider für eine Dienstmagd liegen. Dann beeil dich!«

Franziska huschte in die Kammer, die vollgestopft war mit Würsten, Speck und geräucherten Schinken, die von der Decke baumelten. Tonnen, gefüllt mit Sauerkraut, standen neben Apfelwein- und Bierfässern. In Kiepen lagen Rüben, Äpfel und Zwiebeln. Franziska leckte sich über die Lippen, pulte ein kleines Stückchen aus einer angeschnittenen Räucherwurst und steckte es schnell in den Mund. Hastig wechselte sie Beinkleider, Hemd und Wams gegen ein Kleid aus grobem Leinen, schlüpfte in ein Paar Schuhe, die aus Binsen geflochten waren, und versuchte, ihr Haar in Zöpfen zu bändigen.

»Franziska, wo bleibst du denn?«, hörte sie Susannes Stimme.

»Einen Moment noch! Ich bin gleich fertig.« Franziska griff nach der Haube, setzte sie sich auf den Kopf und zupfte ein paar

Strähnen zurecht. Plötzlich bemerkte sie am rückwärtigen Mauerwerk Gitterstäbe, die durch Fässer, herabhängende Wurstwaren und gestapelte Kisten fast völlig verdeckt waren. Seltsam, dort hinten war eine Tür? Was wohl dahinter verborgen lag? Franziska kletterte über die Holzkisten auf das massive Gittertor zu, das den Zugang zu einem gewölbeartigen Gang versperrte. Das Tor war haargenau in die halbrunde Steindecke eingefasst. Kühle Luft, die tief aus der Dunkelheit kam, fuhr ihr ins Gesicht. Das musste der Geheimgang sein, der zum Fuß der Burg führte und von dem Susanne ihr schon oft erzählt hatte. Vorsichtig rüttelte Franziska an den Gitterstäben, aber die Tür war verschlossen. Das schwere Eisenschloss hatte Rost angesetzt, es wurde wohl nur selten benutzt.

»Franziska!«, hörte sie erneut die drängelnde Stimme von Susanne.

»Ich komme ja schon!« Franziska rutschte über die Vorratskisten wieder in den vorderen Teil der Kammer und kehrte dann in die Burgküche zurück.

»Wo bleibst du denn?« Susanne drückte ihr ein Holzbrett mit knusprigen Gänsekeulen in die Hand. Sie selbst fasste nach den Tonschüsseln mit gedünsteten Hirschhoden für die Herren. »Und denk daran: Benimm dich wie eine gesittete Magd und nicht wie ein aufmüpfiger Stallbursche!«

Franziska nickte und lief mit tippelnden Schritten hinter Susanne her, die mit den dampfenden Schüsseln über den Burghof auf den Palas zueilte. Ein junger Wachmann schnupperte an dem duftenden Geflügel und streckte gierig seine Schmutzfinger danach aus.

»Verzieh dich!« Franziska versetzte ihm einen deftigen Tritt gegen das Schienbein. »Sonst kannst du was erleben!«

»Ist ja schon gut«, brummte er und zwinkerte ihr verschmitzt zu. »Sag mal, hast du später Zeit für mich? Du gefällst mir!«

»Da kannst du warten, bis du schwarz wirst«, fuhr Franziska ihn giftig an. »Du verwanzte Filzlaus!«

»Komm jetzt endlich!« Susanne winkte ihre Freundin verärgert hinter sich her. »Du sollst dich doch wie eine gesittete Magd benehmen! Hörst du?«

»Auch eine gesittete Magd muss sich wehren«, raunte Franziska ihr störrisch zu. »Oder soll ich deiner Herrschaft verkünden, dass mir ein Flegel die Gänsekeulen vom Holzbrett weggefressen hat?«

In diesem Moment jaulten unten an der Burgmauer die Bluthunde in ihren Holzkäfigen auf, so dass Franziska erschrocken zusammenfuhr. Alte Bilder vom Überfall tauchten in ihr auf, die von plötzlichen Ängsten überlagert wurden: Daniel warf sie zu Boden, riss mit lautem Ratschen den Leinenfetzen von ihrem Hemd. Gleichzeitig hetzten Jagdhunde mit blitzenden Reißzähnen auf sie zu. Ihre blutunterlaufenen Augen wurden größer, kamen näher und näher …

»Wie lange kannst du eigentlich hier bleiben?«, riss Susanne sie aus ihren furchterregenden Gedanken. »Zusammen mit dir macht mir die Arbeit viel mehr Spaß.«

»Wie lange … ja …«, stammelte Franziska immer noch schreckensstarr, als hätte Daniel sie schon überführt. Aber dann lächelte sie: Es war doch nur ein verworrener Albtraum gewesen! »Ein bisschen habe ich noch Zeit«, sagte sie und fuhr dann scheinbar gleichgültig fort: »Sag mal, wann fahren die Gäste eigentlich wieder?«

»Sie bleiben nur noch zwei Tage, dann reisen sie ab.« Susanne gab einem Knecht das Zeichen, die schwere Tür zum Palas zu öffnen. Leise quietschend wurde sie aufgedrückt.

In zwei Tagen! Franziska atmete erleichtert auf. Dann würde dieser Daniel die Gegend wieder verlassen. Nur noch zwei Tage musste sie sich vor ihm und den Bluthunden in Acht nehmen. Und die waren hier ja gottlob in Käfige gesperrt. Solange der Junker beim Mahl saß, konnte ihr also nichts geschehen.

Als sie die Stufen hochstiegen, die in einen Vorraum aus grobgemauerten Felssteinen führten, verspürte Franziska trotzdem eine seltsame Unruhe. In der Vorhalle war es kühl, riesige Tierfelle mit ausladenden Pranken hingen an den Wänden. In eisernen Halterungen steckten Pechfackeln. Von hier ging eine breite Steintreppe hinunter in den Rittersaal, der seitlich der Burganlage an einem abschüssigen Hang gelegen war.

Franziska merkte, wie ihre Finger anfingen zu zittern. Gerade jetzt, wo sie das Brett mit den Gänsekeulen in den Händen hielt! Sie musste höllisch aufpassen, dass der Kaufmann, seine Tochter und vor allem dieser Daniel, der wohl schon Lunte gerochen hatte, sie nicht wiedererkannten! Aber sie trug doch Frauenkleider, versuchte sie sich zu beruhigen. Und eine Leinenhaube! Außerdem hatte sie ihr Haar zusammengebunden, das Gesicht gewaschen und würde sich im Hintergrund aufhalten. Und wer achtete schon auf eine Dienstmagd!

Vorsichtig hob sie den Blick und stieg die breite Steintreppe hinunter in den prächtig ausgestatteten Rittersaal. Das Mauerwerk war mit Ölgemälden und kunstvoll gewebten Teppichen geschmückt. An der Stirnseite des Saales hing die Altweilnauer Fahne: Die beiden roten Löwen starrten Franziska vor dem gelben Hintergrund entgegen. Warum war dieses Wappen wohl in dem geheimnisvollen Buch abgebildet? Franziska umfasste mit aller Kraft das Holzbrett mit den Gänsekeulen, um ihre Aufregung zu verbergen. Ob sie hier in der Burg einen Hinweis fand?

Graf Philipp hatte am Kopfende des Eichentisches Platz genommen. Gleich neben ihm entdeckte Franziska den Kaufmann, den sie in der Vollmondnacht ausgeraubt hatten. Jetzt erhob sich der Graf hoheitsvoll. Franziska beobachtete jede seiner Bewegungen. Er trug sein Männerwams mit dem modischen, knielangen Faltenschoß offen, wahrscheinlich um das teure Hemd darunter zu zeigen. Dann griff er nach einem der kostbaren Weingläser, die er wohl in Glashütten* erstanden hatte, und hielt es stolz ins Licht, damit sich die Sonnenstrahlen darin brechen konnten. Ein Bediensteter goss roten Wein ein und der Graf prostete seinen Gästen zu. Der Kaufmann nickte lächelnd, während er seinen talarähnlichen, mit Pelz gefütterten Oberrock zurechtzupfte. Junker Daniel hockte etwas weiter entfernt auf einem hohen Lehnstuhl mit dem Rücken zu Franziska und plauderte mit einem höfischen Gesandten. Der Stuhl neben ihm war frei. Sie ließ ihren Blick über die edlen Damen schweifen, die geschnürte Mieder und bestickte Lätzchen trugen. An ihren Hälsen baumelten goldene Anhänger oder Perlenketten. Sie tuschelten und kicherten miteinander, so dass Franziska sich beruhigte. Die Herrschaften hatten so viel mit sich selbst zu tun, dass sie sicherlich keinen Blick an sie verschwenden würden.

In diesem Moment betrat Kaufmannstochter Ute den Rittersaal. Mit leicht schwingenden Hüften stieg sie die Treppe herab, so dass die beiden Röcke, die sie übereinander trug und von denen der obere in einer Schleppe auslief, in sanftem Schwung hin und her wehten. Würdevoll trat sie an den freien Platz neben Daniel und ließ sich von Bediensteten den Lehnstuhl zurechtrücken. Erst jetzt bemerkte Franziska, dass der Tisch mit kostbaren silbernen Tellern und Bestecken gedeckt war.

»Jetzt mach schon!«, hörte sie die leise Stimme von Susanne.

»Was meinst du?«, fragte Franziska verwundert.

»Das Brett! Stell endlich das Brett hin!«, raunte Susanne ihr zu.

Franziska stellte rasch die knusprigen Gänsekeulen ab, während Kaufmannstochter Ute sich einen fein geschnitzten Holzkasten bringen ließ. Sie räusperte sich vornehm, bis alle Blicke auf sie gerichtet waren. Langsam öffnete sie den Deckel und nahm mit den Fingerspitzen eins der kunstvoll geschliffenen Trinkgläser heraus, in denen Goldkörnchen eingeschmolzen waren. Auch sie hielt ihr Glas ins Licht. Die Sonnenstrahlen brachen sich in den Facetten, so dass Lichtkreise in Regenbogenfarben über die Steinwände tanzten.

»Sind sie nicht hinreißend?«, fragte sie mit zarter Singsangstimme, während sie dem Grafen die Kostbarkeit hinüberreichte. »Echte venezianische Gläser! Ein Präsent für Euch aus Venedig, das wir erst kürzlich bereisten.«

Der Graf stellte das eher dickliche Trinkglas aus Glashütten unbemerkt zur Seite und hockte sich schweigend zurück auf seinen Lehnstuhl.

»Sind sie nicht einzigartig?«, fragte Ute noch einmal nach und tupfte sich mit einem Schnupftuch die Nase, so wie es die neueste Mode in Venedig vorgab. Ihre Stimme hatte jetzt einen herausfordernden Unterton, als erwartete sie höchste Bewunderung für dieses einzigartige Geschenk.

»Ja, Ihr habt eine ganz vorzügliche Wahl getroffen«, meinte Graf Philipp und deutete eine höfliche Verbeugung an.

Franziska spürte Ärger in sich aufsteigen: Warum hatte sie diese Kiste beim Überfall nur übersehen? Aber dann zuckte sie gleichgültig mit den Schultern. Die hätten sie ja sowieso nicht schleppen können. Geld und Schmuck war das, worauf sie es abgesehen hatte!

Jetzt erhob Ute ihr venezianisches Glas und nickte allen Gästen wohlwollend zu. Dann beugte sie sich zu Daniel hinüber. Dabei schien ihr Blick durch das Trinkglas hindurch genau auf die beiden Freundinnen zu fallen. Ein gewölbtes Glupschauge starrte Franziska entgegen, aber schon hatte Fräulein Ute sich wieder zurückgelehnt. Sie hatte das Mädchen wohl nicht bemerkt.

Franziska fröstelte, obwohl das lodernde Feuer im Kamin eine wohlige Wärme ausstrahlte. Ruß hatte sich an dem aufgeplatzten Mörtel festgesetzt. Dunkle Linien überzogen den vorspringenden Sims. Unwillkürlich musste Franziska an die seltsamen Schriftzeichen aus dem geheimnisvollen Buch denken …

»Die haben hier einen Prunk«, unterbrach Susanne ihre Gedanken. »Findest du nicht auch?«

Franziska nickte. »Das hätte ich nicht gedacht. Silberne Teller und kostbares Besteck … und dann die Kleidung, die Gemälde, die Gobelins …«

»Nächstes Mal musst du unbedingt mit nach Frankfurt zur Messe kommen, wo wir unsere gefärbten Tuche verkaufen«, raunte Susanne ihr zu. »Da gibt es die neuesten Moden und Kostbarkeiten, Pelze, Wäsche, Spezereien. Oder nach Augsburg. Die Paläste der Fugger sind atemberaubend.«

Plötzlich fiel klirrend ein Löffel hinunter. Junker Daniel bückte sich und schaute wie zufällig zu ihnen herüber. Franziska stockte. Warum verunsicherte sein Blick sie bis ins Innerste ihrer Seele? Sie hatte doch Angst vor diesem Junker, der ihr nach dem Leben trachtete … Verlegen sah sie zu Boden.

»Was ist?«, fragte Susanne verwundert. »Kennt ihr euch etwa doch? Du verhältst dich sonst nicht so komisch.«

»Nein, wir haben uns nur auf dem Ostermarkt gesehen. Das ist alles.« Franziska biss sich auf die Unterlippe.

Im gleichen Moment schaute Daniel zu Susanne hinüber und zwinkerte ihr lächelnd zu. Kaufmannstochter Ute hatte dieses kleine Geschehnis genau beobachtet und runzelte die Stirn.

»Was bleibt das Gesindel dahinten stehen und glotzt sich die Augen aus dem Gesicht?«, meinte sie spitz. Sie zupfte an einem seidenen Tuch herum, das sie sich um den Hals gebunden hatte, um die dünne Narbe zu verdecken. Dann wandte sie sich mit einem süßlichen Lächeln dem Grafen zu. »Ist das hier übrigens alles, was Ihr aufzutischen habt?«

»Los, komm!«, flüsterte Susanne, während sie hastig ihre Freundin hinter sich herzog. »Wir müssen die anderen Schüsseln holen, sonst wird alles kalt.«

Nur ein paar Augenblicke später trug Franziska den Rotkohl herein, der mit zerstoßenen Wacholder- und Preiselbeeren gewürzt war. Susanne brachte die zarten Täubchen, die in Rosenwasser gekocht waren und in einer Soße aus Pfeffer und Minze schwammen. Die Männer waren in heftige Dispute verwickelt und griffen nach gefüllten Bierhumpen, während den Frauen Würzwein aus einem Zinnkrug eingeschenkt wurde.

Utes Augen wurden zu schmalen Schlitzen, als sie sah, dass Daniel dieser Susanne immer wieder flüchtige Blicke zuwarf. Als die Dienstmagd mit gefüllter Schüssel an ihr vorbeilaufen wollte, streckte sie blitzschnell den Fuß aus, so dass Susanne stolperte. Die Tonschüssel krachte zu Boden, das Gegarte platschte über die Steine. Die Gäste drehten sich entsetzt nach Susanne um, die fassungslos auf die Scherben starrte.

»Du ungeschicktes Bauerntrampel!«, fuhr Ute sie mit hochmütigem Lächeln an. »Nun wisch das schon fort oder willst du dahinten lieber wieder einen Plausch halten?«

Susanne rannte los, holte einen Zuber mit Wasser und wischte den Steinboden sauber, nachdem sie die Tonscherben mit den Täubchen fortgeworfen hatte. Dann holte sie eine neue Schüssel, achtete genau auf ihre Schritte und stellte vorsichtig das Gericht auf den Tisch.

»Was hast du für verfärbte Hände! Willst du uns vergiften?« Ute klopfte mit den Fingerspitzen auf den Holztisch. »Seht euch das an! Es ekelt mich, von so etwas bedient zu werden.«

»Sie ist nur die Tochter der Blaufärberfamilie unten am Fluss«, versuchte Daniel sie zu verteidigen und legte beruhigend seine Hand auf Utes Finger. »Ich bin sicher, dass sie niemanden umbringen will.«

»Aber sie ist eine Blaufärberin! Und stehen die nicht unter Verdacht, sich der Hexerei zu bedienen? Wie sollte sich sonst etwas ohne Zutun von Gelb auf Blau verfärben?« Ute warf dem Grafen einen herausfordernden Blick zu. »Sorgt dafür, dass sie hinausgeworfen wird!«

Und schon scheuchte der Graf die Dienstmagd mit einer knappen Handbewegung davon. Susanne schaute sich hilfesuchend zum Junker um, aber der hatte seinen Kopf abgewandt. Dann rannte sie die Stufen hoch zum Ausgang, während Franziska ihr folgte.

»Nichts gegen Eure Mägde«, hörten sie die süßliche Stimme von Ute hinter ihnen herhallen. »Aber so ein Trampel solltet Ihr lieber im Stall arbeiten lassen! Bei den Schweinen!«

Die Burgmannen, Grafen und Gesandten lachten schallend, während die edlen Damen hinter vorgehaltener Hand kicherten.

»Lass dich von der Ziege nicht fertigmachen«, zischte Franziska ihrer Freundin zu, während sie über den Burghof in Richtung Küche liefen. »Und wenn sie zehnmal eine Kaufmannstochter ist: Du hast auch deine Würde!«

Plötzlich war das Rumpeln von Wagenrädern zu hören, eine Peitsche sirrte durch die Luft. Dann fuhr eine dunkle Kutsche vor. Der schmächtige Kutscher riss den Verschlag auf und die drei Zisterzienserinnen vom Kloster Thron stiegen aus. Die Alte mit den weißlichen Pupillen starrte den beiden Freundinnen regungslos entgegen. Franziska zog die Schultern hoch. Wieder war es ihr, als könnte der tote Blick der Alten sie durchdringen. Und wieder hob die Nonne den Zeigefinger und rieb über diesen unsichtbaren Punkt an der Stirn, der daumenbreit über der Nasenwurzel lag. Dann drehte sie sich langsam um, dem Palas entgegen, wo Graf Philipp mit seinen Gästen beim Mahl saß. Schwester Lucia, die Nonne mit dem Madonnengesicht, führte sie auf den Rittersaal zu. Die naturfarbenen Leinenmäntel mit den schwarzen Kreuzen schienen über den gepflasterten Hof zu schweben. Da verzogen sich ein paar Wolkenberge und Sonnenstrahlen wischten über den Hof. Im gleichen Moment strich die blinde Nonne eine Falte an ihrer Kapuze glatt. Franziska erstarrte: An der blassen Hand der Alten blitzte ein Ring mit einem dunkelroten Rubin auf.

Von Bluthunden gejagt

Der Nachmittagsdunst stieg schon aus den dichten Wäldern des Taunus, als Franziska sich auf den Weg hinunter ins Weiltal machte. Sie war tief in Gedanken versunken, nahm die frotzelnden Rufe der Knechte nicht wahr, die ihr mit beladenen Handkarren entgegenstapften, und achtete weder auf Pferdegetrappel noch auf Peitschengeknall. Susanne war auf der Burg geblieben und sollte noch die Kemenaten richten. Der Graf hatte es mit dem Rausschmiss wohl nicht so eilig.

»Pass auf!«, schrie ein stämmiger Bursche Franziska zu und riss sie im letzten Moment zur Seite, um sie vor einem herabdonnernden Fass zu retten.

Die Geschehnisse der letzten Tage schwirrten ihr durch den Kopf. Da war wieder das blitzende Messer, das Stöhnen des Opfers, das dumpfe Aufprallen des Körpers. Und der rote Rubin an der blassen Mörderhand …

Franziska atmete tief durch. Die alte Zisterzienserin trug auch so einen Ring. Ob sie etwa die Mörderin war? Aber blind, wie sie war, hätte sie nie den Weg finden und mit dem Messer zustechen können. Oder doch? Jedenfalls suchte sie nach diesem geheimnisvollen Buch, das Junker Daniel bei sich getragen hatte. Demnach wusste sie auch von diesen magischen Zeichen … Franziska sah wie in einem Tagtraum die roten Löwen mit der blauen Zunge.

Unendlich langsam richteten sie sich auf. Der Drache stieß eine Feuerwolke aus seinem Maul, der Kreis und das Kreuz verschwammen ineinander, als wollten sie Franziska zum Narren halten.

Verwirrt setzte sie ihren Weg fort, überquerte den Handelsweg, der in Richtung Schmitten führte, und steuerte auf den rauschenden Bach zu.

Ihre Gedanken überschlugen sich, als sie durch blühende Schlehen am Weilbach entlangschlenderte, wo gelbliche Weidenkätzchen im Wind schaukelten. Der alte Morken stand vor seiner Schmiede, der Muckenmühle, wie sie scherzhaft genannt wurde, und sah ihr kopfschüttelnd hinterher.

»Ein seltsames Mädchen«, brummte er leise. »In Männerwams und Beinkleidern! Welcher Kerl hätte an so einer seine Freude!«

Er spuckte verächtlich aus, kratzte sich am Hinterkopf und verschwand wieder in seiner Mühle.

Plötzlich blieb Franziska stehen. Das Stück Leinenstoff!, fiel es ihr siedend heiß ein. Damit hatte Daniel ja die Bluthunde scharf gemacht. Er wollte die Tiere auf sie hetzen! In Panik rannte sie los, drehte sich immer wieder um und schaute zurück auf ihre eigenen Spuren, auf niedergetretenes Gras und zerdrücktes Scharbockskraut, an dem ihr Körpergeruch haften geblieben war. Ob der Junker die Hunde schon aus dem Zwinger gelassen hatte? Ob er schon hinter ihr her war? Das Wasser der Weil gurgelte und brauste und verschluckte die Geräusche, die den Verfolger hätten verraten können. Franziska spürte, wie ihr eiskalter Schweiß ausbrach. Sie musste ihm entkommen und das Geheimnis lösen, denn es ging nicht nur um die paar Schmuckstücke, die sie geraubt hatte. Es ging um das kostbare Buch, um die rätselhaften Zeichen, die mit feinstem Pinselstrich auf seidigem Papier aufgemalt waren! Und um jemanden, der vor heimtückischem Mord nicht zurückschreckte. Sie war selbst in allerhöchster Gefahr.

Franziska hastete die letzten hundert Meter zum Landstein, wo immer noch Dienstmägde und Burschen über den Ostermarkt schlenderten. Endlich kam ihre schwarze Stute in Sichtweite. Cäsar rannte ihr kläffend entgegen und sprang ausgelassen an ihr hoch. Der alte Bruno winkte ihr freudig zu, als er sie entdeckte, und zog den Leinenstreifen ein wenig fester um seinen verkrüppelten Fuß. Pferdeknecht Reinhard lag trunken im Gras und schmiegte seine geschwollene Wange an das zerfledderte Katzenfell.

Zur gleichen Zeit verließ Susanne mit gesenktem Kopf die Kemenaten der Burganlage von Altweilnau. Sie hatte noch helfen müssen, die Betten für die Gäste zu richten und die Baldachine darüber von krabbelndem Ungeziefer zu säubern. Unterdessen hatten Gaukler im Burghof ein Holzpodest aufgeschlagen, um die Herrschaft mit Kunststückchen und Narreteien zu unterhalten. Ein langes Seil war zwischen dem Bergfried und einem Seitenturm der Burgmauer gespannt, ein drahtiger Artist mit nacktem Oberkörper und gelb-grün gestreiften Beinkleidern wiegte prüfend eine lange Holzstange in den Händen. Ein anderer spuckte fauchende Flammenwolken in den Himmel. Susanne lief geduckt an dem fahrenden Volk vorbei. Ihre Augen waren gerötet, Tränen liefen über ihr Gesicht. Aber niemand beachtete sie. Nur ein kleinwüchsiger Darsteller mit einem grellrot geschminkten Mund schaute ihr traurig hinterher.

»Susanne, warte doch!«, hörte sie die Stimme Daniels hinter sich. Das Stapfen seiner Lederstiefel kam immer näher. Dann hatte er sie erreicht und riss sie am Arm zurück. »Es ist doch nicht meine Schuld, dass der Graf dich entlassen hat.«

Susanne presste die Lippen aufeinander, um ein Aufschluchzen zu unterdrücken. Ihre Wangen waren erhitzt, blonde Haarsträhnchen klebten ihr an der Stirn.

»Ich hätte nichts ausrichten können«, versuchte der Junker sie zu überzeugen. Er fasste sie sanft an den Oberarmen und zog sie den Weg an der Burgmauer entlang. Zärtlich drückte er sie zwischen blühenden Forsythien und jungen Bäumen in eine grüne Nische, die vom Burghof nicht einzusehen war. Daniel wischte ihr die Tränen aus dem Gesicht und strich mit der Fingerkuppe über ihren Mund, so dass Susanne erregt die Augen schloss. Dann spürte sie seine Lippen und glaubte, vor Seligkeit davonzuschweben.

Als sie die Augen wieder öffnete, trafen sich ihre Blicke. »Ich bin so glücklich, wieder bei dir zu sein.« Daniels Stimme klang heiser. »All die Monate ohne dich …«

»Aber … aber wie soll alles werden?«, fragte Susanne leise.

Daniel nahm ihr glühendes Gesicht zwischen seine Hände. »Vertrau mir!«, raunte er ihr zu. »Wir werden Wege finden …«

Daniel legte seine Arme um ihren schmalen Körper. Unter dem weitausladenden Blätterdach mit seinem durchscheinenden Grün fühlte Susanne sich geborgen wie unter einer Himmelskathedrale. Nur eine Lücke zum Bergfried blieb frei. Aber wer sollte sie von dort oben schon beobachten?

»Ich habe eine kleine Bitte«, flüsterte sie ihm verlegen zu. »Könntest du mir kurz das Tuch zeigen?«

»Welches Tuch?« Daniel schaute sie erstaunt an.

»Das ich gefärbt habe.« Susannes blassblaue Augen leuchteten. »Mit meinem Buchstaben. Nur für dich!«

»Aber warum?«, fragte Daniel überrascht.

»Ich will nur nachsehen, an welcher Stelle sich das Zeichen befindet«, meinte sie. »Ich möchte gern ein genaues Abbild davon färben, für mich selbst. Dann haben wir beide etwas, das uns verbindet.«

Daniel stockte. »Ich … ich habe es …«

Susanne wich einen Schritt zurück. »Du hast es nicht mehr? Das Andenken unserer ersten Begegnung? Du hattest geschworen, es für alle Zeiten bei dir zu tragen.«

»Es wurde gestohlen. Von den Räubern …«, versuchte er zu erklären. »In der Nacht … glaube mir!«

Susanne wurde kreidebleich. »Hast du keine besseren Ausreden? Räuber, die Tücher stehlen! Wie lächerlich! Wahrscheinlich hast du es dieser Ute geschenkt, damit sie sich nach dem Überfall das Kleid säubern konnte!«

In diesem Moment hallte ein Schuss über den Berg. Daniel sah sich erschrocken um. Vom Bergfried stieg eine Pulverfahne hoch. Susanne riss sich von Daniel los und rannte davon.

»Warte doch!«, rief er ihr hinterher. »Ich hatte das Tuch in die kleine Schatulle gelegt, zu den anderen Kostbarkeiten, damit ihm unterwegs nichts …«

Aber Susanne war schon in der Menge verschwunden.

Als Daniel über den Hof stapfte, trat ihm Ute in den Weg. Sie spitzte leicht die Lippen und wiegte ihre Hüften.

»Entschuldigt, aber ich habe jetzt keine Zeit.« Daniel versuchte sich an ihr vorbeizudrängen.

»Keine Zeit?« Ute lächelte herausfordernd. »Der Pistolenschuss eben hat mich verwirrt. Habt Ihr kein Mitgefühl für unsereins?«

Da steuerte ein Kleinwüchsiger in buntem Flickenkostüm auf sie zu. »Nur eine Kupfermünze …«, bettelte er. »Der Herr wird's

Euch lohnen.« Sein rot bemalter Mund lächelte breit, mit seinen Stummelfingern streckte er ihnen einen Holzbecher entgegen.

»Verschwinde, du Zwerg!«, fuhr Ute ihn herablassend an. Mit einem gezielten Tritt beförderte sie ihn zu Boden.

»Was tut Ihr da?«, fragte Daniel entsetzt, während Thomas sich wieder hochrappelte.

»Das, was einer Missgeburt würdig ist«, antwortete Ute mit spöttischem Lächeln.

»Der vergängliche Körper spiegelt uns oft ein Trugbild der Seele vor«, sagte Marie, die Gauklerin, die sich neben Thomas gestellt hatte. »Manchmal steckt sogar in dem hübschesten Weib ein teuflisches Herz, das vor nichts zurückschreckt.«

Marie packte den kleinwüchsigen Gaukler am Arm und zog ihn durch die Menge davon, während Fräulein Ute ihnen mit hasserfülltem Blick nachschaute.

»Ihr entschuldigt«, murmelte Daniel mit einer knappen Verbeugung. »Die Pflicht ruft!«

Wenig später erhob sich eine engelsgleiche Stimme über dem Burghof. Sie schwebte federleicht davon und verbreitete einen seltsamen Zauber. Die Menschen hielten inne und wandten ihre Köpfe zur Gauklertribüne, woher dieser Gesang ertönte. Daniel entdeckte auf dem Podest einen jungen Burschen in grün-rotem Gewand und mit Federhut auf dem wallenden Haar. Er hatte seine Lippen geöffnet und wiegte den Körper im Rhythmus der Musik. Als Daniel von der Seite her näher kam, stutzte er und warf einen Blick hinter das Holzgerüst. Dort stand Thomas, der kleinwüchsige Gaukler, der mit solch einer Inbrunst den Choral sang, als würde er ganz in ihm aufgehen. Er hielt die Augen fest geschlossen, Tränen verwischten seine Schminke. Mit seinen dicklichen Händen fuhr er durch die Luft wie ein Dirigent, der ein himmlisches Orchester leitete, während er für den grün-rot gewandeten Gaukler sang, der vorne auf der Bühne nur die Lippen bewegte. Daniel zog sich leise zurück und machte sich auf den Weg.

Mit energischen Schritten lief er an der Katharinenkapelle vorbei, dann den Weg durch die Burgmannensiedlung hinunter auf den gezimmerten Holzstall zu, in dem die Bluthunde eingesperrt waren. Mit gefletschten Zähnen knurrten sie ihn an. Ein harscher Befehl von Daniel und sie duckten sich, als wären sie von einem Peitschenhieb getroffen worden.

»Willst du heute noch auf die Jagd?«, fragte Graf Philipp, der gerade mit ein paar Handwerkern den bröckelnden Mörtel an der Burgmauer begutachtete.

Daniel nickte. Seine dunklen Augen starrten in die Ferne. »Ihr wisst, was ich noch zu erledigen habe.«

Der Graf legte behutsam die Hand auf die Schulter seines Neffen. »Du hast meine vollste Unterstützung. Aber würde es dir etwas ausmachen, heute ohne mich auszureiten? Ich habe hier noch zu tun …«

Daniel schüttelte den Kopf. »Nein, ich komme allein zurecht. Und ich bin bestimmt bald wieder zurück.«

Ein Stallknecht ließ zwei von den Jagdhunden frei. Der Junker faltete den Leinenfetzen auseinander, den er seinem Gegner beim Überfall aus dem Hemd gerissen hatte, und hielt ihn den winselnden Tieren unter die Schnauzen, so dass sie noch einmal Witterung aufnehmen konnten. Sorgsam steckte er das Stück Stoff zurück in das Wams, ließ sich seinen gesattelten Hengst bringen und ritt mit den aufjaulenden Bluthunden davon.

Franziska galoppierte mit dem Knappen Bruno und mit Reinhard zurück zur Burg Reifenberg. Die schroffen, steil abfallenden Felswände beim Landstein hatten sie hinter sich gelassen, vor ihnen öffnete sich eine weite Ebene. Das Bergwasser rauschte in seinem Flussbett über kleine Schnellen, plätscherte zwischen Weiden mit ihren bizarr herunterhängenden Ästen in großzügigen Windungen durch das Land. Erste Libellen huschten wie kleine blaugrüne Blitze auf der Suche nach Insekten über das sprudelnde Wasser. Längst waren die Bauern mit den Ackerpflügen bei der Arbeit. Ihr ärmliches Land war in schmale Felder, die sogenannten Langstreifenflure, aufgeteilt. Der feststehende Pflug konnte den Boden nämlich nur in eine Richtung pflügen und das Wenden war schwierig.

Aus der Schmiede der Familie Sorg bei Dorfweil zogen dünne Rauchschwaden hoch, sicher pustete der Eisenschmied mit dem riesigen Blasebalg Luft in die Holzkohle, die mit flammender Glut das kostbare Eisenerz zum Schmelzen brachte.

Überall blühte es in gelben Flecken, Löwenzahn und Forsythien, Ginster und Sumpfdotterblumen. Das frische Grün der Bäume ließ Franziska tief durchatmen. Was sollte Daniel mit seinen Bluthunden ihr jetzt noch anhaben können? Die Spur hatte sich gewiss längst verloren. Außerdem war es nicht mehr weit bis zur Burg Reifenberg.

Cäsar tobte ausgelassen neben ihnen her und jagte nach Schmetterlingen. Die Pferde schnaubten leise, als sie an der Waldschmiede in Schmitten vorbeitrabten, die die Reifenberger seit ein paar Jahrzehnten ihr Eigen nannten. Nach der Zerstörung der Burg Hattstein war sie ihnen zugefallen.

Franziska zog spöttisch einen Mundwinkel hoch: Für den fetten Hattsteiner wäre es jetzt, nach dem Wiederaufbau seiner Burg, ein einträgliches Geschäft, sie zu ehelichen. Dann könnte der Halsabschneider seine schmierigen Hände nicht nur nach ihr, sondern auch nach der ertragreichen Schmiede mit dem Rennfeuerofen* ausstrecken. Und die ärmliche Hütte der Köhlerfamilie samt Erdmeiler würde er bestimmt als Mitgift gleich mit einsacken, um auch den Köhlern noch ein paar Münzen Pachtzins abzupressen.

Plötzlich blieb Cäsar stehen und spitzte die Ohren. Leise fing er an zu knurren, sein Fell sträubte sich.

»Was ist?«, fragte Franziska verwundert. »Ängstigen dich die Menschen hier? Aber die kennst du doch!«

Die Köhlerfamilie kam zögerlich aus der windschiefen Hütte und starrte ihnen mit rußverschmierten Gesichtern entgegen. Ein struppig zerzaustes Mädchen drückte sich weinerlich an seine Mutter.

Franziska sah sie vom Pferd herab schweigend an. Wieso ließ Gott es zu, dass sie in diesen ärmlichen Verhältnissen hausten? Der Reichtum der Altweilnauer Herrschaft war erdrückend. Und die Kaufmannstochter Ute warf die Reste ihres Kuchens und ganze Bratenstücke den Hunden vor, während die Menschen hier darbten. Warum liebte Gott die Menschen nach zweierlei Maß?

»Geht es der Kleinen besser?«, fragte sie leise, während sie dem Köhler ein paar Geldstücke in die hochgestreckte Hand drückte. Der verbeugte sich untertänigst, als wäre sie von königlichem Blut.

»Sie hustet sich noch die Seele aus dem Leib«, antwortete er mit rauer Stimme. »Es ist kaum zu ertragen.«

»Und der heilende Honigsirup der Blaufärberin? Hat er nicht geholfen?«

»Wir müssen abwarten«, antwortete er, während das Mädchen keuchend den kleinen Kopf im Leinenrock der Mutter verbarg.

Als sie wieder zwischen den Rockfalten hervorlugte, zogen sich helle Tränenspuren über ihre Schmutzwangen. In diesem Moment winselte Cäsar, lief unruhig hin und her und knurrte wieder.

»Was hast du denn nur?«, versuchte Franziska ihn vom Pferd herab zu besänftigen.

Plötzlich wurden sie von wütendem Hundegebell aufgeschreckt. Weit aus der Ferne sprengte ein Reiter heran, von zwei Bluthunden angeführt, die wie fliehende Schatten durch die Ebene jagten, immer einer Spur hinterher. Ihr durchdringendes Heulen hallte wie eine drohende Warnung durchs Land. Die Köhlerfamilie verschwand in ihrer Hütte.

»Los, Bruno!«, rief Franziska dem Knappen zu und gab ihrem Pferd die Sporen. »Reinhard! Weg hier! Durchs Wasser. Damit die Hunde die Fährte verlieren!«

»Wieso durchs Wasser? Welche Fährte?« Reinhard verzog sein geschwollenes Gesicht.

»Sie sind mir auf der Spur! Los!« Das lange Haar wirbelte hinter ihr her, als sie auf die Weil zupreschte.

Da krümmte sich der alte Bruno auf seinem Gaul zusammen. »Lauft!«, stöhnte er. »Ich komme nach!«

Franziska riss die Stute herum. »Was ist mit dir?«, schrie sie ihm zu.

»Nur ein kurzes Übelsein«, keuchte der Alte. »Reitet los! Ich werde nicht verfolgt. Mir wird nichts geschehen.«

Allmählich schälten sich die Umrisse des Reiters aus dem dunklen Grün der Wälder heraus. Ob das wirklich Junker Daniel war? Jetzt müssten seine Gesichtszüge doch zu erkennen sein. Franziska blinzelte ihm entgegen, aber das Sonnenlicht blendete sie.

»Nun macht schon!«, rief der Knappe ihr zu, während die beiden bellenden Jagdhunde auf sie zusprangen. »Beeilt Euch!«

Franziska schaute noch einmal zu Bruno zurück, der sie mit einer Handbewegung fortwinkte und ächzend auf die Köhlerhütte zutrabte. Dann galoppierte sie davon, dicht gefolgt von Reinhard, der mit einer Hand die Zügel hielt und mit der anderen das Katzenfell an sich drückte.

Die Pferde scheuten, als sie durch Büsche und enges Gestrüpp das gurgelnde Wasser erreichten. Die Weil trug von der Schneeschmelze reißendes Wasser aus den Taunusbergen mit sich. Franziska drängte mit hochgezogenen Beinen ihre Stute mitten hindurch. Die Wellen klatschten fast gegen die Pferdebäuche, während sie das Flussbett passierten. Cäsar paddelte ihnen hinterher.

Kaum hatten sie das andere Ufer erreicht, jagten sie durch die Buchenwälder davon, eine Anhöhe hinauf. Ein letztes Mal drehte Franziska sich um. Durch dünnes Blattwerk hindurch beobachtete sie, wie die Bluthunde in der Ferne auf Bruno zustürmten. Jetzt stieg sein Gaul wiehernd hoch, die Hufe schlugen wild in die Luft. Der alte Knappe fiel mit ausgebreiteten Armen aus dem Sattel. Franziska hielt entsetzt die Hand vor den Mund. Sein verletzter Fuß mit dem Leinenstreifen aus ihrem Hemd leuchtete hell auf, als wollte er ihr ein letztes Lebenszeichen zusenden. Dann schlug sein Körper auf dem Boden auf.

Schon bald schickte Ritter Gunther Reiter aus, um den treuen Knappen zu suchen. Sein Pferd hatte ohne ihn zurück zur Burg Reifenberg gefunden. Man fand den alten Mann mit gebrochenem Genick, der verbundene Fuß war von Bissen zerfetzt. Es hieß, es sei ein unglückseliger Unfall gewesen und die räudigen Bluthunde seien außer Kontrolle geraten und hätten sich an einem Toten vergangen. Nun müssten die Tiere wohl getötet werden. Aber niemand hegte den Verdacht, dass der Stofffetzen der Grund für die mörderische Angriffslust der Hunde gewesen war. Sie hatten nur das ausgeführt, wozu sie angestachelt worden waren.

Franziska verlor kein einziges Wort über ihren Ausritt. Wieder und wieder rollte sie sich auf ihrem Strohlager zusammen und dachte an die Nacht zurück, als sie Brunos verkrüppelten Fuß mit Streifen von ihrem Leinenhemd umwickelt hatte. Dann war da dieses laute Ratschen, mit dem Daniel ihr den verräterischen Fetzen vom Hemd gerissen hatte, das Gebell der Bluthunde, die winselnd dem Geruch gefolgt waren. Schließlich das Aufbäumen des Pferdes, Brunos Sturz. Franziska glaubte seinen lauten Todesschrei zu hören, der durch ihren Kopf hallte. Und das Aufschlagen des Körpers …

Jede Nacht, sobald Dunkelheit sich über die Burg gebreitet hatte, lag Franziska zusammengekrümmt auf ihrem Lager und schluchzte in sich hinein, von tiefer Schuld und Selbstvorwürfen gequält. Ohne ihre leichtsinnigen Raubzüge hätte sie Bruno nicht in Gefahr gebracht. Ohne ihre starrköpfige Abenteuerlust wäre er noch am Leben! War sein Tod die göttliche Strafe für ihren Leichtsinn? Wie konnte sie nur ihre schwere Schuld sühnen? Waren ihre seelischen Qualen schon ein Vorgeschmack auf das Höllenfeuer, das sie einst erwartete? Und irgendwann ließ völlige Erschöpfung sie in einen tiefen, traumlosen Schlaf sinken.

Zwei Tage nach Brunos Tod wurde sein Leichnam aufgebahrt und beerdigt. Ein letztes Mal strich sie über seine zerfurchte Gesichtshaut und legte ihren Kopf auf seine Brust, so wie sie es als kleines Mädchen getan hatte. Als sie dann aber den blutverkrusteten Leinenstreifen an seinem Fuß entdeckte, lief sie davon und verkroch sich in den Wäldern. Was hatte dieser Daniel auch die Bluthunde auf ihn hetzen müssen? Er hätte doch sehen können, dass ein alter Mann auf dem Pferd saß!

Erst nach der Abenddämmerung verließ sie die Erdmulde, in der sie zwischen hohen Fichten verborgen gehockt hatte, kehrte zur Burg zurück und ging schweigend in ihre Kemenate.

Franziska legte sich auf ihre Strohmatratze und wischte sich über das tränennasse Gesicht. Da hörte sie ein leises Rascheln. Eine Kinderhand fuhr ihr übers Haar.

»Nicht weinen, Franziska«, sagte ihr Bruder mit zarter Stimme. »Bruno ist jetzt bestimmt bei deinem Schutzengel, dem mit den sieben Augen, um ihm ein bisschen zu helfen. Und bei unserer Mama! Ganz bestimmt! Du darfst nicht mehr weinen.«

Franziska nahm Wigand fest in den Arm. Seine Fingerchen streichelten ihre feuchten Wangen, sie fühlte seinen Atem an ihrem Hals, während sich sein kleiner Körper fest an sie schmiegte.

»Du hast Recht«, flüsterte sie stockend. »Ich werde nicht mehr weinen.«

Gleichzeitig spürte sie eine große Erleichterung, als hätte der Himmel ihre Sünden vergeben, und sie glitt in einen erholsamen Schlaf.

Die Verschwörung

Die nächsten Tage blieb Franziska in der Burganlage, half den Knechten beim Versorgen der Pferde und brachte ihrem kleinen Bruder mit Holzschwertern die Kunst des Parierens bei. Sobald sie allein war, besuchte sie das frisch aufgeworfene Grab vom alten Bruno, das auf dem Friedhof unterhalb der Burgmauer lag. Seine Löwen-Fahne, die allen Knappen zustand, war mit ihm beerdigt worden.

Franziska betrachtete den Erdhügel mit dem hölzernen Kreuz. Hummeln summten über die Krumen und suchten nach verlassenen Mäuselöchern. An den Wegrändern wucherten Büschel von blauen Frühlingsveilchen. Feldlerchen jagten übermütig durch die Luft. Franziska blickte ihnen nachdenklich hinterher. Ob Tiere Trauer kannten? Ob sie auch in ein düsteres Seelenloch stürzen konnten, aus dem es so leicht kein Entrinnen gab? In diesem Moment stupste eine feuchte Hundenase gegen ihre Hand. Cäsar! Er hockte regungslos neben ihr. Nur seine Schlappohren zuckten, wenn eine Fliege um sie herumsurrte.

Ein flüchtiges Lächeln huschte über Franziskas Gesicht, während sie sein Zottelfell kraulte. Zusammen gingen sie zum Burgtor zurück.

Auch Ritter Gunther und die Burgmannen glaubten, Bruno hätte durch einen tragischen Reitunfall sein Leben verloren. Nur Franziska wusste es besser. Ob sie nicht einen Ablassbrief für ihre

Sündenschuld kaufen sollte? Vielleicht würden dann auch die nächtlichen Albträume von ihr genommen, das schwarze Meer würde sich nie wieder öffnen, um sie hinab in die Finsternis zu ziehen.

Gedankenverloren schaute sie vom Burgtor hinunter in die Taunuswälder. Und das geheimnisvolle Buch? Der Mord vom Landstein? Franziska nickte zögerlich. Sie musste das Geheimnis ergründen! Das war sie Bruno schuldig. Sein Tod sollte nicht umsonst gewesen sein. Am besten, sie sah sich diese seltsamen Miniaturen näher an, vielleicht konnte sie ja noch andere Symbole wiedererkennen, nicht nur das Wappen von Altweilnau.

In der nächsten Nacht lauschte Franziska auf die Atemzüge ihres kleinen Bruders, bis sie immer gleichmäßiger wurden. Endlich war Wigand eingeschlafen. Leise stand sie auf, huschte barfuß in den Burghof und entzündete an einer der Pechfackeln eine Talgkerze, die sie sich besorgt hatte. Zurück in ihrer Kammer blätterte sie vorsichtig das schweinslederne Buch auf, das sie unter ihrem Lager hervorgeholt hatte. Der unruhig aufflammende Kerzendocht warf zuckende Lichtflecken über die Pergamentseiten. Franziskas Atem ging schneller, als die goldglänzenden Schriftzeichen aufschimmerten. Sie strahlten eine erhabene Gelassenheit aus, als wüssten sie, dass ihr Geheimnis in Buchstaben verschlüsselt gut versteckt war.

Wie kunstvoll sie gezeichnet waren! Franziska streckte ihre Hände aus. Sie waren rissig und rau. Was für zarte Hände das gewesen sein mussten, die diese hauchdünnen Verzierungen gefertigt hatten! Mit größter Vorsicht fuhr sie über das kostbare Pergament, als könnte den goldenen Schriftzügen dadurch etwas von ihrem Zauber genommen werden. Immer heftiger verspürte Franziska den Wunsch, lesen zu können, um endlich zu begreifen, was sie zu bedeuten hatten. Dann blätterte sie die feine Papierseite auf, die im Nachhinein eingeklebt worden war. Das Licht der Kerze wehte durch die leichte Zugluft auf und nieder. Franziska beugte sich näher zu der Buchseite hin: Ja, die Löwen mit ihren blauen Zungen, das war eindeutig das Wappen von Altweilnau. Aber warum waren sie unter diesen Torbogen gemalt? Sollten sie vielleicht etwas verteidigen? Der kleine Drache auf dem nächsten Bild war von leuchtendem Grün. Sein gezackter Schwanz bog sich hoch, als wäre er jederzeit bereit, wie mit einem Peitschenhieb loszuschlagen. Mit diesem Drachensymbol und mit der Madonna darunter wusste Franziska nichts anzufangen. Auch die brennenden Äste und der aufflatternde Vogel auf dem dritten Bild sagten ihr nichts. Und was hatte der Kreis mit dem Kreuz zu bedeuten, von dem jeweils eine Verbindungslinie zu den drei Miniaturen gezogen war?

Plötzlich stutzte Franziska. Auf jeder der drei Miniaturen waren zwei Symbole abgebildet: Der Torbogen mit den Löwen, der Drache mit der Madonna und der Vogel mit den brennenden Ästen. Und über allen stand der Kreis mit dem Kreuz ... Es waren insgesamt sieben Zeichen!

Nachdenklich spielte sie an dem Anhänger, den sie um den Hals trug. Da streifte ihr Blick die eingravierten Buchstaben auf seiner Rückseite. Das Geschenk von Thomas hatte sie ja ganz vergessen! Aufgeregt verglich sie die Initialen des Silberschmieds mit den beiden Buchstaben, die unten auf dem Papier mit den Miniaturen abgebildet waren. Franziska nickte. Sie hatte sich damals nicht geirrt, es waren die gleichen! Und mit einem Mal fiel ihr auch der Silberschmuck wieder ein, den Bruder Barrabas wohl dem Mörder entrissen und den sie ihm abgenommen hatte. Seit damals hatte sie nicht mehr daran gedacht. Hastig fingerte sie das Kettchen aus ihrem Brustbeutel und erstarrte. Die beiden Anhänger waren identisch! Auch die Buchstaben auf der Rückseite glichen sich aufs Haar …

Franziska wischte sich über die Stirn. Hatte Thomas nicht gesagt, dass sie sich in Notlagen an den Frankfurter Silberschmied wenden sollte, dessen Initialen hier zu sehen waren? Franziska strich mit der Fingerkuppe über die feinen Einkerbungen. Vielleicht wusste der ja noch, wer der Käufer des zweiten Kettchens gewesen war … Das musste der Mörder sein!

Das Talglicht in der breiten Schüssel war geschmolzen, der Docht kippte mit leisem Zischen zur Seite und erlosch. Es stank nach ranzigem Fett. Franziska räusperte sich, um ein Husten zu unterdrücken. Dann ließ sie das Schmuckstück des Mörders zurück in den Beutel gleiten, klappte das lederne Buch zu und versteckte es wieder unter ihrem Bett.

Als Erstes musste sie Thomas wiederfinden, überlegte sie. Der kannte den Namen des Silberschmiedes. Und sobald sie wüsste, wie er hieß, würde sie den weiten Weg nach Frankfurt wagen. Ob Susanne sie mit zur Frühjahrsmesse nehmen würde?

In dieser Nacht träumte sie von grünen, Feuer speienden Drachen, von Löwen, die mit ihren Tatzen nach blitzenden Messern schlugen, und von goldenen Schriftzeichen, die sich in Windungen umarmten, ineinander flossen und davonschwebten. Von flammenden Punkten und Strichen, die wie Irrlichter dazwischen auftauchten, um immer neue geheime Botschaften zu bilden.

Während der Frühnebel noch auf den Feldern lag, jagte Franziska auf ihrer Stute zur Wallfahrtskirche, aber die fahrenden Gaukler waren nicht dorthin zurückgekommen. Auch auf der Altweilnauer Burg wusste niemand, wohin sie gereist waren.

Enttäuscht trabte sie am Weilufer zurück. Sie folgte dem Bach mit den glatten Felssteinen, die er kristallklar umspülte und zwischen denen silbrig schimmernde Fische vorbeiflitzten. Überall roch es nach Walderde und Wiesenschaumkraut. Cäsar sprang neben ihr her und genoss sichtlich die Freiheit, über gelb blühende Wiesen zu tollen.

Und jetzt?, überlegte Franziska. Der Landsteinmörder würde bestimmt nicht ruhen, ehe er das kostbare Buch gefunden hatte, das in ihrem Besitz war. Wenigstens war dieser Junker Daniel inzwischen abgereist. Susanne hatte gesagt, dass die Herrschaften nur noch zwei Tage in Altweilnau bleiben würden. Der könnte ihr also nicht mehr gefährlich werden.

Daniel ... Franziska spürte, wie ihr Herz heftiger pochte. Es war, als würde sein Bild aus einem fernen Traum auftauchen: Die dunklen Augen, die Locken, die ihm in die Stirn fielen ... Was war das nur für ein Gefühl, das sie schwindelig werden ließ? Franziska errötete. Dann schüttelte sie energisch den Kopf. Sie durfte sich nicht ablenken lassen. Jetzt nicht!

Wo finde ich nur einen Hinweis auf den Mörder? Habe ich irgendetwas übersehen, das mir hilfreich wäre?, grübelte sie und spornte sich an, alles noch einmal sorgfältig zu überdenken.

Plötzlich blitzte ein Gedanke auf: Die geraubte Schatulle! Auch wenn sie dem Kaufmann gehörte – vielleicht lag ja irgendetwas darin verborgen, das sie auf die Spur des Mörders brachte. Franziska schnalzte mit der Zunge und die Stute galoppierte los, geradewegs auf Reifenberg zu. Die Hufe wirbelten Grasfetzen hoch, so dass Cäsar erschrocken zur Seite wich. Dutzende von pechschwarzen Krähen, die frische Getreidesaat aus den lang gezogenen Feldern pickten, flogen mit klatschendem Flügelschlag hoch, um sich flussabwärts wieder niederzulassen. Franziska schauderte. Ihr war, als hackten sie erbarmungslos auf das Land ein, während ihre Augen sie kalt anstarrten.

Am Abend verließ Franziska heimlich die Burganlage. Der zunehmende Mond stand blass am Himmel, fahles Licht fiel über den Weg, der hinunter zu ihrem Versteck in der Bruchsteinmauer führte.

Und wieder zwängte sie sich an hohen Fichten und dichtem Gestrüpp vorbei. Da war die abgebrochene Astgabel, dann der mit Pflanzen überwucherte Felsstein, der aussah wie ein narbiges Pockengesicht, und schließlich die wuchtige Wallanlage. Franziska suchte nach den Einschlüssen aus Quarzstein, die sich so glatt anfühlten. Endlich hatte sie die drei länglichen Quarze gefunden, die miteinander ein Dreieck bildeten. Vorsichtig lockerte sie den Stein darunter und zog ihn heraus.

Kurz darauf hielt sie die Schatulle aus Ebenholz in der Hand und hockte sich auf eine Grasnarbe, um sie im spärlichen Licht des Mondes zu durchsuchen. Ein kühler Windhauch ließ sie frösteln, als sie über das glatt polierte Holz strich und den Deckel öffnete. Ihr war, als stünde Knappe Bruno leibhaftig neben ihr, um jede ihrer Bewegungen zu verfolgen.

Franziska fuhr mit der Hand durch den Berg von funkelnden Ringen und Perlenketten, Gold- und Silbermünzen. Auf dem Boden der Schatulle lagen zusammengefaltete Papiere. Sie raschelten, als Franziska sie berührte.

Da loderten oben am Burgtor Fackeln auf und zwei dunkel gekleidete Gestalten kamen den steilen Burgweg herunter. Franziska huschte zurück zu der Schutzmauer und verbarg das Kästchen rasch in dem Versteck. Ein feines Knirschen war zu hören, als sie den Felsstein zurück ins Mauerloch schob. Dann drückte sie sich hinter einen der moosbewachsenen Baumstämme und wartete darauf, dass die beiden Burgbesucher an ihr vorbeigingen. Ihre Umrisse hoben sich vor dem Fackellicht der Wächter wie düstere Dämonen ab. Ihre Schritte kamen näher, die wispernden Stimmen waren schon gut zu hören.

»Es ist und bleibt verschwunden«, knurrte der eine.

»Verflucht!«, zischte die andere Stimme. »Wir müssen herausfinden, wer es hat.«

»Ritter Gunther jedenfalls nicht.« Die Stimme des Ersten wurde lauter. »Ich war an jenem Abend bei ihm und er hat die Burg nicht verlassen.«

Franziska presste wütend die Lippen aufeinander. Das war doch der fette Hattsteiner, den sie ehelichen sollte!

Jetzt waren die beiden auf ihrer Höhe. Ihre Schritte knirschten auf dem felsigen Pfad, kleine Steinchen lösten sich.

»Was macht der Wiederaufbau Eurer Burg?«, fragte die zweite Gestalt. Das Tuscheln bahnte sich immer deutlicher den Weg zu Franziska.

»Wir kommen voran. Aber seht doch selbst. Es ist nicht weit!«

»Warum nicht? Es ist sowieso besser, wenn ich erst spät in der Nacht zurückkomme«, war die unterdrückte, zischelnde Stimme des anderen zu hören.

Franziska fuhr erschrocken zusammen: die Stimme des Landsteinmörders! Starr vor Entsetzen wartete sie, bis das Geräusch der ledernen Sohlen leiser geworden war. Dann schob sie den Kopf vor und schaute ihnen nach. Das Mondlicht schimmerte matt auf ihren dunklen Mänteln. Da griff der Fremde nach seiner düsteren Kapuze und zog sie tiefer in die Stirn. An seinem Finger blitzte ein blutroter Rubinring auf.

Also doch! Der Mörder! Franziskas Atem ging stoßweise. Oder war es eine Mörderin? Vielleicht tatsächlich die alte Nonne aus dem Kloster? Aber die war ja blind, wie hätte sie mit dem Messer zustoßen können?

Franziska zögerte kurz. Sollte sie ihnen folgen? Sollte sie sich in Gefahr begeben? Aber andererseits: Was könnte ihr geschehen? Sie musste nur aufpassen, nicht entdeckt zu werden.

Franziska schlich den beiden im Schatten der Bäume hinterher. Das Licht des zunehmenden Mondes überzog die Wälder mit schwachem Glanz. Es war seltsam ruhig. Nur hin und wieder raschelte Laub oder ein Tier schrie auf.

Als sie den Reifenberg hinter sich gelassen hatten, säumten immer mehr Bäume den holprigen Pfad. Die Buchenäste mit den jungen Frühjahrsblättern streckten sich über dem Weg zusammen, als wollten sie den Mond daran hindern, dunkle Machenschaften zu offenbaren. Franziska horchte nach den Stimmen der beiden und spähte in die Dunkelheit des dichten Waldes, die nur hin und wieder von Lichtflecken durchbrochen wurde. Dann war das Knacken von Ästen zu hören und leises Raunen: Sie mussten keine zehn Schritte vor ihr sein.

Schon nach kurzer Wegstrecke hatten sie die Burg Hattstein erreicht. Steinquader ragten wild durcheinander in die Höhe, als hätte ein Riese sie im Spiel über die Hochebene gewürfelt. Der Bergfried, ein düsterer Koloss, war wieder aufgebaut worden, die geschleifte Schutzmauer an vielen Stellen neu errichtet, breiter und wuchtiger als zuvor. Rechts neben der Burg waren Spitzen von Rundzelten zu erkennen, in denen die Steinmetze, Knechte und Burgmannen schliefen. Der dicke Leinenstoff hing über Speichenrädern, die auf Rundhölzern steckten. Die ersten aufsteigenden Nebelschwaden würden die Flachsfasern aufquellen lassen, so dass sie sich selbst abdichteten und keine Feuchtigkeit ins Zeltinnere ließen.

Als Franziska auf Zehenspitzen an den Rundzelten vorbeischlich, drang Schnarchen durch die gewebten Leinenbahnen.

Vorsichtig folgte sie den beiden Schatten, die jetzt den Bergfried betraten. Ein Feuer flammte auf. Im Kamin war wohl noch genügend Glut gewesen, um es rasch zu entfachen. Geduckt schaute Franziska sich um. Schützten hier keine Wächter die Burganlage vor unwillkommenen Eindringlingen? Gab es keine Wachhunde, die anschlugen? Sie horchte, aber alles blieb still.

Im Bergfried knisterte jetzt helles Feuer, das Lichtzungen über die nackten Steinwände tanzen ließ. Buchenscheite knackten, Feuerfunken wirbelten hoch. Franziska verbarg sich hinter einer knorrigen Linde, die wohl noch nach altem Brauch der Göttin Freya geweiht worden war, und beobachtete durch ein schmales Mauerloch den Hattsteiner. Er hatte sich zur Feuerstelle vorgebeugt und rieb sich die Hände. Aber wo war der andere? Der mit dem blutroten Rubinring? Er blieb hinter der Mauer verborgen. Franziska schüttelte den Kopf: Sicherlich war es nicht die blinde Nonne. Wie wollte sie zurück zum Kloster finden? Oder würde der Hattsteiner sie mit einem Pferdekarren heimbringen?

Lautlos huschte Franziska an die Fassadenwand und duckte sich unter die Fensternische, während sie sich langsam umdrehte. Nichts regte sich, niemand hatte sie entdeckt. Sie blieb in der Hocke sitzen, bis sich ihr Herzschlag ein wenig beruhigt hatte. Dann reckte sie den Kopf und spähte durch das Fenster. Die Flammen im Kamin züngelten hoch. Ein Buchenscheit fiel mit lautem Krachen und Funkensprühen auseinander, so dass der Hattsteiner erschrocken zurückwich.

»Immer mehr Gegner unserer heiligen Kirche versuchen die göttliche Ordnung aus den Angeln zu heben und die Welt in Chaos und Höllenqualen zu stürzen …«, war die zischelnde Stimme zu hören.

Franziska wischte ihre schweißnassen Hände an den Beinkleidern ab. Es gab keinen Zweifel: Diese Stimme hatte genau den gleichen gehetzten Unterton, in ihr lag die gleiche drängende Leidenschaft und Unerbittlichkeit … Sie war sich sicher: Nur ein paar Ellen weiter lehnte an der Innenwand des Bergfrieds der Mörder von Bruder Barrabas!

»Ich will Euch in allem unterstützen«, antwortete der Hattsteiner inbrünstig. »Denn ich bin genau wie Ihr davon überzeugt, dass nur die alte Ordnung die ewige Seligkeit garantiert.«

Franziska runzelte die Stirn. Was hatte der fette Hattsteiner mit ewiger Seligkeit zu schaffen? Der würde doch seine Seele dem Teufel verkaufen, wenn er nur einen Silberling dafür herausschlagen könnte. Weshalb lag ihm die Erlösung der Menschheit auf einmal so am Herzen? Was hatte er vor?

Der Hattsteiner hüstelte dumpf. »Also nennt Euren Plan! Nennt den Bund, damit ich ihm mit Schwert und Herz dienen kann.«

»Schwerter spielen bald keine Rolle mehr«, zischelte die andere Stimme. »Sie sind nur noch ein Symbol. Denkt an die neuen Waffen, das Pulver!«

»Ihr habt Recht, wir brauchen ein gut bewaffnetes Heer, um gegen die Anführer der Ungläubigen zu Felde zu ziehen.«

Der andere lachte gefährlich auf. »So soll es sein! Sie sind die Gehilfen des Höllenfürsten. Sie legen den teuflischen Samen, aus dem der Aufruhr wächst. Es brodelt im Volk. Atmet den Odem der Zeit und Ihr werdet es schmecken: Es kriecht aus allen Löchern, es dampft wie Unrat aus der Erde.«

Franziska spürte, wie ihre Füße anfingen zu prickeln. Ein Gefühl der Taubheit zog die Zehen hoch. Sie stützte sich mit den Händen ab, um die Beine bewegen zu können. Gleichzeitig lauschte sie der Stimme des Hattsteiners, der leise aufgrunzte.

»Wo kommen wir hin, wenn ein Bauer sich zum König aufspielt, der Bettelmann zum Ritter«, sagte er zustimmend. »In Würzburg bewaffnen sich Bauern mit Äxten und Mistgabeln und setzen Kirchen und Burgen in Brand. In Wittenberg wettert ein gewisser Luther gegen den heiligen Ablass und den katholischen Glauben. Und er gewinnt immer mehr Anhänger. Es sind wahrhaftig aufrührerische Zeiten!«

Jetzt waren sie still. Nur das Geräusch schlurfender Schritte war zu hören und das gleichmäßige Knistern des Kaminfeuers. Das Knacken der Äste hallte wie Pistolenschüsse durch die Nacht.

»Wir müssen die Angst vor der ewigen Verdammnis schüren«, hetzte die gedämpfte Stimme weiter. »Nur so weicht das Volk in seine Schranken zurück. Nur so können wir unsere heilige Kirche schützen!«

»Aber für den Notfall brauchen wir auch Geld für die neuartigen Pulverwaffen und Kanonen ...«, drängte der Hattsteiner. »Es gibt neue Schürfungen hier in der Gegend. Ihr besitzt viel Land. Veranlasst, dass ich die Schürfrechte bekomme. Vielleicht finden wir Silber. Davon können wir Waffen kaufen und ich werde Euch mit meinen Truppen schützen. Wir müssen uns zusammenschließen, um die alte Ordnung aufrechtzuerhalten!«

Franziska presste wütend die Lippen zusammen. Die Silberminen! Das war es also, was der Hattsteiner sich unter den Nagel reißen wollte!

»Gut«, war die Antwort des Unbekannten. »Unser Pakt sei besiegelt. Gemeinsam wollen wir dem Teufel die Stirn bieten.«

Franziska streckte sich vorsichtig, um besser hören zu können. Ihr Oberschenkel schmerzte, es kribbelte in ihrem Bein wie von tausend Brennnesseln. Plötzlich zerbrach ein dicker Zweig unter ihrem Fuß.

»Was war das?«, hörte sie die scharfe Stimme des Hattsteiners.

Franziska humpelte, so leise es ging, zu ein paar Felsquadern hinüber und duckte sich hinter einen der Steine. Im gleichen Moment stapfte der Hattsteiner mit einer Pechfackel in den Hof und schaute sich um. Der Lichtschein erhellte die Leinenstoffe der Rundzelte, aber die Bahnen bewegten sich nicht. Leises Schnarchen war zu hören, dann ein kurzes Schmatzen, Aufstöhnen und Ächzen.

»Sicherlich nur ein Tier«, zischelte die Stimme des Mörders vom Bergfried herüber. »Trotzdem werde ich Euch jetzt verlassen. Alles Wichtige ist gesagt.«

»Ihr habt Recht«, raunte der Hattsteiner. »Es wäre fatal, wenn man Euch hier entdecken würde. Wir können nicht vorsichtig genug sein. Sobald Ihr fort seid, werde ich die Wachhunde aus dem Rundturm holen. Dann wird sich herausstellen, ob sich nicht doch ein Spitzel hier herumtreibt.«

Kaum waren die beiden noch einmal im Bergfried verschwunden, zwängte Franziska sich an gestapelten Holzfuhren vorbei und hastete zu dem holprigen Weg, der hinunter ins Tal führte. Nichts wie weg! Nur keine Wachhunde!

Aufgewühlt rannte sie durch düstere Buchenwälder in Richtung Reifenberg. Ihr schwirrte der Kopf. Was hatte das alles nur zu bedeuten? Franziska sah sich kurz um – folgte ihr jemand? Aber nichts war zu sehen. Dann hetzte sie weiter. Eins stand jedenfalls fest: Der Hattsteiner stand mit den Kräften im Bund, die vor grausamen Taten nicht zurückschreckten. Die zischelnde Stimme des Mörders war der Beweis. Die Frage war nur – was hatten sie mit dem geheimnisvollen Buch im Sinn? Und warum musste Bruder Barrabas sterben?

In Höhe ihres Verstecks zwängte Franziska sich wieder zwischen jungen Tannen und Buschwerk zur Steinmauer hin. Da:

die Astgabel, der Stein mit den pockenartigen Einbuchtungen, und schließlich die glatten Quarze, die zu einem Dreieck angeordnet waren. Fieberhaft kramte sie die Schatulle aus dem Versteck und lief damit den steilen Weg hinauf, auf die Burganlage zu. Ob darin nicht doch ein Hinweis auf den Mörder oder das Buch zu finden war?

»Halt! Stehen bleiben!«, rief ein Wächter, als er ihren Schatten entdeckte, und reckte eine brennende Pechfackel hoch. Ein zweiter stellte sich ihr mit einer geladenen Flinte entgegen.

»Ist schon gut, Mathias«, rief Franziska atemlos. »Ich bin's nur.« Sie drückte den beiden Wächtern ein paar Münzen in die Hand, die sie sofort in einem Ledersäckchen verschwinden ließen.

»Keine Angst!« Mathias grinste breit und kratzte sich am Handgelenk Schorf von einer Wunde. »Euer Vater wird von dem nächtlichen Ausflug nichts erfahren.«

Dann rannte Franziska in ihre Kemenate und ließ sich auf ihr Lager fallen. Wigand schlief gottlob tief und fest. Erst jetzt, im Licht der entzündeten Talgkerze, bemerkte sie, dass die Schatulle rundherum mit Einlegearbeiten aus Elfenbein verziert war. Sie öffnete den glatt polierten Deckel und schob den Schmuck zur Seite. Darunter fand sie mehrere Schriftstücke mit Stempeln sowie Urkunden, die mit Wachssiegeln beglaubigt worden waren. Auf dem Boden lag ein feines Leinentuch. Franziska faltete es auseinander: Es war mit hübschen, blauen Mustern bedruckt. In der einen Ecke war ein seltsames Zeichen eingefärbt. Es sah aus wie eine sich windende Schlange. Ob das ein Buchstabe war?

Franziska steckte das Tuch in den Leinenbeutel, den sie am Hüftgürtel trug, und klappte enttäuscht den Deckel der Schatulle wieder zu. Sie hatte nichts darin finden können, was ihr bei der Suche nach dem Landsteinmörder weiterhalf.

Ein verräterisches Zeichen

Am nächsten Morgen galoppierte Franziska durchs Weiltal nach Neuweilnau, auf die Blaufärberei von Susannes Eltern zu. Sie musste mit ihrer Freundin reden, wann sie zur Frühjahrsmesse nach Frankfurt reiste. Sie wollte unbedingt mitfahren. Irgendjemand erkannte bestimmt die Initialen auf den Schmuckstücken und konnte Namen und Werkstatt des Silberschmiedes nennen. Er war vielleicht der Einzige, der von dem Käufer des zweiten Amuletts wusste. Und dieser Käufer musste der Mörder sein!

Die Färberfamilie wohnte in der Vorderen Warte, einer kleinen Gasse in dem Teil von Neuweilnau, der sich jenseits der Stadtmauer am Fuße des Rödelnbergs immer weiter ausdehnte und inzwischen sogar ein eigenes Rathaus hatte. Das Färberhaus lag ganz in der Nähe des Wachturms. Von dort ging es hoch zu der gewaltigen Burganlage, die Graf Ludwig* aus dem entfernten Weilburg gerade zum Schloss umbauen ließ. Sein eigenes war nämlich baufällig geworden und das neue sollte künftig der gräflichen Familie als Hauptwohnsitz dienen. Neue Stallungen wurden errichtet samt einer Kanzlei und einer Mauer um den Schlossgarten herum. Sogar Öfen waren in einigen Räumen des Schlosses vorgesehen.

Die Zufahrtswege zur Burg waren mit Pferdekarren verstopft, die Baumaterial hochbrachten. Knechte zogen Handwagen, die schwer mit Holzfässern beladen waren, andere trugen Körbe mit frischem Brot, Winterkartoffeln, Möhren und Schwarzwurzeln, die in Kellern unter aufgeworfener Erde frisch gehalten worden waren.

»Ist Susanne da?«, rief Franziska, als sie an die Holztür der Färberei klopfte. »Oder hilft sie wieder auf der Burg Altweilnau aus?«

»Susannchen, wo ist mein Susannchen?«, hörte sie eine lallende Stimme von der Wiese neben dem Haus. Franziska entdeckte den Färber, der sturzbetrunken zusammen mit anderen Mannsbildern im hohen Gras lag und glückselig lächelte.

Franziska steuerte auf einen großen Holzbottich zu. Dort rührte die Färberin in einer Flüssigkeit, auf der sich bläuliche Schlieren bildeten. Die Färberfamilie hatte vor einiger Zeit ein paar Fuhren der getrockneten Waidpflanze aus Erfurt günstig erworben. Jetzt wurde damit neue blaue Farbe angesetzt.

Der Jüngste der Familie pinkelte gerade im hohen Bogen in den Holzbottich. Zur Farbgewinnung mussten die Waidblätter nämlich lange in einer Mischung aus Urin und Alkohol gären. Das nahmen die Männer zum willkommenen Anlass, bereits im eigenen Körper eine Art Gärungsprozess in Gang zu setzen und »blau zu machen«.

Einer der Angetrunkenen hielt einen gefüllten Branntweinbecher hoch und sang aus voller Kehle: »Segne dich Gott, du goldner Trank, und mach mir nicht die Leber krank!«

Die anderen grölten laut auf. Dieser Trinkspruch war schon lange bei den Färbern äußerst beliebt.

»Susanne ist unten am Bach und wäscht Blaukittel aus«, rief die hochschwangere Färberin Franziska zu, während sie noch Pottasche und Weizenkleie in den Bottich schüttete.

»Susannchen, wo ist mein Susannchen?« Der Färber kicherte mit versoffener Stimme und rülpste laut.

Als Franziska mit ihrer Stute zum Bach hinunterging, sah sie schon aus der Ferne, dass er blau verfärbt war. Die Farbe mischte sich mit dem gurgelnden Wasser, das zwischen Felsbrocken vorübersprudelte. Ein paar Meter weiter verblasste das Blau zu einem wässrigen Türkis, in dem schillernde Fische hin und her flitzten. In diesem Moment kläffte in der Ferne eine Hundemeute auf. Aber Franziska achtete nicht weiter darauf.

Auf den Wiesen lagen ausgebreitet blau bedruckte Hemden, die in der Sonne trockneten. Susanne hockte am Bach und wrang ein paar Tücher aus.

»Hallo, Franziska!« Susannes Augen strahlten, als sie ihre Freundin entdeckte. »Was machst du denn hier mitten in der Woche?«

»Ich muss was mit dir besprechen«, antwortete Franziska und band die Zügel ihrer Stute an einem Baumstamm fest. Sie musste vorsichtig sein, damit Susanne nicht den wahren Grund erriet, warum sie nach Frankfurt wollte.

»Hast du gehört?«, rief Susanne. »Es sind schon wieder Handelsleute ausgeraubt worden.«

»Ausgeraubt? Welche Handelsleute?«, fragte Franziska überrascht.

Susanne ließ einen Kittel wie einen blauschwänzigen Fisch im Bach hin und her tanzen. »Handelsleute, die mit ihren Karren nach Neuweilnau wollten, um das neue Schloss mit kostbaren Stoffen auszuschmücken.«

»Wieder Überfälle?«, fragte Franziska betroffen. Natürlich wusste jeder, dass Diebesgesindel unterwegs war, Raubritter oder herumziehende Gauner, die schnelles Geld machen wollten. Aber diesmal war die Nachricht für sie wie ein Faustschlag ins Gesicht. Mit Tränen in den Augen dachte sie an Bruno und ihren letzten

Raubzug zurück. Ob sie Susanne nicht doch die ganze Geschichte erzählen sollte? Verstohlen wischte sie sich mit dem Hemdzipfel übers Gesicht.

»Ich bete nur mit aller Inbrunst zum Himmel, dass diese feigen Diebe und Mörder gefasst werden!«, fuhr Susanne mit hasserfülltem Unterton fort. »Junker Daniel wird sie finden und ihnen das Genick brechen! Da bin ich mir sicher.«

»Junker Daniel?« Franziska starrte ihre Freundin entsetzt an. »Der Junker? Ich denke, der ist abgereist ...? Die Herrschaften wollten doch nur kurze Zeit in der Burg nächtigen ...«

»Die Kaufleute sind zurückgefahren, aber Daniel wollte unbedingt bleiben, um die Räuber in ihren Verstecken aufzustöbern. Es wird Zeit, dass sie endlich am Galgen baumeln.« Susanne zog den klitschnassen Kittel aus dem Wasser. »Warum fragst du? Ist was mit Daniel?«

»Gar nichts. Ich meine ja nur ...«, sagte Franziska zögerlich, während sie sich ins Ufergras setzte. Sie pustete kräftig gegen einen der verblühten Löwenzähne. Hauchzarte Schirme wirbelten durch die Luft.

»Wie ... steht es denn eigentlich mit euch?« Franziska räusperte sich. »Oder macht sich dieses verwöhnte Kaufmannstöchterlein wieder an ihn heran? Wie heißt sie noch mal? Ich meine die, die dich behandelt hat wie den letzten Dreck.«

»Du meinst diese Ute?« Susanne klatschte den nassen Kittel mit aller Wucht auf einen Felsstein, der vom Wasser glatt geschliffen war. Winzige Tröpfchen spritzten ihr entgegen. »Ich weiß nicht, was sie treibt. Sie ist zurück nach Frankfurt gereist. Mehr kann ich nicht sagen.«

»Und ... Daniel?« Franziska lächelte gequält.

»Was fragst du schon wieder?« Susanne wischte sich mit dem

Ärmel das Wasser aus dem Gesicht, während ihre Augen misstrauisch aufblitzten. »Gefällt er dir? Willst du was von ihm?«

»Was denkst du von mir? Nie im Leben!« Franziska zupfte den Stängel des Löwenzahns ab. Sofort färbte der Saft ihre Finger bräunlich. »Ich frage doch nur …«

Susanne breitete das Wäschestück zum Trocknen aus. »Und ich frage mich, warum du ständig was über Daniel wissen willst. Da steckt doch mehr dahinter!«

Franziska nagte an den braunen Flecken ihrer Finger herum und beobachtete die Pferdekarren, die mit Felssteinen beladen dicht an dicht den Weg zur Neuweilnauer Burg hochzogen.

»Ich soll den Hattsteiner heiraten«, meinte sie plötzlich, um ihr Gespräch in eine andere Richtung zu lenken, obwohl ihre Gedanken immer noch um den Junker kreisten. »Ausgerechnet den Hattsteiner!«

»Und? Ist er jung? Hat er Vermögen? Weiß er sich zu benehmen?«, fragte Susanne verschmitzt.

Franziska schüttelte den Kopf. »Er ist widerwärtig und fett. Ich schwör's dir, den lasse ich nicht an mich ran.«

»Aber er ist ein Ritter!« Susanne atmete tief durch. »Du wärst gut versorgt. Unsereins könnte nie in so eine Familie einheiraten …«

Franziska fasste in den Lederbeutel, der an ihrem Gürtel baumelte. Als sie die Hand zurückzog, war sie gefüllt mit getrockneten Apfelschnitzen, die sie Susanne entgegenstreckte. »Magst du?«, fragte sie, während ihre Freundin auf den Beutel starrte, aus dem nun ein Stück blau gefärbtes Leinentuch herausschaute.

»Was hast du denn da?«, fragte Susanne, schnappte sich den Stoff und fuhr erregt über das schlangenförmige Zeichen. »Wo hast du das her? Los, antworte mir!«

Franziska blickte sie überrascht an. Warum war Susanne plötzlich so aufgebracht? Das war doch nur das Tuch, das sie in dem geraubten Kästchen gefunden hatte.

»Aber … das hast du mir doch geschenkt«, schwindelte Franziska. Sie durfte keinerlei Verdacht aufkommen lassen, was den Überfall betraf. »Kannst du dich nicht mehr daran erinnern?«

Susannes Gesicht war wie versteinert. »Du lügst! Hier, das ist ein S. Es ist der Anfangsbuchstabe meines Namens! Ein fahrender Händler hat ihn mir gezeigt. Und den habe ich einzig und allein für Daniel eingefärbt. Den findest du auf keinem zweiten Tuch!«

Franziska war wie vor den Kopf geschlagen. Sollte sie jetzt nicht doch lieber die Wahrheit sagen?

»Wo hast du das Tuch her?«, fuhr Susanne sie wütend an. »Was ist zwischen euch beiden? Hat er dir das etwa zum Geschenk gemacht?«

»Nein …«, stammelte Franziska verwirrt. »Ich schwöre dir, es ist nichts zwischen uns …«

Susanne war blass geworden. Mit den Fingern umklammerte sie das verräterische Tuch. »Aber ich habe die Blicke gesehen, die er dir zugeworfen hat! Und dir schien es nicht unangenehm gewesen zu sein!«

»Aber … das ist nur ein Missverständnis«, versuchte Franziska sich zu verteidigen.

»Dass er dir das Tuch geschenkt hat? Ein Missverständnis?« Susanne schleuderte es wutentbrannt in den Uferschlamm und trat es tief in die braune Brühe. »Ich hätte nie gedacht, dass meine beste Freundin mich derart belügt. Niemals! Und jetzt verschwinde! Ich will dich nie wieder sehen.«

Susanne sprang schluchzend auf und rannte auf nackten Füßen durch dorniges Gestrüpp und Brennnesseln davon. Die blonden Zöpfe flogen über ihren Rücken, verhakten sich in Dornenzweigen. Aber sie riss sich wieder los und lief weiter. Immer weiter.

Franziska schaute ihr wie betäubt hinterher, zog dann das Tuch aus dem schmierigen Dreck und wusch es in der Weil. Das sprudelnde Wasser umspielte ihre Finger und ließ das Leinen wie ein Himmelssegel auf und nieder tanzen. Bräunliche Schlieren wurden davongespült.

Ein einziges Schriftzeichen hatte den Streit ausgelöst!, dachte sie. Warum konnte sie nur nicht lesen? Vielleicht hätte sie dadurch alles vermeiden können.

Vorsichtig drückte Franziska das Leinentuch zusammen. Wasser tropfte zu Boden und zeichnete dunkle Flecken in den Sand. Franziska spürte einen brennenden Schmerz im Magen. Es war, als säße dort ein Feuerdämon, der sie quälen wollte.

»Ich werde ihr die Wahrheit sagen«, schwor sich Franziska leise und ließ die Finger noch einmal in das kühle Wasser des Baches gleiten. »Aber die Zeit ist noch nicht reif. Ich weiß doch selbst viel zu wenig über den Mord und das würde Susanne nur noch mehr verwirren!«

Plötzlich jaulte weit entfernt eine Hundemeute auf. Wütendes Kläffen und Heulen zerriss die Stille. Franziska steckte das Tuch hastig in ihren Lederbeutel und jagte auf ihrer Stute den Weg zurück nach Hause. Wann würde dieser Daniel endlich aufgeben und den Taunus verlassen? Und was war mit Frankfurt? Wie sollte sie jetzt nach Frankfurt kommen?

Als sie am Landstein vorbeiritt, entdeckte sie eine Kutsche, die mit schwarzem Leder bespannt war und bei der Wallfahrtskirche stand. Die schweren Pferde mit den dunklen Zotteln über den Hufen kannte sie doch! Gehörten sie nicht den Nonnen vom

Kloster Thron? Was hatten die wieder hier bei den Mönchen zu suchen? Franziska ritt ein Stück näher. Vielleicht konnte sie etwas von ihren Gesprächen aufschnappen …

Franziska horchte auf die Hundemeute, aber das Kläffen der Tiere verlor sich in der Ferne. Mit einem Satz war sie vom Pferd und band es hinter der Wassermühle fest.

In diesem Moment stürmten einige Burschen aus dem Wirtshaus, sie hatten Spitzhacken und Schaufeln in den Händen. Ihre Gesichter waren verschwitzt. Sie tuschelten aufgeregt miteinander, ein seltsames Fieber glänzte in ihren Augen. Einer mit einer länglichen wulstigen Narbe auf der Stirn winkte die anderen hinter sich her. »Folgt mir, ich zeige euch den Weg.«

»Wo soll's denn hingehen, Meckel?«, grunzte ein anderer.

»Das sage ich euch, wenn es so weit ist«, antwortete der Meckel mit scharfer Stimme und stapfte voraus. Die Meute lief ihm dicht gedrängt hinterher und marschierte in Richtung Dorfweil davon.

Franziska kannte diesen Meckel vom Fastnachtsspiel. Der Weilnauer hatte nämlich versucht, ein fremdartiges Spektakel im Taunus einzuführen. In Stralsund hatte man alle Blinden der Stadt auf dem Marktplatz zusammengetrommelt, ihnen Keulen in die Hand gedrückt und sie aufgefordert, ein Schwein totzuschlagen, das in ihre Mitte getrieben worden war. Derjenige, der es tödlich erwischte, sollte zur Belohnung sein Fleisch bekommen. Die Blinden hatten heftig aufeinander eingeprügelt und waren mit blutenden Wunden herumgetapst und getorkelt. In der Stadtchronik hieß es, dass man ein so lachendes Fastnachtsspiel in Stralsund noch nie erlebt habe. Auch am Landstein hatten die Blinden wie wild um sich gedroschen, um das quiekende Schwein zu erlegen. War es Zufall gewesen, dass der Meckel dabei getroffen wurde? Just in dem Moment, als er die Kirche verhöhnte und die Nonnen vom Kloster Thron verspottete? Wie auch immer – er wurde am Schädel erwischt und trug diese wulstige Narbe an der Stirn davon.

Franziska schaute dem Meckel und den aufgeregten Männern hinterher, die wie in einer Prozession mit Schaufeln und Spitzhacken auf den Schultern hinter einer Wegbiegung verschwanden. Was sie nur vorhatten?

Unauffällig sah Franziska sich nach den Zisterzienserinnen um. Ob die sich in der Sakristei der Kirche aufhielten? Im Schutz herunterhängender Zweige schlich sie auf die Wallfahrtskirche zu. Das Gemäuer glich einem Bollwerk, dessen dicke Mauern ungebetene Gäste abhalten sollten. Aber die hohe Kirchentür war nur angelehnt. Franziska drückte sie ein wenig auf, schlüpfte in das kühle Gebetshaus und versteckte sich hinter einem Pfeiler, während sie die Szenerie genau beobachtete.

Vor dem Altar standen tatsächlich Pater Johannes und die drei Zisterzienserinnen, die sie schon vom Ostermarkt her kannte. Sie hatten ihre Leinenmäntel über eine Gebetsbank gelegt, die Hände waren in den Ärmeln der Kutten verborgen. Die schwarzen Kreuze auf ihren Rücken wirkten wie schwere Lasten, die getragen werden wollten. Die blinde Nonne stand wie in Stein gehauen, ihr Gesicht wirkte maskenhaft bleich. Die toten Augen waren irgendwo in die Ferne gerichtet. Nur ihre Nasenflügel zuckten, als suchte sie die Luft nach bestimmten Düften oder Ausdünstungen ab. Zielsicher streckte sie plötzlich ihre Finger nach einer Altarkerze aus, die gerade erloschen war, und befühlte das gute Kerzenwachs.

Franziska schaute ihr verwundert zu. Woher hatte die Nonne gewusst, dass gerade dort eine Kerze stand? Ob sie den qualmenden Docht gerochen hatte?

Wieder schnupperte die Alte und wandte dann langsam das wachsfarbene Gesicht in Richtung Franziska. Die duckte sich blitzschnell hinter den Pfeiler. Das Herz schlug ihr bis zum Hals. War die Alte etwa doch nicht blind?

»Der Ablasshandel wird immer weniger«, hörte sie Pater Johannes sagen, der das bestickte Altartuch zusammenfaltete und in eine Holztruhe zu anderem kostbarem Linnen legte.

»Auch unsere Ablassbriefe sind kaum mehr gefragt«, antwortete Schwester Almut mit klagender Stimme. »Es gibt immer mehr Ungläubige, die an Rom und dem heiligen Papst zweifeln. Die Reichen wollen ihre Töchter nicht mehr den Klöstern anvertrauen und die Spenden bleiben aus.*«

»Wenn wir doch ein göttliches Zeichen setzen könnten, damit die Zweifler zurück in den Schoß unserer heiligen Mutter Kirche finden …«, seufzte Schwester Lucia, die mit dem Madonnengesicht.

»Bleib ganz ruhig, meine Tochter!«, entgegnete die Alte. »Es wird zur rechten Zeit ein Zeichen gesetzt. Vertraue auf Gott!«

Pater Johannes griff nach den Silberleuchtern und der kostbar gearbeiteten Monstranz, wickelte sie in Tücher und verstaute sie ebenfalls in der Holztruhe. »Selbst Kirchendiebe lauern im Dunkel der Nacht, unsere geweihten Schätze sind vor ihnen nicht sicher«, sagte er verbittert. »Ich werde sie wieder in die Obhut der Altweilnauer Burg geben müssen.«

In diesem Moment fiel die Kirchentür leise zu. Pater Johannes schaute erschrocken hoch, hastete durch den Mittelgang zur Tür und zog sie ganz ins Schloss.

»Wir müssen von der Allmacht Gottes predigen und die Pharisäer, die falschen Prediger, davonjagen!« Die aufgebrachte Stimme von Pater Johannes hallte von den Kirchmauern wider.

Er ächzte leise, als er seinen dürren Oberkörper vor dem Altar beugte.

»Wir sind die vollstreckenden Hände Gottes«, flüsterte Schwester Lucia andächtig und bekreuzigte sich. »Die Dienerinnen des Herrn.«

Dann verließ Pater Johannes mit den Zisterzienserinnen das Kirchenschiff. Franziska folgte ihnen heimlich und beobachtete, wie die drei Nonnen in die Kutsche kletterten und der Verschlag mit gedämpftem Klacken geschlossen wurde. Von dem Laienbruder war nichts mehr zu sehen. Eine Peitsche surrte durch die Luft und die beiden schwarzzotteligen Klosterpferde stapften mit dem Kutschwagen davon.

Plötzlich spürte Franziska einen Atemzug an ihrer Wange. Erschrocken fuhr sie herum. Pater Johannes hatte sich lautlos neben sie gestellt.

»Kann ich Euch weiterhelfen?«, fragte er mit lauerndem Unterton in der Stimme.

Franziska schüttelte den Kopf. »Ich ... ich wollte nur beim Wagner vorbeischauen. Es geht um Wagenräder, die zerborsten sind.«

Ohne auf Antwort zu warten, drehte sie sich um und eilte davon, auf die Wassermühle zu, hinter der sie die Stute angebunden hatte. Als sie beim Wirtshaus vorbeikam, hörte sie laute Wortfetzen nach draußen dringen. War das nicht die näselnde Stimme ihres älteren Bruders Winfried? Gleichzeitig spürte sie den durchdringenden Blick von Pater Johannes, der sie von der Kirche aus anstarrte. Er wirkte in seiner Kutte wie eine schwarze Krähe, die ihre Schwingen ausbreiten wollte, um davonzufliegen.

Aus der Ferne hallte wieder das wilde Kläffen einer Hundemeute zu ihr herüber, während Franziska auf ihrer Stute das Weiltal entlangjagte, zurück in Richtung Reifenberg.

Kurz vor Dorfweil holte sie die Männer ein, die mit Schaufeln und Hacken auf den Schultern dem Meckel folgten. Der Meckel kratzte sich an seiner Stirnnarbe und schaute zum Firmament hoch, wo gerade Wolkenberge aufzogen. Das Jucken war für ihn ein untrügliches Zeichen für einen Wetterumschwung. Bald würde es regnen. Mit einer energischen Handbewegung winkte er die Männer hinter sich her.

Franziska galoppierte an ihnen vorbei und auf Schmitten zu. Ein unsäglicher Schmerz stieg in ihr auf: Hier bei der Rennschmiede, bei der ärmlichen Hütte der Köhler, hatte Bruno sein Leben gelassen. Wieder glaubte sie, den Aufprall seines Körpers zu hören … Sie presste beide Hände auf die Ohren, als könnte sie so die Erinnerung vertreiben. Dieser verfluchte Überfall, dachte sie. Wie könnte sie jemals diese drückende Last von sich nehmen? Wie sollte sie jemals mit dieser Schuld leben?

Als sie im Burghof auf ihre Kemenate zusteuerte, hörte sie die Stimme des Hattsteiners aus dem Palas dröhnen. Sein feistes Lachen ließ sie erschauern.

»Wir müssen zusammenhalten! Unsere Burgen liegen nur ein paar Steinwürfe voneinander entfernt. Denkt an die aufständischen Bauernhorden, die Kirchen niederbrennen und Burgen stürmen, an die Anhänger dieses teuflischen Luther, die mit Pulverwaffen …«

»Ihr habt Recht«, unterbrach ihn Ritter Gunther. »Wir müssen die Familienfehde jetzt beenden. In diesen Zeiten gilt es, einander beizustehen.«

»Außerdem, stellt Euch vor, dieser Meckel könnte uns die Schürfrechte vor der Nase wegschnappen.«

»Und Ihr seid sicher, dass dort Silber gefunden wurde?«

Franziska horchte auf. Silber? Hatte der Hattsteiner nicht schon in der Nacht auf seiner Burg von Silberminen gesprochen? Hatte deshalb der Meckel die Männer mit Spitzhacke und Schaufel bei Dorfweil ins Tal geführt?

»Überall werden heimlich Probeschürfungen durchgeführt.« Die Stimme des Hattsteiner klang heiser. »Silber! Wisst Ihr, was das heißt? Welcher Reichtum in unseren Bergen verborgen ist? Welche Schätze zu unseren Füßen in der Erde liegen?«

Verwirrt ging Franziska näher auf den Palas zu und öffnete langsam die Holztür. War ihr Vater etwa auch an diesem Komplott zwischen dem Hattsteiner und dem Landsteinmörder beteiligt? Fassungslos starrte sie den beiden Mannsbildern entgegen, die sich jetzt die Hände schüttelten.

»Wir wollen unsere alte Feindschaft begraben! Haben nicht schon unsere Ahnen in engster Verbundenheit Schlachten miteinander geschlagen?« Ritter Gunther hielt dem Hattsteiner einen Trinkbecher mit gewürztem Wein entgegen. »Auf unsere Familienbande! Sie sollen erneuert werden! Lasst uns darauf trinken!«

Die Becher stießen hart gegeneinander, Weißwein schwappte zu Boden. In diesem Moment entdeckte Ritter Gunther seine Tochter und winkte sie zu sich herüber. »Und du wirst unseren neuen Bund besiegeln.«

Franziska wurde blass. »Wie meint Ihr das?«

Ritter Gunther räusperte sich. »Es ist und bleibt mein Wille, dass du Gottfried, den Sohn von Henne von Hattstein, ehelichst.«

Der Hattsteiner schlenderte breitbeinig auf sie zu und grinste ihr entgegen. »Mit dem Burgbau geht es gut voran. Schon bald werdet Ihr eine hübsche Burgherrin abgeben.«

»Vater, ich … kann noch nicht heiraten«, sagte sie mit flehender Stimme.

»Du bist meine einzige Tochter!« Ritter Gunter sprach leise, aber seine Stimme war kalt, als würde sie zwischen den Steinfliesen hervorkriechen. »Es ist an der Zeit, sich wieder mit den Hattsteinern zu versöhnen. Und deine Hochzeit mit Gottfried von Hattstein soll ein Zeichen dafür sein, dass zwischen unseren beiden Familien von nun an Friede herrscht.«

Der Hattsteiner trat dicht an sie heran. Seine vorquellenden Augen waren glasig vom Wein, die Gesichtshaut von roten Äderchen durchzogen. Er fuhr sich mit der Zungenspitze über die zerfurchten Lippen.

Diesen Mund soll ich küssen?, dachte sie angeekelt.

Gunther prüfte mit unbarmherzigem Blick auch die feinsten Regungen ihrer Gesichtszüge. »Mein letztes Wort: Du fügst dich meinem Willen oder du kommst ins Kloster Thron. Die Nonnen werden dir deine Widerspenstigkeit schon austreiben!«

Das war wie ein Schlag ins Gesicht. Franziska taumelte. Alles um sie herum schien sich zu drehen. Ihre Wimpern flatterten, die Hände waren schweißnass.

»Aber falls deine arme Seele noch während der Novizinnenzeit nach mir verlangt, darfst du geläutert zu mir in den Schoß der Familie zurückkehren!« Gottfried von Hattstein grölte vor Lachen. Angewidert drehte Franziska sich um und verließ den Saal.

Am nächsten Morgen war Franziska schon früh auf dem Weg zur Küche. Von dort hörte sie aufgeregte Stimmen, Scheppern von Schüsseln und unterdrücktes Gelächter.

»Ich habe dem Zahnklempner einfach mein geöffnetes Maul entgegengestreckt«, übertönte Pferdeknecht Reinhard wieder einmal das Getöse. »›Willst du mir meinen Dreckszahn nun rausrupfen oder nicht?‹, habe ich ihm an den Schädel geworfen. Aber er zierte sich wie eine alte Jungfer. Huhuhu!« Dabei hielt sich Reinhard gekünstelt die Finger vor die Augen und wiegte täppisch seine Hüften, so dass die Knechte und Mägde laut kreischten.

»Dann habe ich mir selbst die Zange geschnappt«, fuhr Reinhard mit gefährlich schnarrender Stimme fort. »›Ich zwacke dir die Zehennägel einzeln ab, wenn du mir nicht endlich den Zahn rausreißt‹, habe ich gedroht und dem Bader die Zange in die Hand gedrückt ...«

Plötzlich jaulte Cäsar auf. Er hatte Franziska entdeckt und sprang übermütig auf sie zu. Sie streichelte sein Zottelfell und setzte sich zu den anderen. Die Knechte, Mägde und Burgmannen hockten breitbeinig an dem blank gescheuerten Eichentisch und schlürften dicke Morgensuppe aus den Tischvertiefungen, die als Teller dienten. Franziskas Augen waren rotgerändert, ihre Haut war blass. Ein Hauch von Lächeln huschte über ihr Gesicht, als Reinhard seine Mär von der tapferen Zahnzieherei noch weiter ausschmückte und erneut zum Besten gab.

»›Nun mach schon! Oder pinkelst du dir gerade vor Angst in die Stiefel?‹, habe ich dem Bader eingeheizt.« Reinhard grinste vergnügt und knotete sich das alte Katzenfell fester um den Bauch. »›Rupf ihn endlich raus, du Saftsack!‹«

Kichernd zerbröselte eine Küchenmagd trockenes Gerstenbrot in einer Schüssel, das sie anschließend mit frischer Brühe aus Brennnesseln, Zwiebeln und Bärlauch übergoss.

Da betrat Ritter Gunther die Küche, stellte sich schweigend ans Tischende und warf Franziska einen knappen, aber vielsagenden Blick zu. Das Gesinde senkte verlegen die Köpfe. Nur Reinhard plapperte munter weiter. »›Du bist ein Schisshase erster Güte!‹, habe ich den Bader angefurzt. Dann habe ich ihm einfach die Zange weggeschnappt, meinen Mund weit aufgerissen und …«

»Reinhard!«, donnerte die Stimme von Ritter Gunther durch die Küche. Sofort war es mäuschenstill. Der Pferdeknecht sah den Ritter verdattert an. Dann zog er die Schultern hoch und schaufelte blitzschnell die dicke Suppe in sich hinein. Übereilig verließ das Gesinde die Küche, bis Tochter und Vater allein waren.

In einem Eisenkessel blubberte ein Suppenrest, der Duft von frischen Kräutern zog durch die Burgküche. Fette Fliegen surrten an der Feuerstelle vorbei, die wohltuende Wärme verbreitete.

»Nun, Franziska?« Ritter Gunther sah sie durchdringend an. Zwischen seinen buschigen Augenbrauen hatten sich zwei tiefe Falten eingegraben. »Wie hast du dich entschieden?«

»Vater, ich … ich kann ihn nicht heiraten«, sagte sie leise.

»Dir scheint nicht viel an Frieden und Versöhnung zu liegen.« Der Reifenberger schleuderte ihr die Worte ungemütlich scharf entgegen.

»Aber dieser Hattsteiner …«, stammelte Franziska.

»Schluss jetzt!« Seine Faust krachte auf den Eichentisch. »Noch heute wirst du die Burg verlassen! Bei den Zisterzienserinnen bist du gut aufgehoben. Dort hast du genügend Zeit, um dich zu besinnen.«

Gunther griff nach einem vollen Bierkrug und stapfte zornig davon. Die Frühlingsbrühe mit den aufgedunsenen Brotbröckchen blieb unangetastet stehen.

»Die … die Erstgeborene geht oft ins Kloster«, stotterte Reinhard verunsichert, während er seinen Strubbelkopf um die Türecke schob. Er wartete, aber Franziska reagierte nicht.

»Du … du hast doch ein Jahr Zeit bis zum ewigen Gelübde«,

versuchte er, sie zu trösten. »Und … wer weiß, was bis dahin alles geschieht. Außerdem: Pferde haben sie auch …«

Er hockte sich zu ihr auf die Holzbank und rieb sich verlegen die Hände. Er wollte ihr übers Haar streichen, zuckte aber zurück.

»Wenn es gar nicht geht, fliehst du einfach«, flüsterte er mit heiserer Stimme. »Irgendwie wird es schon weitergehen. Und wenn du mich brauchst … nur ein Wort!«

Franziska schluckte. Sie spürte, wie ihr Tränen in die Augen stiegen. »Ich danke dir, Reinhard«, flüsterte sie.

Dann sprang sie auf und rannte davon. Auf der anderen Seite der Burg lag der Wald, dessen Bäume sich mit bizarren Wurzeln in den Steilhängen festkrallten. Franziska verkroch sich hinter einem schmalen Felsvorsprung, kauerte sich in einen Teppich aus Sauerklee und legte die Stirn auf die angewinkelten Knie.

Noch heute ins Kloster!, dröhnte es durch ihren Kopf. Wie sollte sie das Leben dort nur ertragen? Es hieß, im Kloster würde nur gebetet und gearbeitet: Ora et labora! Und es herrschte Silentium, Stillschweigen. Sollte sie den Rest ihres Lebens stumm umherlaufen? Wozu hatte Gott ihr denn die Stimme gegeben, wenn ihr das Reden untersagt wurde? Und dann die drei Gelübde! Franziska stieß wütend gegen einen Felsstein, so dass er den Bergabhang hinunterklackerte. Gehorsam, Keuschheit und Ortstreue. Darauf würde sie sich nie einlassen. Niemals!

Über ihr zogen zwei Rotmilane ihre Kreise am Himmel. Die Tränen in ihren Augen ließen den Blick verschwimmen. Es war, als würden die Riesenvögel sich allmählich auflösen und in die Ewigkeit eintauchen. Da hörte sie neben sich ein leises Wimmern. Cäsar stupste sie mit der feuchten Hundenase am Arm. Franziska drückte ihr Gesicht in sein Fell und schluchzte.

Dann aber bäumte sich etwas in ihr auf. War es das Widerspenstige, das ihr eigen war? Der Freiheitsdrang, aus dem die Neugier nach dem Leben erwuchs? Franziska wischte sich mit einer trotzigen Geste die Tränen aus dem Gesicht. So schnell würde sie sich nicht unterkriegen lassen. So schnell nicht! Und langsam reifte ein Plan in ihr, der immer mehr Gestalt annahm. Vielleicht würde sie ja im Nonnenkloster Hinweise auf den Landsteinmörder und die geheimnisvollen Miniaturen finden …

Im Kloster Thron

Noch am gleichen Nachmittag wurde Franziska mit einem Pferdewagen in Richtung Wehrheim zum Kloster Thron gebracht. Der »Thronus Sanctae Mariae«, der heilige Marienthron, war wie alle Klöster der Zisterzienser der Gottesmutter Maria geweiht. Wahrscheinlich hielten sie auch deshalb die enge Verbindung zur »Kirche unserer lieben Frau«, der Wallfahrtskirche am Landstein.

Franziska hockte auf einer kratzigen Jutedecke, während der Fuhrmann neben ihr mit blödem Gesicht auf den Pferderücken stierte und auf einer Wurzel herumkaute, die angeblich Linderung gegen entzündliches Wasserlassen versprach.

Franziska schaute sehnsüchtig jeder vertrauten Wegbiegung und Bachschnelle hinterher, als müsste sie sich für immer davon verabschieden. Traurig fuhr sie über das verwaschene Leinenkleid, das sie angezogen hatte, und zwirbelte an einem losen Faden. Dann tastete sie nach einem kleinen Pergamentfetzen in ihrer Schürzentasche und legte kurz die Hand darauf: Es war das kleine Engelbildnis ihres Bruders. Franziska atmete tief durch. Ob ihre Wahl, ins Kloster zu gehen, tatsächlich die richtige gewesen war? Andererseits schüttelte es sie, wenn sie sich vorstellte, wie der Hattsteiner mit seinen feisten Fingern versuchte, ihr das Hemd vom Leib zu reißen. Dann lieber ins Kloster! Sie wollte alles ertragen und erdulden, wenn sie nur diesem widerlichen Gottfried entkam. Außerdem konnte sie so am besten ihren Plan verwirklichen: Unwillkürlich fühlte sie nach dem schweinsledernen Buch, das sie mit Leinenstreifen an ihrem Leib festgebunden hatte. Ein Jahr blieb ihr, bis entschieden wurde, ob sie das ewige Gelübde ablegen und der Vaterabt von Arnsburg sie als Zisterzienserin weihen sollte oder nicht. Ein ganzes Jahr hatte sie Zeit! Und dieses Jahr wollte sie nutzen ... Ein verschmitztes Lächeln huschte über Franziskas Gesicht. Die Zisterzienserinnen wussten doch viel über Texte und alte Bücher. Sie malten Handschriften aus, kopierten Bücher und Dokumente. In aller Heimlichkeit wollte Franziska bei ihnen lernen, Schriften zu entziffern und die Symbole der geheimnisvollen Miniaturen zu ergründen. Vielleicht konnte sie so den Landsteinmörder entlarven!

In diesem Moment bogen sie in den holprigen Weg nach Wehrheim ab und verließen die Handelsstraße, die weiter nach Neuweilnau führte. Traurig schaute Franziska einer Kutsche hinterher, die diesen Weg nahm: Susanne hatte sie nicht mehr zu Gesicht bekommen und sich nicht mit ihr ausgesöhnt. Auch ihren Vater hatte sie nicht mehr gesehen. Er war noch am Morgen auf seinem schnellsten Hengst in die Wälder gejagt, und niemand wusste, was er dort suchte. Nur Franziskas kleiner Bruder hatte sich mit ein paar geräucherten Fischen, die er aus der Küche stibitzt und in ein Tuch gewickelt hatte, von ihr verabschiedet.

»Hier, deine Leibspeise«, hatte er geflüstert. »Und keine Angst! Mit sieben werde ich Page. Und mit vierzehn Knappe. Und wenn ich erst ein edler Ritter bin, werde ich dich mit meinem stolzen Heer aus dem Kloster befreien.« Dann hatte er mit aller Kraft in ein kleines, messingfarbenes Horn gepustet, als wollte er zum Angriff blasen.

Reinhard hatte oben am Burgtor gestanden und ihr bekümmert nachgeschaut, bis sie hinter einer Biegung verschwunden waren. Den jaulenden Cäsar hatte er am Halsband festgehalten.

Der Pferdekarren ruckelte über die steinigen Wege, schlingerte durch matschige Fahrrinnen und ließ Franziska wie eine lebensgroße Stoffpuppe hin und her schaukeln. Sie sah sich um und alles kam ihr vor wie ein böser Traum: Würde sie jemals wieder so unbeschwert wie früher auf ihrem Pferd über Bergkuppen und Frühlingswiesen galoppieren können? Sie fasste nach einem prallen Leinensack, der neben ihr lag und ihre Leibwäsche enthielt. In letzter Minute hatte sie auch noch ihr Wams samt Beinkleid dort hineingestopft. Falls diese trübsinnigen Nonnen ihr mit Verboten das Leben zur Hölle machen sollten, würde sie davonlaufen, das kostbare Geschmeide aus ihrem Versteck in der Burgmauer holen und irgendwo ein neues Leben beginnen.

Franziska zog fröstelnd die Schultern hoch. Heftiger Wind war aufgekommen und fuhr durch die Baumkronen der Eichenwälder. Ganz in der Nähe jagte der bucklige Schweinehirte aus Anspach gerade eine Herde hoch in die Wälder, um sie mit Eicheln zu mästen. Mit Stockschlägen scheuchte er die Tiere vor sich her. Jede Stunde war kostbar, denn die Wälder waren ihm von den Nonnen nur für begrenzte Zeit in Pacht gegeben worden.

Franziska lächelte zaghaft, als sie in der Ferne die Klostermauer entdeckte, die das riesige Gelände umschloss. Man munkelte wohl nicht zu Unrecht, dass die Äbtissinnen des Klosters in der Regel sehr starke Persönlichkeiten gewesen waren, die es verstanden hatten, ihre Pfründe zu vermehren. Ihr zögerliches Lächeln ging in ein Schmunzeln über: Was Willen und Ausdauer betraf, hatte sie selbst auch so einiges in die Waagschale zu werfen. Sie war wild entschlossen, ihren Plan in die Tat umsetzen.

Neben dem Kloster war die Throner Lochmühle zu erkennen.

Die Nonnen hatten schon vor langer Zeit das Wasserrecht daran erworben und sie durch einen Mühlkanal mit dem Erlenbach verbunden.

Da trug eine Windböe das helle Läuten einer Kirchenglocke zu Franziska herüber. Es klang so fein und zerbrechlich, als würde tönendes Kristall aneinanderschlagen. Sie blickte zu dem spitzen Dachreiter der Klosterkirche hinüber, die das Gelände überragte.

Jetzt rumpelte der Pferdekarren auf ein doppeltüriges, verschlossenes Holztor zu. Der Fuhrmann sprang zu Boden und trat heftig gegen das Holz.

»Aufmachen!«, brüllte er. »Ich bringe die Neue!«

Franziska krallte ihre Finger wütend in den Leinensack. Die Neue! Was der Drecksflegel sich herausnahm! Gleichzeitig wurde ihr schmerzhaft bewusst, dass ihr Vater schon am frühen Morgen diese Absprache mit den Nonnen getroffen haben musste. Noch nicht einmal verabschiedet hatte er sich von ihr …

»Nun macht schon, runter mit Euch!«, herrschte der Fuhrmann Franziska an. »Wir sind da.«

Franziska stieg mit ihrem Bündel vom Pferdekarren, während der Fuhrmann ihr einen abfälligen Blick zuwarf. Dann knallte er mit der Peitsche, der Karren setzte sich wieder in Bewegung, und schon bald verlor sich das Hufeklappern und Rumpeln der Holzräder in der Ferne.

Franziska blickte noch einmal zurück. Weite Wiesen lagen vor ihr, ein Rudel Rehe jagte über die Felder in den nahen Wald. Als sie dann an das Tor klopfen wollte, zögerte sie. Ob sie nicht doch davonlaufen sollte? Lesen konnte sie bestimmt auch woanders lernen. Aber da öffneten sich die Flügeltüren mit einem schrillen Quietschen. Eine Pförtnerin in Nonnentracht stand vor ihr und musterte sie von oben bis unten.

»Ich bin Franziska …«, wollte sie sich vorstellen.

»Ich weiß«, unterbrach sie die Zisterzienserin leise. »Sie erwarten dich schon.«

Die Nonne winkte Franziska herein und gab ihr ein Zeichen, an der Eingangspforte zu warten. Sie selbst schloss die Torflügel, legte einen Riegel vor und eilte davon, um die Ankunft zu melden.

Jetzt war es völlig ruhig im Kloster. Franziska ging langsam auf den gepflasterten Innenhof zu, der von mehreren Gebäuden umgrenzt war, und sah sich um. In diesen Gemäuern sollte sie also die nächste Zeit verbringen …

Du darfst einfach nicht das Ziel aus den Augen verlieren!, versuchte sie sich aufzumuntern. Denk an Bruno! Du musst das Rätsel um das geheimnisvolle Buch lösen und den Mörder finden. Das bist du Bruno schuldig!

Franziska schnupperte. In dem Gebäude hinter dem Ziehbrunnen, das auf der anderen Seite des Hofes lag, befand sich bestimmt die Küche. Ein wundervoller Duft zog aus einem der geöffneten Fenster. In diesem Moment kam eine junge Zisterzienserin aus der Kirchentür gelaufen, geradewegs auf Franziska zu. Die helle Schwesterntracht flatterte um ihren zierlichen Körper.

Das war doch eine der Nonnen vom Ostermarkt, überlegte Franziska. Die mit dem Madonnengesicht und den braunen Augen, in denen goldene Sprenkel aufblitzten! Wie hieß sie noch mal …?

Bei Franziska angekommen, legte die Nonne den Finger auf den Mund und winkte sie über den Klosterhof hinter sich her. Ihr Gesicht war von solch einer schimmernden Zartheit, als könnte man durch ihre Haut geradewegs in sie hineinschauen und ihre Wünsche, Sehnsüchte und Ängste erahnen.

Als sie den schmalen Pfad erreichten, der den Klostertrakt vom Gehöft mit den Viehställen und den Ländereien dahinter trennte, blieb sie stehen. »Ich bin Schwester Lucia«, sagte sie mit sanfter Stimme. »Und du bist Franziska, nicht wahr?«

Franziska nickte zaghaft.

Dann zeigte die Schwester auf den Weg. »Bis hier ist Klausur. Das heißt, das Gelände hinter uns, bis zum Kloster, ist nur uns Schwestern vorbehalten. Fremden wie Landarbeitern oder Mägden ist es verboten, diese Grenze zu überschreiten.« Schwester Lucia lächelte und deutete zu dem Klosterbau zurück, der mit seinen Seitenflügeln symmetrisch angelegt war. »Außerdem dürfen wir dort nur zu bestimmten Zeiten sprechen. Aber das gilt nicht für mich, drüben im Wirtschaftshaus können wir reden.«

»Wirtschaftshaus?«, fragte Franziska. »Was ist das?«

»Dort arbeite ich. Ich bin die Bursiererin und kontrolliere Getreidebestellungen, Viehverkäufe, Zinseinnahmen von Landpächtereien und so weiter.« Schwester Lucia faltete die sauberen Hände. Die gefeilten Nägel sahen aus wie kleine, weiße Halbmonde. »Viel Schreiberei und Rechnerei. Eine verantwortungsvolle Aufgabe.«

»Ich könnte dir ja helfen«, sagte Franziska vorsichtig. Sie spürte eine seltsame Unruhe: Das war die Gelegenheit! Ob sie auf diesem Weg erlernen konnte, wie Schriftzeichen zu entziffern waren?

»Später vielleicht.« Schwester Lucia lächelte freundlich. »Wenn deine Zeit als Novizin vorbei ist.«

»Warum nicht als Novizin?« Franziska sah sie fragend an.

»Du scheinst dich nicht sonderlich gut mit unseren Klosterregeln auszukennen ...« Die junge Nonne streckte ihr Gesicht genießerisch in die Sonnenstrahlen.

»Es kam alles ein wenig plötzlich.« Franziska senkte verlegen den Blick.

»Als Novizin musst du dich zunächst bewähren. Du arbeitest in den Gemüsegärten, auf den Getreidefeldern, wo der Hafer ausgesät wird, und in den Pferdeställen.« Schwester Lucia nickte ihr aufmunternd zu. »Mit Gottes Hilfe wirst du das schon schaffen.«

Die beiden schlenderten um das Wirtschaftshaus herum, hinter dem sich Pächterhäuser, Stallungen, große Obstgärten und Rübenbeete befanden. Der Geruch von frischem Kuhdung lag in der Luft.

»Wozu braucht ihr eigentlich Pächter hier im Klostergelände?«, fragte Franziska verwundert.

»Es fehlt uns an Novizinnen, die die nötige Arbeit verrichten. Deshalb mussten wir Bauern und Knechte einstellen«, antwortete Schwester Lucia schmerzlich berührt.

In diesem Moment hallte ein markerschütternder Schrei durch die Klosteranlage, als wäre ein Mensch tödlich verletzt worden.

»Was war das?«, fragte Franziska erschrocken.

»Nichts weiter«, antwortete Lucia leise. »Der Schlachter tut nur seine Pflicht.«

»Aber die Zeit des Schlachtens ist längst vorbei ... Es ist doch schon viel zu warm. Das Fleisch wird verderben, bevor es gepökelt ist.«

»Ein Kalb hatte sich eins der Beine gebrochen. Da musste der Schlachter her. Der Wille des Herrn geschehe ...« Lucia schaute zu dem Schlachthaus hinüber, das versteckt hinter Obstbäumen lag.

»Jetzt wird es ausbluten«, sagte sie mit leiser, zerbrechlicher Stimme. Ihre Gesichtsfarbe wirkte noch durchsichtiger. Die braunen Augen waren von einem Tränenschleier überzogen. »Jetzt wird das Blut in einem großen Bottich aufgefangen und gerührt. Bald wird es kühl, so kühl ... Das Blut muss gerührt werden, sonst gerinnt es ... so rot, so kühl. Bald ist es so kühl ...«

Dann wischte sie sich über die Stirn, als wollte sie eine schmerzhafte Erinnerung vertreiben. Sie schritt wie in tiefer Benommenheit an dem kunstvoll angelegten Kräutergarten vorbei zu den austreibenden Himbeerranken an der Klostermauer hinüber.

»Ich liebe diese Dornensträucher.« Lucia lächelte abwesend und strich mit einer zärtlichen Geste über die Himbeerpflanzen. »Gott ist Moses in einem brennenden Dornbusch erschienen und hat damit ein Zeichen gesetzt.«

Franziska nickte verwundert. Ein Zeichen setzen? Irgendwo hatte sie das doch schon einmal gehört ...

»Komm mit, ich zeig dir was!« Lucia zwinkerte ihr freundlich zu. Gemeinsam betraten sie das Wirtschaftshaus. Flirrendes Sonnenlicht fiel durch die spitzgiebligen Fenster ins Innere, kleine Mücken sirrten durch die Helligkeit. Das Deckengewölbe war mit farbig abgesetzten Rippen durchzogen. In einem gemauerten Brunnen mitten im Vorraum sammelte sich kristallklares Wasser, das über Tonrinnen nach draußen plätscherte und in den Mühlbach geleitet wurde.

»Der Gasseborn, eine Quelle, die hier entspringt«, meinte Schwester Lucia nicht ohne Stolz. Liebevoll schaute sie dem gluckernden Wasser nach. Franziska betrachtete gebannt die Gesichtszüge der jungen Nonne. Sie wirkte jetzt unendlich gelöst, das makellose, hellhäutige Gesicht hatte mehr denn je Ähnlichkeit mit dem einer Madonna.

»Du bist glücklich hier, nicht wahr?«, fragte Franziska ein wenig schüchtern.

Schwester Lucia nickte. »Mein zweiter Name ist Beate. Beate kommt von beatus, das ist lateinisch und heißt glücklich.« Sie streckte ihre Fingerspitzen in das frische Quellwasser. »Ja, ich bin glücklich!«

Franziska schaute wehmütig durch das Bogenfenster in die blühenden Gärten. Wann war sie eigentlich das letzte Mal glücklich gewesen? Als Knappe Bruno noch gelebt hatte? Als sie mit ihm und Reinhard durch die Felder gestreift war? Oder als Wigand seine kleinen Arme um sie geschlungen hatte? Und Cäsar! Was wohl Cäsar jetzt machte? Sie schluckte.

»Schön, dass du hier bist.« Schwester Lucia legte Franziska sanft die Hand auf den Arm. »Du wirst sehen, es wird dir hier gefallen.«

Dann zeigte sie Franziska den Rest der Klosteranlage. Wie Franziska vermutet hatte, lag die Küche tatsächlich in dem Gebäude hinter dem Ziehbrunnen. Daneben befand sich das Refektorium, der Speisesaal.

»Und dahinten ist der Nonnenbau«, flüsterte Schwester Lucia und zeigte auf ein zweistöckiges Steinhaus, das im Norden an die Klosterkirche grenzte. »Gleich neben der Sakristei der Kirche liegt der Kapitelsaal* und die Probstei* …«

»Sind im Nonnenbau auch die Schlafsäle?«, unterbrach Franziska leise, während sie darauf zusteuerten. Unauffällig tastete sie nach den Leinenstreifen an ihrem Körper, unter denen das geheimnisvolle Buch verborgen war. Vielleicht fand sie im Schlafsaal ein Versteck dafür, ebenso wie für den Leinensack mit dem Wams und den Beinkleidern. Persönliche Habe war im Kloster ja verboten.

Lucia nickte. »Ich denke, du wirst im ersten Stock, im Dormitorium untergebracht. Da schlafen alle in einem Saal zusammen.

Wir haben ja nur noch wenige Novizinnen und Schwestern. Früher, da war das anders …«

»Und die Äbtissin? Wo schläft die?«

»Unten gibt es noch Einzelzellen. Die sind der Äbtissin, der Ältesten und einigen anderen Schwestern vorbehalten.«

»Warum das denn?«, fragte Franziska. »Ich denke, hier werden keine Unterschiede gemacht.«

Lucia lächelte geheimnisvoll. »Es sind ehrwürdige Schwestern, die sich um die geistige Welt kümmern. Sie brauchen Stille und Einsamkeit, damit sie auch in der Nacht meditieren können.«

»Wer … ist denn diese Äbtissin?«, fragte Franziska, während sie den Nonnenbau betraten.

»Du wirst sie sicher bald kennenlernen«, antwortete Lucia vertraulich und flüsterte kaum hörbar: »Lass dich von ihr nicht verunsichern. Sie ist ziemlich streng. Und verschlossen …«

»Weshalb?«, fragte Franziska leise und folgte Lucia die ausgetretenen Steinstufen hoch zum ersten Stock des Gebäudes.

»Seit sie ihr Augenlicht verloren hat, verhält sie sich manchmal etwas …« Schwester Lucia zögerte.

»Das Augenlicht verloren? Sie ist blind?« Franziska versuchte, ihre Aufregung zu unterdrücken. Die blinde Nonne vom Landstein, die mit dem blutroten Rubin, war also die Äbtissin! »Wie ist das denn geschehen?«, fragte sie vorsichtig.

»Es heißt, sie wäre geblendet worden«, antwortete die Schwester. Sie wandte rasch den Kopf nach allen Seiten und hauchte: »Mit einer brennenden Fackel, die ihr dicht vor die Augen gehalten wurde. Sie wurde gezwungen, ins Feuer zu schauen, bis ihre Sehkraft für immer erloschen war. Aber sie hat nie darüber gesprochen, wer diese Tat begangen hat. Das bleibt ihr Geheimnis.«

Franziska wischte erregt über den Stoff ihres Leinenrockes.
»Und was ist mit ihr?«, fuhr sie atemlos fort. »Du sagtest, sie verhält sich manchmal etwas … Ja, wie denn?«

Schwester Lucia wiegte den Kopf. »Was soll ich sagen … Man weiß nie, was sie denkt. Sie ist irgendwie … unnahbar.«

Franziska atmete so laut aus, dass es in dem Treppenhaus hinter ihnen widerhallte.

»Pst! Sei ganz leise, wir dürfen auch hier nicht reden.« Als wollte sie um Nachsicht bitten, sah Schwester Lucia demütig zu der Marienstatue in einer Treppennische hinüber und flüsterte: »Aber die ersten Stunden mit dir werden mir wohl als Ausnahme verziehen.«

Schweigend stiegen sie die letzten Steinstufen hoch. Franziska rieb sich über die nackten Arme, diese Mauern strahlten eine unangenehme Kühle aus.

Dann betraten sie das Dormitorium, einen großen, spärlich eingerichteten Saal. Holzbetten standen in strenger Ordnung nebeneinander, ärmliche Leinendecken waren über die Matratzen aus geflochtenem Gras gebreitet. Franziska schluckte: ein einziger Schlafsaal für alle und ständiges Stillschweigen! Wie lang würde sie das wohl aushalten?

Sie schaute durch ein schmales Fenster hinüber zu den Klostergärten. In der Ferne schleppten Knechte Säcke zu einem etwas abgelegenen Backsteinhaus.

»Dahinten ist die Bäckerei«, flüsterte Lucia, die Franziskas Blick verfolgt hatte. »Wir müssen ja selbst für unseren Lebensunterhalt sorgen. Aber wie du weißt, werden uns immer weniger Töchter anvertraut. Das dort drüben sind Knechte und Mägde, die wir einstellen mussten.«

»Wo soll ich denn schlafen?«, fragte Franziska leise.

»Gleich hier.« Lucia ging auf eine der Schlafstätten zu und strich mit einer sanften Handbewegung über die Leinendecke. Das Bett stand neben einer Fensternische, ganz am Ende des Dormitoriums. Der Geruch alter Säcke lag wie eine muffige Wolke über den Betten. Ein paar Schmeißfliegen surrten durch den Schlafsaal, bis sie ein geöffnetes Fenster gefunden hatten und davonschwirrten.

Franziska biss sich auf die Lippen, Tränen stiegen ihr in die Augen. Tröstend legte Lucia ihr den Arm um die Schulter. »Sei nicht traurig. Am Anfang geht es vielen so, die alles zurückgelassen haben, was sie lieben. Aber du wirst dich daran gewöhnen und tausendfach belohnt.« Aufmunternd nickte sie Franziska zu. »Aber jetzt muss ich in die Bibliothek. Wenn die Glocke zum Gebet läutet, kommst du in den Hof, ja? Ich warte dort auf dich.«

Lucia huschte davon, der Nachhall ihrer Schritte war schon bald verklungen.

Franziska beugte sich weit über die Laibung des Fensters neben ihrer Schlafstätte. Von hier aus konnte sie über die Klostermauer mit der Toreinfahrt schauen, über die weiten Wiesen bis hin zu den Taunuswäldern und zu dem Weg, der nach Hause führte. Vielleicht würde ja eines Tages Reinhard dort auftauchen, um ihr irgendwelche Nachrichten zu bringen. Sie starrte in die Ferne, ob sich nicht von irgendwoher ein dunkler Punkt näherte. Aber nur ein schwarzer Hund sprang kläffend über die Felder.

Das gleichmäßige Rauschen des Mühlbaches wirkte beruhigend. Franziska schloss die Augen. Eine heftige Brise wehte plötzlich durchs Fenster, fuhr ihr über die Wangen, und in ihren Gedanken tauchte die Gestalt des grinsenden Hattsteiners auf. Sie verzog das Gesicht und warf entschlossen den Kopf in den Nacken. Sie hatte ihre Entscheidung getroffen! Und durch nichts und niemandem wollte sie sich von ihrem Vorhaben abbringen lassen. Sie fühlte nach dem schweinsledernen Buch, das immer noch mit Leinenstreifen an ihrem Körper festgebunden war. Sie musste unbedingt ein Versteck dafür finden, bestimmt würde sie bald ihr Leinenkleid gegen das der Novizin tauschen, und dann würde die geheimnisvolle Schrift entdeckt werden. Aber wo könnte sie das Buch verbergen? Die Betten waren schlicht, die Wände kahl. Auf dem sauber geschrubbten Holzboden war kein lockeres Brett zu entdecken. In diesem Moment läutete die helle Kirchenglocke. Sie trat ans Fenster. Von allen Seiten eilten Zisterzienserinnen auf die Kirche zu. Dann sah sie Schwester Lucia, die ein paar Atemzüge lang auf dem Hof wartete und dann in ihre Richtung lief.

Wohin mit der Schrift? Schnell wickelte sie die Leinenstreifen von ihrem Leib, nahm das kostbare Buch, bückte sich und kroch unters Bett. Der Holzrahmen war grob zusammengezimmert, die Querlatten lose nebeneinandergelegt, mit fingerbreiten Lücken dazwischen. Eine der Holzlatten war gebrochen. Franziska drückte sie herunter und klemmte das Buch zwischen Latte und Matratze. Die Leinenstreifen stopfte sie hastig in ihren Sack. Für den musste sie später ein Versteck finden.

Der Engel ihres Bruders!, schoss es ihr durch den Kopf. Blitzschnell zog sie das Stückchen Tierhaut aus der Schürzentasche und versteckte es unter dem Bettleinen, als sich auch schon die Tür zum Dormitorium öffnete. Franziska tat, als würde sie an ihrem Schuhwerk herumfingern, und schaute hoch.

Schwester Lucia stand im Türrahmen. Ihre helle Haut war von einem rosigen Schimmer überzogen. »Es ist Zeit für das Abendgebet«, hauchte sie und winkte Franziska hinter sich her zur Klosterkirche.

Als sie das Gotteshaus betraten, spürte Franziska, wie die übrigen Schwestern sie heimlich aus den Augenwinkeln musterten. Ihre Gewänder raschelten leise, die Rosenkränze klapperten, bis endlich Stille eintrat. Die Zisterzienserinnen knieten auf der Nonnenempore, die Mägde, Bauern und Knechte des Klosters standen nach Geschlechtern getrennt hinter der Chorschranke und falteten ihre Hände. Auf dem Altar flackerten mehrere Kerzen. Ein paar letzte Sonnenstrahlen fielen durch die farbigen Glasscheiben und warfen Lichtflecken auf den Altar. In einer Steinnische stand eine bemalte Holzstatue der Jungfrau Maria, die ihr Kind im Arm hielt. Der Faltenwurf ihres langen blauen Gewandes war kunstvoll herausgearbeitet. Die goldenen Sterne darauf glänzten in der Abendsonne. An den Kirchenpfeilern nahe dem Eingang waren steinerne Männerfiguren angebracht, die mit ihren breiten Rücken das Kreuzgewölbe stützten und mit verzerrten Fratzen das Böse abwehren sollten.

Franziska stellte sich seitlich neben Mägde und Bäuerinnen, um die Zisterzienserinnen zu beobachten. Wo wohl die Äbtissin war?

Dann erhob eine alte Nonne einen dünnen Gesang. Sofort fielen die anderen in den Choral ein, der jetzt eintönig durch den Kirchenbau hallte. Die Schwestern hielten die Köpfe gesenkt, wieder klapperten Rosenkränze. Franziska entdeckte ein wenig abseits Schwester Almut, die Nonne mit den hochgezogenen Schultern, die sich wohl unbeobachtet fühlte. Sie betrachtete etwas in ihrer Hand, das matt glänzte. Franziska reckte sich. Es war das seltsame Memento mori, das die Nonne auf dem Ostermarkt erstanden hatte und jetzt schnell wieder unter ihrer Kutte verbarg.

Schwester Lucia neben ihr strahlte Zufriedenheit und Ruhe

aus, die Lippen bewegten sich im Takt des Liedes. Sie blickte mit einem eigentümlichen Glanz in den Augen hoch zur Marienstatue.

Lucia war sicherlich dazu berufen, dieses Leben hinter Klostermauern zu führen, dachte Franziska. Sie selbst aber würde sich in einer Nonnentracht nur eingesperrt fühlen, als hätte man sie für immer in Eisen gelegt.

Der Teufel am Klostertor

Nach der Abendandacht setzte Schwester Lucia mit Franziska den Gang durch die Klosteranlage fort. An der Klostereinfahrt blieb Franziska plötzlich stehen und betrachtete wie gebannt das Mauerwerk.

»Was ist denn?«, fragte Lucia.

Franziska deutete auf ein steinernes Wappen. Darauf war in feinster Steinmetzarbeit Maria mit dem Jesuskind abgebildet. Zu beiden Seiten streckten je zwei Löwen drohend ihre Tatzen hoch.

»Das Wappen von Altweilnau?«, fragte Franziska verwundert.

»Ja, natürlich«, antwortete Schwester Lucia. »Das Kloster wurde genauso wie Altweilnau von den Herren von Diez gegründet. Deshalb haben wir eine enge Verbindung zu diesem Ort. Zwischendurch unterstanden wir zwar dem König, aber jetzt hat Graf Philipp von Weilnau wieder die Vogtei über unser Kloster. Erst kürzlich waren wir auf seiner Burg, um Verhandlungen mit ihm zu führen.«

Franziska nickte. Aus diesem Grund war die Klosterkutsche also am Ostersonntag dort vorgefahren. »Vogtei? Was hat das zu bedeuten?«

»Der Graf ist unser Schutzherr und vertritt das Kloster auch in Rechtsangelegenheiten. Wie im letzten Jahr. Da musste der Altweilnauer Amtsmann in einer Streitigkeit für uns verhandeln. Damals hatte der Schweinehirte von Anspach seine Herde heimlich in unsere Wälder geführt, um sie dort zu mästen. Dabei haben sich die Tiere sogar mit unserer Herde vermischt ...« Lucia rieb unangenehm berührt die Handflächen aneinander, als hätte sie sich beschmutzt. »Komm, wir müssen weiter.«

Vorsichtig fragte Franziska: »Gehen wir auch zur Bibliothek?«

»Dahin kommen wir später. Jetzt will ich dir nur noch den Arbeitsraum zeigen, wo Kutten und Mönchskleider genäht und bestickt werden. Sonst schaffen wir es nicht rechtzeitig zum Nachtmahl.« Lucia lächelte demütig. »Zwischen Ostern und Pfingsten bekommen wir nämlich zwei Mahlzeiten am Tag, nicht nur eine, wie es sonst üblich ist.«

In der Schneiderei lagen grob gewirkte Stoffe in Ballen gestapelt, aus denen die Messgewänder geschneidert werden sollten. Schimmernde Seidenbahnen in Scharlachrot lagen zurechtgeschnitten auf den Tischen, teilweise mit golddurchwirkten Fäden bestickt. Die ersten Muster waren schon zu erkennen.

»Diese hier sind für unsere Vaterabtei in Arnsburg«, flüsterte Lucia mit ehrfürchtiger Stimme. »Für die Priester ist das Beste gerade gut genug.«

»Aber ihr selbst lauft doch in diesem einfachen, ungefärbten Leinen herum ...«

»Wir sind nur die Dienerinnen, nicht die Verkünder der Wahrheit am Tische des Herrn. Nur sehr wenige von uns sind dazu ausersehen.« Lucias Augen glänzten. Ihre Stimme klang so zart, als wäre sie aus Seide gemacht. »Aber jetzt müssen wir uns beeilen. Wir wollen uns vor dem Essen noch die Hände waschen.«

Der Waschraum war ein düsterer Kellerraum, in dem lederne Eimer und Bottiche mit frischem Brunnenwasser standen. Die Luft war kühl und es roch leicht moderig. Lucia krempelte die

Ärmel hoch und schrubbte sich mit einer harten Bürste über Arme und Hände.

»Was tust du da?«, fragte Franziska erstaunt.

»Den Schmutz abwaschen, um mich zu säubern«, antwortete Lucia. »Für unsere Himmelskönigin Maria. Was muss sie rein gewesen sein, dass der himmlische Vater ihren Leib auserwählt hat, um Jesus zu gebären. So rein, dass sie die Sünden Evas tilgte.«

Franziska betrachtete erschrocken Lucias rot aufgesprungene Haut. »Aber Maria war trotz allem ein Mensch. Und du bist es auch. Und wenn du so weiterreibst, werden dir die Arme bluten. Der Dreck ist runter. Mehr als sauber geht nun mal nicht.«

Lucia lächelte verlegen, legte die Bürste aus Wurzelholz zur Seite und betrachtete ihre wund gescheuerten Arme. »Du hast Recht. Mehr als sauber geht nicht.«

Gemeinsam schleppten sie den Eimer mit dem schmutzigen Waschwasser die Kellertreppe hoch. Seifenartige Schlieren schwammen darauf herum. Mit einer unerwartet kräftigen Bewegung schüttete Lucia ihn aus. Das Wasser floss über die unebenen Pflastersteine und versickerte langsam im Boden.

»Warte hier«, sagte Lucia leise, während sie zum Klosterhof hinüberschaute. »Ich bring nur den Kübel nach unten zurück und säubere den Waschraum.« Lautlos war sie verschwunden.

Franziska schüttelte verwundert den Kopf. Diese Schwester Lucia war schon etwas absonderlich, dachte sie. Dieser Hang zu unbedingter Reinlichkeit, diese Marienliebe, der sie sich mit Leib und Seele verschrieben hatte ... Aber immerhin war sie eine willkommene Gefährtin. Ob sie sich miteinander anfreunden konnten?

Franziska schlenderte ein paar Schritte zur Kirche hinüber, sie wollte dort auf Lucia warten. Das Kloster war also eng mit

Altweilnau verbunden, die beiden Wappen sogar miteinander verflochten! Franziska versuchte sich an die Miniaturen aus dem geheimnisvollen Buch zu erinnern: Über den Löwen aus dem Altweilnauer Wappen war ein Torbogen gezeichnet. Franziska schüttelte verwirrt den Kopf. Oder war es ein Turm gewesen? Und die anderen Bildnisse, wie waren sie angeordnet? Der Kreis, der Drache, der Vogel … Aber ihre Erinnerung verblasste immer mehr, als wollten sich die Miniaturen hinter einer Nebelwand verbergen. Ärgerlich ballte Franziska die Hand. Noch diese Nacht wollte sie sich die seltsamen Zeichen haargenau einprägen, um sie sich jederzeit ins Gedächtnis rufen zu können.

Plötzlich hörte sie tuschelnde Stimmen.

»Wir haben nur noch sechzehn Schwestern«, raunte eine von ihnen. »Die Zeiten werden immer schwerer. Immer seltener entsenden adlige Familien ihre Töchter in die Klöster – zum Lob Gottes und zum Seelenheil der Familien.«

»Vergesst nicht die Spenden, die dem Kloster nicht mehr zugutekommen«, zischelte jemand anderes.

Franziska erschrak. Da war sie wieder! Die gehetzte, zischelnde Stimme des Mörders. Oder der Mörderin? Sie kam aus einem halb geöffneten Kirchenfenster, das wohl zur Sakristei führte. Franziska drückte sich eng an die Steinmauer, die von der Frühjahrssonne erwärmt war, und lauschte. Erst jetzt entdeckte sie ein fremdes Pferdegespann, das im Klosterhof wartete.

»Die Entgöttlichung der Welt schreitet weiter voran, immer neue ketzerische Werke werden in Umlauf gebracht und verführen das gemeine Volk«, sagte eine gedämpfte Stimme.

»Noch bringen die Ablassbriefe, die wir mit Genehmigung des Papstes im Kloster verkaufen, einiges an Geld. Aber die Ketzer wenden sich gegen den Ablass. Wie soll das Kloster nur überleben?«

Dann räusperte sich jemand und das Fenster wurde geschlossen. Franziska horchte angestrengt, doch die Worte blieben hinter den dicken Kirchenmauern verborgen.

Ob sie mit einer fadenscheinigen Ausrede einfach die Sakristei betreten sollte, um zu sehen, wer dort zusammen im Gespräch saß?, überlegte Franziska. Sie war doch neu und kannte sich nicht aus. Aber da fiel ihr Blick auf die fremde Kutsche. Der Verdächtige konnte ja auch von außerhalb kommen. Vielleicht würde sie ihn gar nicht kennen …

In diesem Moment blitzte ein Gedanke in ihr auf: Wenn der Mörder aus dem Kloster kam, musste es jemand sein, dem es erlaubt war, Kontakt zur Außenwelt zu haben. Und das waren die blinde Äbtissin, Schwester Almut und Schwester Lucia. Oder schlich sich eine der Nonnen heimlich aus den Klostermauern?

Franziska schüttelte den Kopf. Schwester Lucia konnte sie aus der Liste streichen, die kam nämlich gerade aus der Waschküche die Steinstufen hoch und trocknete sich die Hände an dem einzigen Handtuch, das allen Nonnen zur Verfügung stand und das sie jetzt in einen Wäschekorb steckte.

Sie winkte Franziska heran und schaute auf den niedrigen Sonnenstand. »Ich will vor dem Nachtmahl nur noch kurz eine Lieferung Fässer in der Küche begutachten«, flüsterte sie heimlich.

In der Klosterküche war Schwester Maria gerade dabei, das Abendbrot zu richten. Sie war eine kleine, dickliche Nonne, die mit flinken Schritten herumwuselte. Jetzt rührte sie in einer kräftigen Wurstsuppe, die in einem Messingtopf über dem offenen Feuer köchelte, und schob knusprige Brotlaibe auf ein Brett. Der

Duft des frisch gebackenen Brotes zog Franziska in die Nase. Mit einem Mal spürte sie, wie hungrig sie war.

Am Küchenfenster standen vier blutverschmierte Kalbsfüße. Daneben stapelten sich zerlegte Fleischlappen mit Fettfransen, Leber- und Nierenstücke und zerhackte Rippenteile. Das Salzfass stand zum Einpökeln bereit.

»Das ist Franziska, die Neue«, stellte Schwester Lucia sie vor und schaute nach den vier pechversiegelten Krautfässern, die an diesem Tag geliefert worden waren.

»Das freut mich aber!« Die Küchenschwester strahlte und wischte sich die feuchten Hände an der Schürze ab. Sie fühlte nach Franziskas Oberarmen und flüsterte: »Wie mager du bist, Kind! Wenn du Leckereien möchtest oder Fleisch an Fastentagen, dann sieh zu, dass dich ein Magendrücken quält oder sonst ein Zipperlein. In der Krankenstation bekommst du alles, was dein Herz begehrt.«

Schwester Maria schaute sich geduckt nach der Bursiererin um, die noch bei den Fässern stand und die angeforderte Ware prüfte.

»Wenn du Hunger hast, komm einfach vorbei! Und gegen … Sehnsucht hilft manchmal auch ein kleines Naschwerk. Ich habe Honig, süße Trockenfrüchte, manchmal sogar Zuckerwerk.« Schwester Maria lächelte ihr zu. »Die Sehnsucht vergeht mit der Zeit. Das habe ich am eigenen Leib erfahren.«

Dann klemmte sie ihre rosa Zungenspitze zwischen die Lippen, packte ein Küchenbeil und hackte mit aller Wucht die blutigen Kalbsknochen in Stücke. Über den Kalbsfüßen am Fenster schwirrten schillernde Fliegen, die sich aber mehr und mehr von einem Töpfchen Milch angezogen fühlten. In der Brühe schwammen aufgedunsene Stückchen vom Fliegenpilz und schwarze, leblose Insekten. Schwester Maria nickte zufrieden. Das war eins der besten Mittel, um lästiges Ungeziefer loszuwerden.

Franziska sah sich um. Neben ihr befand sich eine schmale Holztür, die nur angelehnt war. Ein seltsam herber Geruch drang durch die Türritze. Vorsichtig drückte sie dagegen. Aber da wurde sie von Schwester Lucia weggezogen.

»Den … Vorratsraum zeige ich dir später«, sagte sie. »Jetzt ist Zeit fürs Abendbrot.«

Spät in der Nacht lag das Dormitorium in tiefer Stille. Franziska horchte auf die gleichmäßigen Atemzüge der Nonnen. Ob sie es jetzt wagen sollte? Sie wollte sich die Miniaturen aus dem Buch doch ganz genau einprägen! Nur noch ein paar Augenblicke, dachte sie. Sie musste die Sicherheit haben, dass die Schwestern wirklich eingeschlafen waren. Erinnerungsbilder vom Nachtmahl stiegen in ihr auf: Auch dort war Silentium geboten, striktes Stillschweigen, während Schwester Almut in gebeugter Haltung vor dem Tisch gestanden und fromme Texte vorgelesen hatte. Die Äbtissin hatte Franziska noch nicht zu Gesicht bekommen. Es hieß, sie hätte sich zum Gebet in ihre Zelle zurückgezogen. Dann hatte Schwester Lucia ihr noch zugeflüstert, dass der Vaterabt von Arnsburg auf Reisen sei. Deshalb müssten die Feierlichkeiten, bei denen sie zur Novizin geweiht würde, verschoben werden.

Franziska lauschte. Aber nichts Auffälliges war zu hören, die Nonnen schliefen bestimmt. Auf Zehenspitzen schlich sie die Steinstufen hinunter in den Klosterhof. Das geheimnisvolle Buch, das sie wieder mit Leinenstreifen am Bauch festgebunden hatte, war unter ihrem langen Hemd verborgen. Barfuß eilte sie an der Steinmauer des Nonnentraktes entlang, irgendwo würde sie bestimmt ein geschütztes Eckchen finden, um sich in die merkwürdigen Zeichnungen vertiefen zu können. Prüfend schaute sie hoch zum Firmament. Es war fast Vollmond, ein blasser Nebelkranz hüllte ihn ein. Nur wenige Wolken waren in Sicht, das Licht würde also ausreichen. Unzählige Sterne funkelten am nachtschwarzen Himmel. Franziska legte den Kopf schräg. Was wohl hinter den Sternen lag? Irgendwo musste das Weltall doch enden. Und was verbarg sich hinter diesem Ende? Wie oft hatte sie mit Reinhard in der Dunkelheit der Nacht dem Wandern der Sternbilder zugeschaut, im August die Laurentiustränen* gezählt oder bei den Sonnenwendfeiern eine neue Jahreszeit begrüßt. Aber auch das Wechseln der Zeiten war ihr unerklärlich.

Plötzlich war ein Rascheln zu hören. Da schwebte doch ein Kerzenlicht zum Klostertor hinüber! Jetzt wurde das Tor leise aufgeschoben und eine verhüllte Gestalt schlüpfte hinaus. Lautlos schlich Franziska ihr hinterher. Gerade wollte sie das Tor öffnen, da stieß auf der anderen Seite etwas dumpf dagegen. Noch mal und noch einmal. Die Schläge klangen wie in Watte gehüllt. Dann war es vorbei. Franziska wartete kurz, aber alles blieb still. Vorsichtig schob sie das Holztor einen Spaltbreit auf. Vor der Pforte war niemand zu sehen. Sie zwängte sich hindurch, rannte leise auf die buschigen Zweige eines Kirschlorbeers zu, der an der Klostermauer wuchs, und kauerte sich dahinter. Ganz langsam schob sie ihren Kopf vor: Jemand machte sich auf dem Zufahrtsweg an einem Kübel zu schaffen, der wohl mit Flüssigkeit gefüllt war. Er tauchte etwas hinein und klopfte damit auf die Erde. Und wieder: erst ein leises Gluckern, dann der Abdruck. Franziska kniff ihre Augen zusammen, um die gebückte Gestalt erkennen zu können. War es eine Nonne? Oder vielleicht einer der Knechte oder Mägde, die in den Pächterhäusern lebten? Geduckt kroch sie im Schutz des spärlichen Buschwerks näher.

Da schob sich eine Wolke vor den Mond. Wieder war das leise Gluckern zu hören, dann der dumpfe Abdruck. Plötzlich platschte es. Die Gestalt musste den Kübel geleert haben! Ob sie ihr seltsames Werk beendet hatte?

Franziska huschte zurück zur Klostermauer, um sich wieder hinter dem Lorbeer zu verstecken. Genau in diesem Moment verzog sich die Wolke und bleiches Mondlicht fiel über das Klostertor. Entsetzt hielt Franziska die Hand vor den Mund: Eine Spur von blutigen Hufabdrücken führte vom Holztor bis hinunter auf den Weg! Es sah aus, als wäre der leibhaftige Teufel aus der Hölle aufgefahren und hätte mit seinen Klauen gegen das Klostertor geklopft. Aber wo war jetzt die dunkle Gestalt mit ihrem Kübel? Franziska wandte sich nach allen Seiten um, doch niemand war zu sehen. In Panik rannte sie durch das Klostertor zum Nonnenbau, die Steinstufen hoch auf ihr Bettlager zu. Nur weg! Die fremde Person durfte sie auf keinen Fall entdecken. Als sie sich auf die Matratze legte und die kratzige Leinendecke über den Kopf zog, damit ihr keuchender Atem sie nicht verraten konnte, pochte ihr Herz zum Zerspringen.

Was war hier geschehen? Wollte etwa jemand das Kloster in Verruf bringen, im Pakt mit dem Teufel zu sein? Von wem stammten die Blutspuren? Da gellte ein Schrei in ihrem Kopf. Natürlich, der Todesschrei, das Kalb, das geschlachtet worden war, fiel es ihr wieder ein! Die abgehackten Kalbsfüße am Küchenfenster! Jemand musste einen davon entwendet haben. Und etwas von dem frischen Blut, das in dem Bottich aufgefangen worden war.

Plötzlich raschelte und knackte es. Ob das eine der Nonnen war, die sich auf ihrer Matratze räkelte? Franziska zog die Leinendecke von ihrem Gesicht zurück und lauschte. Jetzt war nur noch gleichmäßiges Atmen oder ein kurzes Aufschmatzen zu hören.

Wahrscheinlich hatte sich eine der Schwestern im Schlaf umgedreht, überlegte sie. Als sich nichts mehr regte, kniete sie sich lautlos vor ihr Bett und klemmte das Buch zurück unter die zerborstene Latte.

Lange vor der Morgendämmerung brach tumultartige Unruhe im Dormitorium aus. Das helle Glöckchen der Klosterkirche bimmelte wie aufgeschreckt durch die Nacht und holte die letzten Schläfer aus ihren Träumen. Die Nonnen warfen sich hastig ihre Leinenkutten über, steckten das Haar flüchtig unter die Haube und drängten auf die Klostertreppe zu.

»Was ist geschehen?«, fragte Franziska eine ältere Nonne, die sie mit gehetztem Blick anstarrte. Verängstigt presste sie den Zeigefinger auf die Lippen und winkte Franziska hinter sich her in die Kirche, wo sich die Klostergemeinde schon versammelt hatte. Am Altar stand die blinde Äbtissin. Sie wartete regungslos wie eine Steinstatue. Das flackernde Licht einer dicken Wachskerze, die vor dem Altar entzündet worden war, spiegelte sich in ihren weißlichen Augen.

»Geliebte Mitschwestern, ihr Dienerinnen im Garten des Herrn«, sagte sie endlich und räusperte sich kurz. »Letzte Nacht hat sich die Hölle geöffnet! Der Teufel ist erschienen und hat mit blutiger Schrift seine Zeichen gesetzt.«

Ein Raunen ging durch die Kirche, die Schwestern bekreuzigten sich und gaben ein leises Wimmern von sich.

»Aber unsere heiligen Klostermauern haben ihn zurück in die ewige Verdammnis gejagt!«, fuhr die Äbtissin fort, während sie sich langsam mit dem Zeigefinger über diesen unsichtbaren Punkt an der Stirn fuhr. »Draußen auf dem Klosterweg zeugt ein großer blutiger Fleck von seiner Höllenfahrt. Lasset uns beten und so einen unsichtbaren Wall schaffen gegen sündige Verderbtheit und dunkle Kräfte aus dem Reich der Hölle.«

Eine Nonne erhob wieder ihre dünne Stimme zum Gebet, die anderen fielen mit Inbrunst in den Singsang ein. Franziska stand weit hinten an der Kirchentür. Ob sie einer Schwester die Erlebnisse der Nacht anvertrauen sollte? Dass wohl irgendjemand mit den Kalbsfüßen die Spur gelegt hatte? Aber wer würde ihr glauben? Franziska sah sich vorsichtig um und schlich unbemerkt davon. Die Nonnen würden bestimmt noch einige Zeit mit heiligen Gesängen verbringen. Sie musste die Gunst der Stunde nutzen, um sich endlich die Abbildungen im Buch näher zu betrachten. Jetzt konnte sie niemand stören. Das blasse Mondlicht im Dormitorium würde ausreichen, die Miniaturen zu erkennen. Sie lief auf den Nonnenbau zu, hoch in den Schlafsaal und zog das Buch aus dem Versteck. Mit zitternden Fingern blätterte sie es an der Stelle auf, wo die feine Papierseite eingeklebt war. Franziska stellte sich ans Fenster und betrachtete die zierlichen Zeichnungen. Als Erstes war da das Wappen von Altweilnau mit den beiden Löwen, die unter einem Halbkreis, einer Art Torbogen, lagen. Daneben thronte die Madonna mit dem Kind. Jetzt erst entdeckte Franziska die winzigen Löwen rechts und links von ihr. Sie nickte aufgeregt. Das Wappen vom Kloster Thron! Genau so, wie sie es an der Steinmauer des Klosters gesehen hatte. Über der Madonna war der kleine Feuer spuckende Drache abgebildet. Die dritte Bildeinheit zeigte seltsame knorrige Äste, die in Flammen standen und über denen der zartschimmernde Vogel flog. Daran konnte sie sich gut erinnern: Es gab drei Einheiten mit jeweils zwei Zeichen, also insgesamt sechs. Und von jeder Einheit führte ein Strich zu dem Kreis mit dem Kreuz, dem siebenten Zeichen.

Franziska schaute nachdenklich aus dem Fenster. Der Mond stand noch fingerbreit über der Bergkuppe, letztes Licht fiel über den leeren Hof des Klostertraktes.

Wie rund der Himmelskörper war, dachte Franziska. Es fehlte nur noch eine winzige Kante, dann würde Vollmond sein.

Plötzlich starrte Franziska fassungslos in das blasse Mondlicht. Der runde Vollmond, natürlich! Auf dem Papier, das war kein einfacher Kreis, sondern der Vollmond! Und dahinein war ein Kreuz gemalt. Ob das eine Zeitangabe war, wann etwas geschehen sollte?

Mit zitternden Fingern fuhr sie über das feine Papier, die winzigen Sandkörnchen darauf fühlten sich unter ihren Fingerkuppen spröde an. Atemlos betrachtete sie die Zeichen: Dem Vollmond mit dem Kreuz war als Erstes das Wappen von Altweilnau zugeordnet. Erschrocken blickte sie auf die Miniatur. Ein Kreuz stand doch für den Tod … Sollte etwa wieder ein Mord geschehen? Und dieser Torbogen, was hatte er zu bedeuten? Er sah aus wie der Eingang zu einem Tunnel, in dem die beiden Löwen hausten. Natürlich! Das Gewölbe!, schoss es Franziska durch den Kopf. Mit dem versteckten Torgitter, das halbkreisförmig im Fels verankert war. Das musste es sein. Die Burg in Altweilnau hatte doch diesen Geheimgang, der unterirdisch ins Tal führte. Sollte dort morgen, wenn Vollmond war, ein Zeichen mit tödlichem Ausgang gesetzt werden? Sie musste unbedingt nachts das Kloster verlassen, um dem Geheimnis auf die Spur zu kommen!

Kaum hatte die Morgendämmerung die Bewohner von Wehrheim, dem Dörfchen nah beim Kloster Thron, aus dem Schlaf geholt, ging ein Gerücht von Mund zu Mund: Der Leibhaftige wäre mit blutigen Spuren gekommen, um sündige Seelen ins Höllenfeuer zu verbannen! Er hätte sogar mit seinen Teufelshufen das Klostertor besudelt, aber die himmlischen Kräfte hätten ihm keinen Einlass gewährt. Mit demütig gesenkten Köpfen fanden Waldarbeiter, Leinenweber und Dienstmägde sich in der Klosterkirche zusammen, um inbrünstig um ihr Seelenheil zu beten.

Heute war es im Ort ungewöhnlich still. Nur an der Außenwand der Klosterkirche war den ganzen Tag über leises Schaben zu hören: Gläubige kratzten mit Messern Steinmehl von den Kirchwänden, um es als Schutz gegen dämonische Kräfte nach Hause zu tragen.

Ein gefährlicher Ausflug

Den nächsten Tag über war Franziska mit Feldarbeit und Gebeten beschäftigt. Nur in der Mittagszeit, die den Schwestern zur freien Verfügung stand, lief sie hoch zu ihrer Schlafstätte. Vorsichtig schaute sie sich um, aber niemand war zu sehen. Dann zog sie das seltsame Buch unter dem Lattenrost hervor und blätterte es auf, um sich noch einmal zu vergewissern: Ein haarfeiner Strich führte vom Vollmond zu dem Torbogen mit den beiden Löwen. Franziska nickte: Das Bildnis war genau so, wie sie es in Erinnerung hatte, es war kein Traum gewesen, der sie narrte. Und wenn sie richtig schlussfolgerte, müsste auf der Altweilnauer Burg heute Nacht irgendetwas Schreckliches geschehen. Dann fasste sie den Plan, am frühen Abend den Pferdestall auszumisten, die Tiere zu striegeln und zu füttern. Dort konnte sie auch einen Sattel verstecken, um nach der Abendandacht und der Vesper durch die hintere Klostertür heimlich loszureiten. Bis zum Mitternachtsgebet würde sie bestimmt zurück sein! Plötzlich hörte sie Schritte. Schnell klemmte sie das Buch wieder unter die Matratze. Dann spürte sie Blicke, die sie beobachteten, während sie die Leinendecke über ihrem Lager zurechtzupfte. Das Engelpergament von ihrem kleinen Bruder, das am Kopfende versteckt war, knisterte leise. Als Franziska sich umdrehte, war niemand zu sehen.

Sobald die Abenddämmerung die Wiesen und Berge in farbiges Licht tauchte, jagte Franziska auf einem schwarzen Hengst davon. Er ließ sich gut reiten, obwohl er längst nicht die leichte Wendigkeit ihrer eigenen Stute besaß. Tatsächlich hatte sie es geschafft, in einem günstigen Moment mit einigen Mägden und Knechten, die auf dem Gut arbeiteten, das Klostergelände durch die Nebenpforte zu verlassen. Vorher hatte sie sich im Pferdestall umgekleidet. Mit zitternden Händen hatte sie ihren Leinensack, der seit ihrer Ankunft unter aufgetürmtem Stroh versteckt lag, hervorgezogen, das Kleid gegen Beinkleider, Wams und Hemd getauscht, das Haar unter dem Krempenhut versteckt und ihn tief ins Gesicht gezogen. So sah sie aus wie ein Stallknecht, der Besorgungen nachzugehen hatte. Das Pferd hatte sie ganz selbstverständlich am Zaum mitgeführt, ihr Kleid mit der Haube steckte jetzt in einem Beutel, der am Sattel festgebunden war. Dann hatte sie noch einen halb gefüllten Sack Mehl aus der Mühle mitgenommen, um einen Vorwand zu haben, in die Vorratskammer der Altweilnauer Burg zu gelangen.

Franziska lachte laut auf, als sie auf dem Pferd durch die weite Ebene preschte. Wenn sie heute Nacht zurück sein würde, ließe sich bestimmt ein Weg finden, die hintere Eingangspforte zu passieren.

Die Abendsonne stand knapp über den Taunusbergen, auf die sie zuritt. Schon berührte die grellrote Sonnenscheibe die Baumkronen der Buchenwälder, die sich über die Hügel zogen. Nur hin und wieder ragten die zackigen Spitzen einzelner Nadelhölzer in die Höhe.

Franziska klopfte das Herz, als sie an der Weil entlanggaloppierte, den Landstein und die Muckenmühle wiedersah und an der Biegung hielt, wo der Weg hoch zur Burg Altweilnau abzweigte.

Sie ließ ihren Blick über die hochgelegene Festungsanlage schweifen. Vielleicht würde sie dort oben ja Susanne wiedersehen, überlegte sie. Graf Philipp hatte sie bestimmt wieder als Dienstmagd eingestellt. Susanne war fleißig und der Graf hatte die Forderung der Kaufmannstochter Ute, die Magd zu entlassen, bestimmt als weibische Übellaunigkeit abgetan.

Franziska sprang vom Klosterpferd ins buschige Gras, führte es zum Weilbach hinunter und band es an einen dicken Stamm. Allein würde es leichter sein, ungesehen in die Burg hineinzukommen und sie wieder zu verlassen.

Dann blickte sie in Richtung Neuweilnau. Wie sehr sie sich nach ihrer Freundin sehnte! Ob sie ihr jemals verzeihen würde? Hätte sie dieses Leinentuch mit Susannes Zeichen doch nie an sich genommen! Sie hatte nichts mit diesem Daniel zu tun! Aber plötzlich glaubte sie, seine fragenden Augen auf sich gerichtet zu sehen. Und sein Mund, lächelte er nicht? Das Bild verschwamm und ging in das Gesicht ihres toten Knappen Bruno über. Franziska zog reumütig die Schultern hoch. Vielleicht würden die dunklen Geister der Vergangenheit sie ja wieder loslassen, wenn sie das Komplott aufgedeckt hätte, und dann könnte sie auch das Vertrauen der Freundin zurückgewinnen.

»Ich bin bald zurück«, flüsterte sie dem Rappen ins Ohr, das zuckte, als hätte er verstanden, was sie sagte. Sie strich dem Pferd sanft über die Nüstern, dann stiefelte sie los. Hoffentlich würde sie niemand erkennen. Sie musste sich unauffällig zwischen Dienstmägden und Burgmannen bewegen, um den Weg zur Küche zu finden. Mit dem Mehlsack über den Schultern mühte sie sich den steilen Anstieg hoch. Auf einmal hörte sie einen Reiter die Anhöhe herunterpreschen. Ihm folgte eine jaulende und kläffende Hundemeute. Franziska blieb erschrocken stehen, als sie ihn erkannte. Es war Daniel. Sie duckte sich, als würde die Last sie zu Boden drücken, und zog den Hut noch tiefer in die Stirn. Aber dann bog er ab und ritt die Anhöhe entlang in Richtung Königsholz, wo es schroff hinunter ins Weiltal ging.

Erst jetzt merkte Franziska, wie verkrampft sie den Mehlsack umklammert hielt. Ob Daniel wieder mit den Bluthunden nach ihr suchte? Oder glaubte er, Bruno wäre der Täter gewesen und der Überfall durch den Tod des Knappen gesühnt? Sie beschleunigte ihre Schritte, als sie den Weg entlang auf das Burgtor zusteuerte. Der Eingang war klug ausgebaut: Bei einer Belagerung des Bergfrieds durch feindliche Truppen würden die Steigung und die kurvige Straße sie daran hindern, das Tor mit langen Rammböcken niederzuwalzen.

Franziska nickte kurz, als sie die Wachen grüßte, die das massive Tor schützten.

»He, du da!«, brummte der eine. »Wo willst du denn hin?«

»Ich muss zur Küche«, antwortete sie scheinheilig. »Ich soll Mehl vorbeibringen.«

»Das Mehl ist doch schon geliefert worden«, meinte der andere Wächter und kratzte sich über den vorquellenden Bauch. »Und warum schleppt nicht der Mühlenknecht den Sack hierher? Da stimmt doch was nicht …«

»Der hier ist vergessen worden. Und der Mühlenknecht war nicht aufzutreiben«, meinte Franziska mit schnippischem Unterton, während sie den Leinensack öffnete und einer der Wachmänner mit seinen dreckigen Fingern tief durch das weiße Mehl fuhr. »Ich kann ihn ja wieder mitnehmen. Aber erklärt das selbst eurem Herrn.«

»Ist ja schon gut!«, brummte der Zweite. »Du kannst gehen.«

Franziska schnappte sich den Sack, warf ihn wieder auf den

Rücken und stapfte weiter. Aus den Augenwinkeln beobachtete sie, wie die Wachmänner sich zu einem Brettspiel zusammenhockten. Erleichtert atmete sie auf. Die erste Hürde war geschafft. Aber sie musste sich beeilen. Nicht mehr lange, dann war es dunkel und die Tore würden geschlossen …

In der Burgmannensiedlung liefen Kinder ausgelassen um die Wette. Andere rannten nach einem Ball, der aus Lumpen zusammengewickelt war. Neben der Katharinenkapelle saßen alte Männer mit wettergegerbten Gesichtern und spielten Karten.

Franziska wurde nicht beachtet, als sie den Hof überquerte und auf die Küche zuging. Geduckt stieg sie die Stufen hinunter. Die Tür war nicht verschlossen, im Raum war niemand zu sehen. Das Herdfeuer flackerte noch, letzte Äste knackten und knisterten in den Flammen. Töpfe und Pfannen hingen frisch geschrubbt an den Wänden, der Geruch von gebratenem Fleisch hing in der Luft. Franziska stellte den Sack ab und streckte sich. Die Arme schmerzten, der Rücken war durch die schwere Last ganz steif geworden. Dann schlich sie auf die Tür der Vorratskammer zu, wo sich das seltsame Gittertor befand, und drückte sie auf. Der Schein des Küchenfeuers war hell genug, so dass sie sich mühelos einen Weg zwischen herunterhängenden Würsten und über Vorratskisten bahnen konnte. Hinter den Weinfässern lag die Gittertür verborgen. Sie war in die halbrunde Tunnelöffnung eingefasst, die in den Fels gehauen war, und hatte die gleiche Form wie der Torbogen der Miniatur. Franziska nickte zufrieden. Neugierig spähte sie in den Gang, der von der Burg nach draußen führte. Darin war es stockdunkel, und wie schon einmal fuhr ihr kühle Luft ins Gesicht. Was sollte hier nur geschehen?, überlegte sie. Heute war doch Vollmond … Franziska fasste nach den Gitterstäben. Rost blieb an ihren Fingern haften. Da entdeckte sie, dass das Tor diesmal nur angelehnt war. Behutsam drückte sie es auf. Es quietschte leise in den Angeln. Auf Zehenspitzen schlich sie in die Dunkelheit.

In dem Gewölbe war es bedrückend still. Vielleicht war das rätselhafte Ereignis ja schon vorbei, dachte sie. Und sie war zu spät. Oder hatte sie sich in allem nur getäuscht und die Zeichen aus dem Buch falsch gedeutet?

Nachdenklich schaute sie zurück. Das Herdfeuer der Küche glimmte nur noch als rötlicher Schein, der immer mehr verblasste. Langsam tastete sie sich an den feuchten Wänden weiter. Da huschte etwas über ihre Füße, erschrocken fuhr sie zusammen. Aber sicher war das nur eine der Ratten, die hier unten hausten, versuchte sie sich zu beruhigen. Vielleicht sollte sie doch lieber zurück?

Plötzlich stieß sie mit dem Kopf gegen etwas Kühles, Weiches, das ihr durchs Gesicht strich. Entsetzt stolperte sie rückwärts, drückte sich an die Steinwand und lauschte. Da war jemand! Nur wenige Schritte von ihr entfernt! Warum sagte er nichts? Wartete er darauf, dass sie sich rührte, um sie niederzuschlagen? Franziska wagte kaum zu atmen, ihr Herz pochte zum Zerspringen. Um sie herum blieb alles still.

In diesem Moment tauchte weit unten im Gang ein loderndes Licht auf. Langsam wankte es ihr entgegen. Da erkannte Franziska, was sie berührt hatte: Ein Mann hing leblos von der Felsdecke, während sein rechter Arm kaum merklich hin und her pendelte. Stinkender Urin tropfte von den Schuhen auf die Erde in einen nassen, schwarzen Fleck. Ist er etwa ermordet worden?

Franziska presste die Hand vor den Mund und hetzte zurück zur Burgküche, während das Fackellicht hinter ihr immer näher kam.

Ob das der Mörder war? Ob er es jetzt auch auf sie abgesehen hatte?, schoss es ihr durch den Kopf. In Panik fasste sie nach der Gittertür, um sie aufzustoßen, aber sie war verschlossen. Jemand musste in der Zwischenzeit hier gewesen sein. Die Flamme der Pechfackel wurde allmählich größer, der herabhängende Körper schien wie von einem Lichtkranz umgeben. Jetzt sah es Franziska ganz deutlich: Der Tote baumelte an einem Strick, der fest an einen Deckenhaken geknotet war. Ein umgekippter Hocker war nicht zu sehen. Selbstmord war also ausgeschlossen. Franziska spürte das Blut in ihren Schläfen pulsieren.

Sie ging in die Hocke und versteckte sich in einer Felsnische, in der Hoffnung, der Fackelträger würde sie nicht bemerken. Das Licht schwebte näher und näher. Plötzlich erkannte sie ein blasses Madonnengesicht, es war Schwester Lucia.

»Wie kommst du denn hierher?«, fragte Franziska überrascht.

»Das erzähl ich dir später.« Ein Lächeln huschte über Lucias Lippen. »Nur gut, dass ich dich gefunden habe. Komm, wir müssen hier weg.«

»Ich versteh nicht … Du hast mich gesucht?«, raunte Franziska ihr fassungslos zu. Das Licht der Fackel spiegelte sich in Lucias weit aufgerissenen Augen.

»Ich konnte vom Wirtschaftshaus aus beobachten, wie du das Pferd gesattelt hast«, flüsterte Lucia, die sich ängstlich nach allen Seiten umschaute. »Dann bin ich dir gefolgt und habe das Klosterpferd gefunden, das du am Weilbach an einen Baum gebunden hast. Es war genau an der Stelle, wo der Weg hoch zur Burg führt. Demnach konntest du nur irgendwo hier oben sein … Und jetzt komm, damit uns niemand überrascht.«

Lucias Hand mit der qualmenden Pechfackel zitterte, während die beiden den Tunnel abwärts davonhasteten.

Franziska blickte noch einmal zurück. Das bleiche Gesicht des Toten wirkte wie mit einer Wachsschicht überzogen. Die Augen glotzten ins Leere. Die schrundige Narbe, die sich über seine Stirn zog, sah wie angefressen aus ... Franziska starrte ihn ungläubig an: Das war doch der Meckel, der nach Silber gesucht hatte und dem der Hattsteiner die Schürfrechte vor der Nase wegschnappen wollte ...

Die leblose Hand, an die sie gestoßen war, baumelte noch immer gespenstisch hin und her.

»Wer hat das nur getan?« Franziska betrachtete entsetzt das Schattenbild des Ermordeten, das auf der Felswand zu einem monströsen Zerrbild anwuchs.

»Ich weiß es nicht. Komm, weg hier! Und dann zurück ins Kloster. Bevor die Äbtissin merkt, dass du fortgelaufen bist.« Schwester Lucia zog sie heftig am Ärmel hinter sich her. Ein letztes Mal drehte Franziska sich um. Ganz weit hinten glänzten die Gitterstäbe, die den Tunnel zur Burg hin abriegelten. Sie wirkten wie ein Höllentor, hinter dem die Finsternis der ewigen Verdammnis wartete.

Hastig liefen die beiden den Geheimgang entlang burgauswärts. Die groben Steinwände waren mit feuchtem Moos bewachsen, Kristalle blitzten aus dem Felsstein heraus. Obwohl sie kaum wagten aufzutreten, hallten ihre Schritte dumpf nach. Franziska rannte, als könnte der Gehängte wieder zum Leben erwachen und lautlos hinter ihr herjagen, um gierig seine Knochenfinger nach ihr auszustrecken.

»Hier entlang«, drängte Lucia. »Los, komm!«

Sie führte Franziska zu einem niedrigen Schlupfloch, schob dichtes Gestrüpp zur Seite und zwängte sich ins Freie. Noch immer hielt Schwester Lucia die Pechfackel in der Hand und leuchtete, während Franziska geduckt hinter ihr herkroch. Ihre Wangen glühten vor Aufregung.

Endlich wehte ihnen frischer Nachtwind um die Nase. Schwester Lucia und Franziska standen jetzt in einer schmalen, dicht bewachsenen Waldschlucht, die hinunter ins Tal führte.

Laub raschelte, Zweige knackten. Franziska wandte sich um. Wurden sie etwa verfolgt? Aber hinter ihnen blieb alles still.

Kaum waren sie mehrere Schritte gegangen, schloss sich das Buschwerk vor dem Geheimgang wie ein schützender Vorhang. Und nach wenigen Metern hätte Franziska nicht mehr sagen können, wo sich der Zugang zum Tunnel befand.

»Dieser Gehängte ...«, flüsterte Schwester Lucia mit tränenerstickter Stimme. Ihr blasses Gesicht wirkte im Fackellicht noch durchscheinender. »Ich werde mir etwas überlegen, dass man ihn dort findet, ohne uns zu verraten. Er muss doch mit dem heiligen Sakrament der letzten Ölung versehen werden ...«

»Wer das nur getan hat?«, sagte Franziska fassungslos. Die ersten Symbole des geheimen Papiers hatte sie also richtig gedeutet: Zur Vollmondzeit hatte es einen Mord gegeben, und zwar im unterirdischen Gang der Altweilnauer Burg. Die Prophezeiung war in Erfüllung gegangen. Demnach kündigte der Kreis mit dem Kreuz noch zwei weitere Morde an ...

Schweigend gingen die beiden Mädchen weiter, zwängten sich durch Dickicht und an hohen Tannen vorbei den Hügel hinunter.

»Woher kennst du eigentlich diesen unterirdischen Tunnel?«, fragte Franziska leise.

»Jemand hat bei der Beichte davon erzählt«, antwortete Schwester Lucia zögerlich.

»Bei der Beichte?«, fragte Franziska überrascht. »Bei dir?«

Lucia schüttelte den Kopf. »Ich habe es durch Zufall gehört, als der Pfarrer in der Klosterkirche die Beichte abgenommen hat. Ich hatte Kirchendienst und war ganz in der Nähe des Beichtstuhls, um die Kerzen auszuwechseln.«

»Hat dich jemand dabei gesehen?«, fragte Franziska.

»Nein, niemand«, antwortete sie leise. »Und ich habe auch niemandem davon erzählt. Ich als Bursiererin darf das Kloster verlassen und bin öfters unterwegs, um Zinsen einzutreiben, Verträge zu schließen und Aufträge zu vergeben. Da habe ich mich heimlich auf die Suche nach diesem Gang gemacht und mir den Weg dorthin gemerkt.«

»Und woher wusstest du, dass ich heute Nacht dort war?«, fragte Franziska verwirrt.

»Es war Zufall, dass ich dich dort getroffen habe.« Lucia lächelte. »Der Tunnel ist doch die einzige Möglichkeit, als Nonne unerkannt in die Burganlage zu gelangen.«

»Wenn die Gittertür nicht gerade verschlossen ist …«

»Es gibt Mittel, sie zu öffnen!«, flüsterte Schwester Lucia geheimnisvoll. »Auch das habe ich bei dieser Beichte erfahren. Ich ging davon aus, dass du nach Toresschluss in der Burg eingesperrt worden warst.«

»Es ist gut, dass du hier bist.« Franziska atmete erleichtert auf. »Selbst wenn ich den Weg aus dem unterirdischen Gang gefunden hätte, im Wald wäre ich bestimmt die halbe Nacht herumgeirrt.«

Das lange Kleid der Nonne raschelte leise, während sie durch Büsche und Gestrüpp bergab zum Handelsweg eilten. Dort lichtete sich der Wald und der Vollmond leuchtete so hell, dass sie die Flamme der Fackel in der feuchten Erde erstickten. Rote Feuerpunkte wirbelten hoch, der Geruch von verbrannten Blättern und Moos lag in der Luft. Dann huschten die beiden im Schutz der Bäume weiter, immer die Weil entlang. Jetzt roch es nach Holunderblüten, vermischt mit dem herben Duft von Hahnenklee. Das sanfte Rauschen und Plätschern des Baches wirkte beruhigend, obwohl Franziska immer noch glaubte, das Pulsieren des Blutes in ihren Schläfen könnte ihr den Kopf zersprengen.

In Höhe der Mappesmühle bog Schwester Lucia in einen schmalen Seitenweg ein. Dort hatte sie eins der schwarzzotteligen Klosterpferde, das vor einen Heuwagen gespannt war, an einem Baumstamm festgebunden. Schwester Lucia kletterte flink auf den Kutschbock, Franziska hockte sich neben sie und hauchte gegen ihre kalten Hände. Ein Zungenschnalzen, ein verhaltener Peitschenhieb und schon setzte sich das Gespann ruckelnd in Bewegung, die Wegstrecke zurück. Franziska schaute traurig zu den dunklen Häusern von Neuweilnau hinüber. Ob Susanne manchmal an sie dachte?

»Danke, dass du mich geholt hast«, flüsterte Franziska verlegen. »Ich habe mich wirklich in Gefahr begeben.«

Schwester Lucia nickte. Ihr Atem ging schneller. »Sie ist aber noch nicht vorbei. Ich hoffe inständig, dass wir beim Kloster nicht gesehen werden. Aber darüber will ich jetzt lieber nicht nachdenken.«

Bei der Muckenmühle holte Franziska den Klosterhengst und band ihn am Heuwagen fest. Schnell tauschte sie Beinkleider, Hemd und Wams gegen das Leinenkleid, steckte die Haube aufs Haar und befestigte den Beutel am Pferdesattel. Dann setzte sie sich wieder zu Lucia auf den Kutschbock und streckte ihre erhitzte Stirn dem Nachtwind entgegen.

»Hoffentlich erwischen sie uns nicht …«

»Die Jungfrau Maria wird uns beistehen!«

Der Pferdewagen holperte über die steinigen Wege, während

der Hengst hinter ihnen hertrabte. Hin und wieder blitzten im Unterholz Augenpaare von Nachttieren auf und Zweige knackten. In der Ferne heulten Wölfe, über ihnen ächzten weitausladende Buchenäste.

»Was hattest du eigentlich in der Burg zu suchen? Mitten in der Nacht?«, fragte Schwester Lucia plötzlich.

»Es ist … es war … wegen eines Junkers …«, stotterte Franziska.

»Ach, du liebe Zeit!« Die Nonne erschrak, ihre Unterlippe zitterte. »Bist du etwa verliebt?«

»Ich fürchte.« Franziskas Stimme klang zaghaft.

»Nur keine Angst«, versuchte Schwester Lucia sie zu trösten. »Du wirst schon lernen, dass die höchste Liebe dem Herrn im Himmel gilt.«

Franziska lächelte zögerlich. Es war gut so, dass Schwester Lucia glaubte, sie hätte heimlich einen Junker treffen wollen.

Einen Junker namens Daniel … Ärgerlich warf sie den Kopf in den Nacken. Wieso spukte dieser Name durch ihre Gedanken? Warum spürte sie immer dieses seltsame Kribbeln unter der Haut, wenn sie an ihn dachte? Was hatte sie mit diesem Junker zu schaffen? Gar nichts! Ganz im Gegenteil, sie war froh, ihm nicht mehr über den Weg zu laufen! Außerdem war es nun wichtiger als alles andere, Antwort auf die brennende Frage zu finden, wie die angekündigten Morde zu verhindern waren. Was würde wohl beim nächsten Vollmond geschehen?

Mit einem Mal kam es Franziska vor, als würde sie beobachtet. Das wachsbleiche Antlitz der Äbtissin tauchte vor ihr auf und die Alte rieb sich wieder mit dem Zeigefinger über diesen Punkt an der Stirn. Erschrocken schüttelte Franziska den Kopf, um das Trugbild loszuwerden.

»Warum reibt sich die Äbtissin eigentlich immer die Stirn?«, fragte Franziska. »Hat das etwas zu bedeuten?«

»Es heißt …«, erwiderte Schwester Lucia stockend, »es heißt, sie hätte das dritte Auge … und ihr würden Dinge offenbart, die unsereins nicht erkennen kann.«

»Und wenn sie über diesen Punkt streicht …«

»… dann versucht sie Bilder heraufzubeschwören«, vollendete Lucia den Satz und fuhr ein wenig angeekelt fort: »Übrigens, da ist noch etwas …«

»Ja?«, fragte Franziska.

»Versprich mir, dass du nie wieder Männerkleider trägst!«

Franziska zögerte. »Also gut, ich verspreche es dir.«

Als sie Anspach hinter sich gelassen hatten, war schon aus der Ferne die hohe Mauer der Klosteranlage zu sehen. Wie ein unbezwingbarer Festungswall zerschnitt sie die Landschaft und schützte die Zisterzienserinnen vor der sündigen Außenwelt. Es waren nur noch wenige hundert Schritt bis zur Nebenpforte, da stieg Schwester Lucia ab. »Wir werden den Heuwagen hier anbinden und nur die Pferde zurückführen. Das macht nicht so viel Lärm«, sagte sie.

»Und wenn sie uns erwischen?«, fragte Franziska und nahm den Klosterhengst an den Zügeln.

»Dann sagen wir, ich hätte die beiden Pferde gesucht, weil sie nicht im Stall waren. Und du hättest mir dabei geholfen.« Schwester Lucia bekreuzigte sich demütig. »Und das ist ja noch nicht einmal ganz gelogen.«

Leise gingen sie auf das Tor zu. Die Schritte der Pferdehufe klackten auf den Pflastersteinen. Franziska drückte langsam die Klinke der Nebenpforte herunter. Plötzlich stand eine der Zisterzienserinnen vor ihnen.

»Schwester Walpurga!« Erschrocken wich Lucia zurück.

»Wir haben schon auf euch gewartet«, meinte sie mit tonloser Stimme. Ihre Gesichtszüge waren unbeweglich. Das blasse Mondlicht ließ die tiefen Schatten unter ihren Augen noch düsterer erscheinen, die spitze Nase ragte wie ein Fremdkörper aus ihrem Gesicht.

»Die Pferde ...«, versuchte Schwester Lucia zu erklären, während sie gehorsam den Blick senkte. »Sie waren nicht im Stall ...«

»... wir haben sie auf der Weide wiedergefunden«, ergänzte Franziska vorsichtig.

»Du wirst sie versorgen«, sagte die Nonne ungerührt zu Schwester Lucia. »Und du, Franziska, sollst sofort zur Äbtissin kommen.«

Erleichtert beobachtete Franziska, wie sich Schwester Lucia vor den Klosterhengst stellte, um den Leinenbeutel am Sattel zu verdecken, und wie sie wartete, bis Walpurga und Franziska das Klostergebäude betraten. Erst als Franziska der Zisterzienserin ins Treppenhaus folgte, hörte sie aus der Ferne leises Hufgeklapper. Sie ging hinter der Nonne eine ausgetretene Steintreppe hoch in die Bibliothek. Dort war es fast dunkel. Die hohen Regale waren vollgestopft mit Büchern, alten Schriften und Folianten. Es roch nach verbranntem Talg, Bohnerwachs und Seifenkraut. Franziska spürte, wie Unruhe in ihr aufstieg. Seit sie im Kloster war, hatte die Äbtissin in strenger Klausur gelebt und sich ausschließlich dringlichsten Aufgaben gewidmet. Selbst zu den Mahlzeiten war sie nicht erschienen, nur die Gebetsstunden in der Klosterkirche hatte sie nie versäumt. Zum ersten Mal also sollte Franziska nun der Äbtissin gegenübertreten! Und dann auch noch wegen eines Verstoßes gegen die Klosterregeln.

Jetzt saß die blinde Äbtissin an einem blank polierten Eichentisch, auf dem ein Kerzenlicht flackerte. Ihre Nasenflügel zuckten, als Franziska näher trat. Ihre toten Augen starrten dem Mädchen entgegen. Die gelbliche Gesichtshaut der Alten wirkte ausgezehrt. Neben der Zisterzienserin standen zwei ältere Nonnen, die Franziska vom Namen her noch nicht kannte. Schwester Walpurga war an der Tür stehen geblieben.

»Was hattest du nachts da draußen zu suchen?«, fragte die Äbtissin gefährlich leise.

Die gehauchten Worte trafen Franziska wie Ohrfeigen. Die bleichen Perlmuttaugen sahen sie wieder an, als könnten sie tief in ihre Seele schauen. Franziska senkte verlegen den Kopf. Konnte die Äbtissin trotz ihrer Blindheit mehr erkennen als ein Sehender?

Als hätte sie ihre Gedanken gehört, antwortete die Äbtissin mit seltsam sirrender Stimme: »Die Wahrheit kann nicht in der Wirklichkeit des Sehenden gefunden werden, Franziska. Sie offenbart sich in göttlichen Visionen, in tiefer Meditation ...«

Unwillkürlich zog Franziska die Schultern hoch.

»Also, was hattest du da draußen zu suchen?«, fragte die Äbtissin streng.

»Zwei ... zwei Pferde waren nicht im Stall«, stotterte Franziska, während sie auch die prüfenden Blicke der beiden anderen Nonnen auf ihrer Haut spürte. »Die Nebenpforte stand offen ... da haben Schwester Lucia und ich uns auf die Suche gemacht ...«

»Und? Konntet ihr sie wieder einfangen?« Die Äbtissin legte ihre blassen, faltigen Hände mit den bräunlichen Altersflecken wie zum Gebet ineinander. An einem Finger blitzte der Ring mit dem roten Rubin auf.

Franziska starrte auf den seltsamen Ring. »Sie ... sie standen nicht weit entfernt ... Es ging ganz leicht ...«

»Gut.« Die Äbtissin räusperte sich. Diese Angelegenheit schien für sie erledigt zu sein. Aber dann schob sie Franziska einen Fetzen pergamentartiger Tierhaut entgegen. »Als wir nach dir gesucht haben, fanden wir dies unter deiner Leinendecke. Was hat das zu bedeuten?«

Franziska beugte sich vor. Es war das Pergament mit dem krakeligen Engel. Sie lächelte gequält. »Das hat mein kleiner Bruder mir zum Abschied gemalt. Mit Holzkohle.«

»Du lügst!« Schwester Walpurga rümpfte ihre spitze Nase. »Was sollen diese geheimnisvollen sieben Augen?«

Die Äbtissin saß regungslos, nur ihre Nasenflügel zuckten wieder.

»Mein Bruder meinte, der Engel soll sieben Augen haben, damit er mich überall sehen kann«, antwortete Franziska zaghaft. »So würde mir nichts geschehen ...«

Es wurde still in der Bibliothek. Die Äbtissin wiegte ihren Oberkörper kaum merklich hin und her.

»Das ist die Wahrheit«, fuhr Franziska leise fort. »Seht selbst, wie kindlich es gemalt ist.«

»Es könnte auch eine ... versteckte Botschaft sein«, flüsterte eine der älteren Nonnen im Raum mit hoher, brüchiger Stimme.

»Nein, bei der Liebe meiner verstorbenen Mutter!«, flehte Franziska eindringlich. »Ihr könnt Wigand holen lassen und selbst befragen. Die sieben Augen sind Zufall, mehr nicht.«

Die Äbtissin betastete vorsichtig das Pergament. »Wenn dem so ist, will ich dir glauben. Aber du weißt, dass persönlicher Besitz hier verboten ist ...«

»Es ist nur ein Zeichen seiner Liebe!« Franziska schüttelte den Kopf. »Es hat sonst keinen Wert. Nur den der Erinnerung. Warum muss das alles verboten sein?«

»Als Novizin wirst du Abschied nehmen von deinem vorherigen Leben. Und dazu gehören auch die Erinnerungen.« Die Schwester mit der hohen, brüchigen Stimme nahm die Tierhaut zwischen ihre von Tinte verfärbten Finger. Als die Äbtissin ihr einen knappen Wink gab, hielt sie die Kante des Pergaments über die Kerzenflamme.

»Nein, das dürft Ihr nicht …«, rief Franziska und wollte es ihr aus der Hand reißen.

»Du bist störrisch, eigensinnig und selbstsüchtig«, ging die Äbtissin mit schneidender Stimme dazwischen. »Als Novizin wirst du bald unbedingte Treue schwören. Jetzt sei dir noch einmal verziehen, du weißt es noch nicht besser. Aber bedenke: Das alles ist nur irdischer Tand. Wende deine Gedanken dem Göttlichen zu. Das ist das Einzige, was zählt.«

Die alte Nonne hielt das Pergament mit spitzen Fingern. Das Feuer fraß sich langsam durch die bemalte Tierhaut, ein Kohleauge nach dem anderen zerfiel zu Asche, der Engel wölbte sich hoch und zerbröselte dann zu Staub. Franziska presste traurig die Lippen zusammen und warf der Äbtissin einen hasserfüllten Blick zu.

»Wer blind ist, Franziska, weiß seine anderen Sinne zu schärfen«, flüsterte die Äbtissin kaum hörbar, während sie wieder über den Punkt an ihrer Stirn rieb. »Ich spüre das Atmen der Bäume, das Neigen der Blätter. Ich rieche die Wärme der Lebenden und fühle die Schatten der Toten. Denke immer daran! Unterschätze niemals, was ich sehe. Und jetzt geh!«

Eine heimtückische Warnung

In den nächsten drei Wochen musste Franziska wieder auf den Feldern arbeiten. Sie rupfte Unkraut, pflanzte Stecklinge oder sammelte Schnecken von jungem Gemüse. Sie striegelte die schwarzzotteligen Klosterpferde, half beim Melken der Kühe oder wusch Schafswolle im Erlenbach, die sie in den Ställen von Obernhain geschoren hatten.

Gerüchte über den neuen Mord waren längst auch nach Wehrheim zu den Mägden und Knechten gedrungen. Es hieß, dass die Leiche vom Meckel vor der Wallfahrtskirche am Landstein aufgefunden worden war.

»Er soll erdrosselt worden sein«, flüsterte ein dürres Weib.

»Und vor der Kirchentür waren Hufspuren zu sehen«, raunte eine picklige Alte. »Genauso wie damals hier vor dem Kloster!«

»Dann war das wieder ein Werk des Teufels«, wisperte die Dürre und bekreuzigte sich.

Jemand musste den Toten heimlich zum Landstein geschafft haben, überlegte Franziska. Wie hatte Schwester Lucia das nur angestellt? Franziska hielt die Ohren offen, ob weitere Gerüchte den Weg ins Klostergelände fanden. Aber schon bald schien der Mord vergessen. Sie selbst wollte die Zeit bis zum nächsten Vollmond nutzen und die letzten Symbole in dem schweinsledernen Buch entschlüsseln. Diesmal war vom Todesmond eine Verbindungslinie zum Throner Wappen gezogen. Wenn sie richtig schlussfolgerte, war der nächste Mord also hier in den Klostermauern geplant. Ob die Schriftzeichen auf den Buchseiten ihr helfen konnten, das schreckliche Rätsel zu lösen? Sie musste unbedingt möglichst schnell lesen lernen!

Abends fiel Franziska erschöpft in einen tiefen, traumlosen Schlaf. Aber jeden Morgen schaute sie bei Schwester Lucia im Wirtschaftshaus vorbei, wenn sie Zinsen berechnete oder Lieferungen auflistete, die sie in Frankfurt in ihrem Stadthof lagerten. Dann beugte sich Franziska jedes Mal wie zufällig über ihre Schultern und fragte nach einem der fremdartigen Tintenbuchstaben. Schon bald verloren die Windungen und Schnörkel ihr Geheimnis, allmählich konnte Franziska sie entwirren. Sie nahmen Gestalt an, fügten sich zu Worten und bekamen Sinn.

An einem frühen Morgen, als Franziska das Wirtschaftshaus betrat, hielt sie schützend ein piepsendes Hühnerküken in den Händen. Schwester Lucia fuhr wie verzaubert mit der Fingerspitze über das flaumige Köpfchen.

»Das da sieht aber komisch aus«, sagte Franziska und deutete auf ein fein säuberlich gemaltes Zeichen. »Ich könnte mir so was nie merken. Ist das ein Buchstabe? Der sieht ja aus wie eine lange Bohne … Du musst sehr klug sein, dass du so was entziffern kannst.«

Franziska schmunzelte. Ihr Plan war aufgegangen: Schwester Lucia fühlte sich geschmeichelt und enthüllte ihr wieder einige der Schriftzeichen.

»Das ist ein kleines l«, sagte sie.

»Und das da? Das wirkt wie eine gewundene Schlange …«

»Das ist ein S.« Schwester Lucia lachte. »Aber jetzt raus mit dir. Du sollst in die Küche kommen. Und bring das Küken zurück.«

Noch während Franziska über die Klostergasse auf den gepflasterten Hof zueilte, malte sie die Schnörkel der Buchstaben in Gedanken nach: Das, was aussah wie eine dünne, lange Bohne, war also ein kleines l. Eine Bohne war lecker, also: l wie lecker ... Das andere war eine sich windende Schlange. S ... Franziska blieb erschrocken stehen. Das war doch das Zeichen, das auf dem Leinentuch eingefärbt worden war. Natürlich: S wie Susanne ...

Franziska schluckte. Eine brennende Sehnsucht fuhr wie ein Flammenschwert durch ihren Körper. Ob sie jemals wieder mit Susanne zwischen Wiesenschaumkraut und Löwenzahn an der quirligen Weil sitzen könnte? Blieb ihre unbeschwerte Freundschaft ein für alle Mal Vergangenheit, die nur noch bruchstückhaft in ihre Erinnerung zurückgeholt werden konnte?

Franziska sah nachdenklich in das frühe Licht des Morgenrots, das sich sanft über die langgestreckten Mauern und das stille Nonnengebäude gebreitet hatte, bis zur Klosterkirche. Alles lag unendlich still. So still, als hätten sich die Geräusche in andere Welten zurückgezogen.

In diesem Moment hüpfte das Küken aus Franziskas Händen und tippelte aufgeregt, wie ein piepsendes Federknäuel, auf die Hühnerställe zu.

Der Morgenwind strich Franziska über die Haut. Sie rieb sich die nackten Unterarme und sprang über Regenpfützen, die noch nicht zwischen den Pflastersteinen versickert waren, auf die Klosterküche zu. Da drinnen war es ungewöhnlich kühl, obwohl auf der Herdstelle ein Feuer brannte.

»Schwester Maria?«, rief Franziska nach der Küchenmeisterin. Niemand antwortete. Sie lehnte sich abwartend an den Holztisch, der mit Sand sauber gescheuert war, und sah sich um. In der Schüssel mit der Milchbrühe und den roten Fliegenpilzstücken schwammen neue schillernde Insektenkörper. In diesem Moment flog eine fette Fliege, vom verführerischen Duft angezogen, geradewegs in die Todesbrühe hinein. Der surrende Ton ihres Flügelschlags wurde heller, bis er allmählich erstarb.

»Schwester Maria!«, rief Franziska etwas lauter.

Ob die Küchenmeisterin sich im Vorratsraum aufhielt, der sich hinter der Holztür befinden sollte? Sie war ja nur angelehnt …

Franziska ging darauf zu und drückte sie vorsichtig auf. Es quietschte leise, als die rostigen Eisenscharniere aneinander rieben. Genau hinter der Tür führten ein paar Steinstufen in die Tiefe. Franziska ging hinunter und blieb überrascht stehen: Eine Pechfackel erhellte den fensterlosen Kellerraum. Durchsichtige Kolben und Gläser mit milchigen Flüssigkeiten schimmerten im Fackellicht. In Phiolen blubberten seltsam trübe Mixturen über bläulichen Flammen. Die stickige Luft war überladen mit herbsüßlichen Gerüchen. Grau glasierte Tontöpfe standen neben braunen Keramikschälchen, die mit glitzernden Pulvern gefüllt waren. Von der Steindecke hingen getrocknete Kräuterbündel wie Fledermäuse, die ihren Winterschlaf hielten. In diesem Moment fuhr ein Windzug durch den Raum. Die Fackel erlosch, die Holztür oben krachte zu. Franziska rannte erschrocken die Stufen hinauf, aber die Tür war verschlossen.

»Hallo?«, rief Franziska und hämmerte mit den Fäusten gegen das raue Holz. »Ich bin hier! Helft mir doch!«

Im gleichen Moment spürte sie Übelkeit in sich aufsteigen, ein beißender Gestank brannte ihr in der Luftröhre, als wollte er das Gewebe wegätzen. Das Blut wich aus ihrem Gesicht, Schwindel erfasste sie. Die bläulichen Flammen unter den Glasphiolen fingen an sich zu drehen, ein wirres Durcheinander tanzte vor ihren Augen. Da hörte Franziska leise Schritte, spürte kühle Hände an ihrem Hals. Vor ihren zuckenden Lidern blitzte an einem Ring ein blutroter Rubin auf. Dann sackte sie in sich zusammen und glaubte in ein düsteres Loch zu fallen, in dem es kein Halten mehr gab.

Irgendwann nahm Franziska einen scharfen Geruch wahr, der ihr in der Nase kitzelte. Wie aus einer fernen Nebelwelt tauchte sie auf und schwamm durch ein trudelndes Universum allmählich in die Zeit zurück. Widerwillig öffnete sie die Augen.

»Sie kommt wieder zu sich«, hörte sie eine besorgte Stimme. Franziska merkte, wie ihr Kopf angehoben und ein Becher mit kühlem Wasser an ihre Lippen gesetzt wurde.

»Was ... was ist geschehen?«, stöhnte sie und sah in das Gesicht von Schwester Maria. Wieso blähten sich ihre Lippen auf, dass ihr Mund wulstig wirkte wie das Maul eines Karpfens? Wieder drehte sich alles um Franziska.

»Ich habe dich zusammengesunken unten im Keller auf dem Steinboden gefunden.« Schwester Maria wischte ihr mit einem nassen Lappen über die Stirn. »Vielleicht ist dir von den schweren Dämpfen schlecht geworden.«

»Dämpfe?« Franziska schloss verwirrt die Augen.

»Ja, von den Substanzen, die wir einkochen.«

Franziska nickte angestrengt. Mühsam hob sie die Lider. Schwester Maria schaute ihr jetzt aufmunternd entgegen. Ihr kleiner Herzmund lächelte freundlich. Franziska räusperte sich erleichtert, der Schwindel und das Brennen in der Luftröhre ließen nach. Nachdenklich rieb sie sich über den schmerzenden Schädel. Was war geschehen? Ja, da war diese Übelkeit gewesen, der beißende Gestank, der Taumel ... und der Ring mit dem blutroten Rubin! Franziska war plötzlich hellwach. Nur die Äbtissin trug so einen Ring! Hatte die Nonne etwa die Absicht gehabt, sie zu ermorden? War sie in Wirklichkeit eine üble Schwindlerin und täuschte ihr Gebrechen nur vor?

»Ich danke dir, Schwester Maria!« Franziska drückte sich vom Küchenboden hoch, wo sie auf ein paar Leinendecken gelagert worden war. »Ich muss an die Luft. Und in den Pferdeställen warten sie bestimmt auch schon auf mich.«

»Nichts da, Kind!« Schwester Maria stellte eine Schüssel mit heißer Fleischsuppe auf den Küchentisch. »Zuerst einmal musst du dich stärken.«

»Was wäre eigentlich geschehen, wenn du mich nicht gefunden hättest?«, fragte Franziska vorsichtig.

»Ich denke, nichts weiter. Irgendwann wärst du schon wieder aufgewacht«, antwortete die Küchenmeisterin. Zwischen ihren Augenbrauen bildete sich eine tiefe Falte. »Aber du warst ohne Besinnung. Also iss jetzt!«

Franziska tauchte nachdenklich den Holzlöffel in die Brühe, in der zerfaserte Fleischstückchen schwammen. Tausend Gedanken schwirrten ihr durch den Kopf. Jemand hatte sie mit einer beißenden Substanz betäubt. Sollte sie vielleicht eingeschüchtert werden? Aber weshalb? Vielleicht, weil sie diesen Kellerraum entdeckt hatte?

»Was ist das da unten eigentlich für eine seltsame Kammer?«, fragte sie scheinbar gleichgültig Schwester Maria.

»Die Kammer?« Schwester Maria lachte. »Die ist nicht seltsam. Das ist unser Laboratorium. So etwas findest du in allen Klöstern. Wir dampfen Pflanzensud für Heiltinkturen ein, mischen Salben gegen entzündliche Krankheiten und Ausschlag. Du kannst es dir später gerne einmal anschauen. Aber jetzt iss, sonst wird alles kalt.«

Das Laboratorium war also allen Nonnen bekannt, niemand würde sie betäuben, nur weil sie es entdeckt hatte …

Franziska beugte sich über die Suppenschüssel und pustete

über den dampfenden Holzlöffel. In ein paar Tagen war wieder Vollmond, überlegte sie. Der zunehmende Mond stand immer heller am Himmel. Bald würde die Nacht gekommen sein, in der sich die zweite Prophezeiung bewahrheiten sollte. Über das Wappen von Kloster Thron war ein Feuer spuckender Drache gezeichnet … Und von dort führte ein Strich zu dem Mond mit dem Kreuz. Franziska schüttelte über sich selbst verärgert den Kopf: Wenn sie die Zusammenhänge doch nur erkennen könnte!

Immer noch hielt sie den gefüllten Löffel in der Hand. Sie schnupperte, erst jetzt stieg ihr der herzhafte Duft der Fleischsuppe in die Nase. Heißhungrig verzehrte sie die Brühe und eine knusprige Brotkante.

»Reicht dir das?«, fragte Schwester Maria besorgt. »Willst du nicht doch lieber noch eine Scheibe Brot mit guter holländischer Butter, frisch von unserem Frankfurter Stadthof?«

»Danke, Schwester Maria!« Franziska lachte und nahm die rundliche Nonne fest in den Arm. Ihre Brüste drückten sich an Franziskas Leib. »Mir geht es wirklich wieder besser. Aber auf das Butterbrot komme ich später gerne noch zurück.«

Dann lief sie aus der Klosterküche und atmete tief die frische Morgenluft ein. Wie sollte es nur weitergehen? Wer hatte versucht, ihr Angst einzujagen? Aber damit würden sie keinen Erfolg haben. Im Gegenteil, jetzt würde sie erst richtig loslegen: Als Erstes musste sie herausfinden, ob die Äbtissin wirklich blind war. Wenn nicht, könnte sie tatsächlich für den Anschlag im Laboratorium verantwortlich sein. Und dann war sie auch an diesem Mordkomplott beteiligt, da war sich Franziska sicher.

Lange vor dem nächsten Glockenläuten schritt die Äbtissin auf die Klosterkirche zu. Schwester Almut lief neben ihr her, um ihr notfalls zur Seite stehen zu können. Sie hatte die Schultern fast bis zum Kopf hochgezogen und ihre unruhig tippelnden Schritte verrieten die Sorge, der Äbtissin könnte ein Leid geschehen.

Das war genau der richtige Moment für Franziskas Plan. Sie tat, als würde sie über einen Pflasterstein stolpern, und kam lautlos genau vor den Leinenkutten der Nonnen zu Fall. Aber der tote Blick der Äbtissin blieb regungslos, nicht das leiseste Wimpernzucken war zu erkennen. Offenbar hatte die Alte sie wirklich nicht gesehen. Franziska rappelte sich wieder hoch und wischte sich den Staub vom Kleid.

Am Mittag bat die Köchin Franziska, dicke Brotsuppe in die Äbtissinnenzelle zu bringen, da sie selbst noch Gemüse zu putzen hatte. Bereitwillig machte Franziska sich auf den Weg. In der Klosterzelle war es düster, durch das schmale Fenster fiel nur wenig Licht. Die Äbtissin saß tief in Gedanken versunken vor einem Marienbild. Franziska stellte leise die Suppe ab. Dann wedelte sie mit der Hand vor den starren Augen der Alten hin und her, als wollte sie eine Fliege schnappen. Aber das Faltengesicht blieb unbeweglich. Auch die blassen Wimpern flatterten nicht. Nur die Nasenflügel schnupperten aufgeregt.

Franziska nickte. Die Äbtissin war blind, da gab es keinen Zweifel! Sie konnte nicht die Mörderin vom Landstein sein. Wie hätte sie als Blinde das Messer in den Leib von Bruder Barrabas stoßen und allein den Weg zurück ins Kloster finden können? Und eine Pferdekutsche war Franziska nicht aufgefallen, sie hatte doch die Gegend ausgekundschaftet. Nachdenklich verließ sie die Klosterzelle. Wer also war der Mörder?

Jetzt musste sie unbedingt herausfinden, was der Feuer spuckende Drache in dem Buch zu bedeuten hatte. Die Zeit war knapp, es waren nur noch ein paar Nächte bis zum nächsten Vollmond. Vielleicht fand sie ja in der Bibliothek eine Schrift, die auf das Drachensymbol hinwies. Lesen konnte sie inzwischen gut genug. Franziska musste in die Höhle des Löwen, dorthin, wo noch nicht einmal eine Novizin sich aufhalten durfte. Und wo der Äbtissin – wie es hieß – oft aus alten Schriften vorgelesen wurde.

Bei nächster Gelegenheit schlenderte sie auf Schwester Walpurga zu und fragte sie scheinbar beiläufig: »Könnte ich vielleicht jetzt einmal in die Bibliothek?«

Schwester Walpurga musterte sie misstrauisch. »In die Bibliothek? Was willst du dort?«

»Nichts weiter«, antwortete Franziska und senkte bescheiden den Blick. »Ich bin nur gerade mit der Arbeit fertig und dachte, dass die kostbaren Bücher mal gesäubert werden sollten, bevor sie im Staub versinken. Aber wenn es dort nichts zu tun gibt, kann ich ja wieder gehen ...«

Schwester Walpurga rieb sich nachdenklich über die spitze Nase und kniff ein Auge zu. »Eigentlich kein schlechter Gedanke ... Du bist des Lesens ja nicht kundig und die heiligen Schriften bleiben vor deiner Neugier verborgen. Also gut. Hol dir weiche Tücher, ich zeig dir in der Bibliothek, was zu tun ist.«

Kaum eine halbe Stunde später stand Franziska zwischen den hohen Regalen, in denen sich wertvolle Bücher und Folianten stapelten. Prachtvolle Buchrücken mit goldenen Buchstaben reihten sich neben Schriften aus störrischem Pergament.

Ein Kreuzgewölbe überspannte den Klosterraum, das in der Mitte mit Rosen bemalt war, dem Zeichen der Jungfrau Maria. Durch die Glasfenster fiel genügend Sonnenlicht, so dass die Schriften leicht zu entziffern waren. An hölzernen Stehpulten waren zwei der älteren Zisterzienserinnen in Manuskripte vertieft. Schwester Walpurga hatte die Stirn ihres länglichen Vogelgesichts in Falten gelegt und fuhr mit ihrem Finger stockend von Schriftzeile zu Schriftzeile. Auch die andere Nonne war Franziska bekannt: Schwester Karoline hielt einen Federkiel in der Hand und verzierte andächtig Initialen. Ihre faltigen Hängebäckchen zitterten vor Anspannung. Franziska warf einen schnellen Seitenblick auf die Hände der Nonnen: Sie trugen keine Ringe. Dann ging sie auf Zehenspitzen zu einem der überfüllten Regale, wo sie nicht beobachtet werden konnte, und begann mit ihrer Arbeit. Sie nahm jedes Buch einzeln in die Hand, wischte vorsichtig den Staub vom Rücken, blätterte die Seiten auf, säuberte das Regal darunter und legte die liegend verwahrten Werke zurück auf ihren Platz.

»Hildegard von Bingen«, entzifferte sie. »Gertrud, die Große« und »Mechthild von Magdeburg«, »Mystikerinnen mit großen Visionen«.

Franziska verspürte eine unbändige Lust, immer schneller die Buchstaben aneinanderzureihen. Niemand wusste von ihren Lesekünsten, niemand hatte auch nur eine Ahnung davon, was sie hier suchte ... Oder doch? Irgendwie musste sie sich verraten haben, sonst hätte man sie nicht betäubt. Ob das eine Warnung gewesen war, nie wieder das Laboratorium zu betreten, das in Wirklichkeit vielleicht gar nicht so harmlos war, wie Schwester Maria behauptete?

Franziska blätterte die Schriften durch und suchte nach Drachenzeichnungen oder verräterischen Überschriften, aber nichts Auffälliges war zu entdecken. Sie arbeitete schnell und ordentlich, so dass Schwester Walpurga, die öfters lautlos von irgendwoher auftauchte, nichts an ihr zu bemängeln hatte.

Die Nacht des Vollmondes kam unaufhaltsam näher. Jede freie Minute suchte Franziska die Bibliothek auf und durchstöberte verstaubte Bände, während sie an das geheime Zeichen dachte: der kleine Feuer spuckende Drache, der sie verschlagen anglotzte. Gab es denn keine einzige Schrift, die ihr die Bedeutung dieses Zeichens verriet?

Am Abend der Schicksalsnacht spürte Franziska Panik in sich aufsteigen – sie war noch keinen Schritt weitergekommen. Nur eine einzige Möglichkeit blieb ihr: Sie musste jemanden mit einer Fangfrage ködern. Am besten Schwester Lucia!

Franziska rannte zum Wirtschaftshaus hinüber. Sie hatte die Schwester überall gesucht, aber sie war wie vom Erdboden verschluckt. Endlich entdeckte sie die Nonne an der hinteren Klostermauer. Sie pflanzte Ableger von Himbeerpflanzen in Blumenkübel.

»Ein schöner Abend …« Franziska schlenderte scheinbar unbekümmert zu ihr hinüber.

Schwester Lucia blickte staunend zum Himmel über den Taunusbergen. »Siehst du, wie Gottes Hand wieder über die Gestirne befiehlt? Ein Wunder! … Und wie bleich der Vollmond heute aussieht.«

Franziska räusperte sich. »Hast du schon mal von der Geschichte gehört, dass die Bergrücken dahinten früher zu einem schlafenden Drachen gehörten?«

»Drachengeschichten gibt es viele …« Lucia lächelte. Das Abendrot überzog ihre Haut mit einem rosigen Schimmer.

»Mein Vater hat auch mal von einer gesprochen.« Franziska tat, als würde sie nachdenken. »Aber ich kann mich nicht mehr genau erinnern. Der Drache war ein Symbol für etwas. Was hatte es nur zu bedeuten?«

»Die Bedeutung würdest du nicht verstehen, selbst wenn du ein Buch darüber in den Händen hieltest«, antwortete Schwester Lucia mit feiner Stimme.

»Was für ein Buch?«, fragte Franziska möglichst gleichgültig, während sie versuchte, ihre Aufregung zu unterdrücken.

Schwester Lucia schob mit sanftem Händedruck die Erde über den Himbeerwurzeln zusammen. »Paracelsus hat über Drachen geschrieben«, antwortete sie endlich und strich zärtlich über die kräftigen Pflanzen. Eine Dorne ritzte ihre Haut am Handrücken auf und Blutstropfen quollen heraus. Schwester Lucia lächelte und streckte die zitternde Hand mit der Blutswunde dem Himmel entgegen. »Aber glaube mir, du würdest es nicht verstehen. Vielleicht erkläre ich dir das später einmal.«

Paracelsus! Franziska wiederholte in Gedanken den Namen. Paracelsus, Paracelsus! Sie durfte ihn nicht vergessen. Sobald es richtig dunkel war, musste sie in der Bibliothek nach dem Buch suchen. Vielleicht konnte sie damit entschlüsseln, was der Drache zu bedeuten hatte, und den Klostermord verhindern. Denn der sollte heute Nacht hier stattfinden, da war sie sich sicher.

In diesem Moment fing die helle Kirchenglocke an zu läuten. Der silbrige Klang flog wie der Flügelschlag von himmlischen Heerscharen über die weiten Ebenen. Schwester Lucias Augen bekamen einen seltsamen Glanz.

»Hörst du?« Ihre leise Stimme bebte. »Das Zeichen der Gegenwart Gottes in der Welt …«

Da flatterte eine Taube auf die Kirche zu, so dass Lucia entzückt aufschrie: »Der Geist Gottes! Er wird uns im Gebet Erleuchtung schenken!«

Der Vogel wirkte im Licht des Abendrots plötzlich wie ein Feuervogel, der sich langsam auf dem Kirchendach niederließ.

Das Geheimnis des Drachen

Als die Nacht still über dem Kloster lag, setzte sich Franziska langsam in ihrem Bett auf und horchte. Im Dormitorium war nur gleichmäßiges Atmen zu hören. Leise stand sie auf und schlüpfte in ihre Schuhe. Das kühle Licht des Vollmondes fiel durch die Fenster, wie eine bleiche Geisterhand lag es auf Schlafdecken und Holzdielen. Franziska hielt kurz inne und spürte, wie ihr Herz aufgeregt pulsierte. Dann hastete sie eilig davon, sie durfte keine Zeit verlieren. Über die knarrenden Dielenbretter machte sie einen weiten Schritt, erreichte schließlich das Treppenhaus und drückte sich an der kühlen Steinwand die Stufen hinunter.

Gottlob, niemand hatte sie gesehen. Bald hatte sie es geschafft. In der Bibliothek würde sie bestimmt keiner überraschen. Aber wie sollte sie in der Dunkelheit lesen können? Ob das Licht des Vollmondes ausreichen würde? Besser wäre es, am Kirchenaltar eine Kerze anzuzünden und sie mitzunehmen.

Franziska drückte die Kirchentür auf, nahm eine der Talgkerzen aus der Sakristei und zündete sie am ewigen Licht an. Der Docht flammte qualmend auf. Franziska verzog das Gesicht. Verbrannter Rindertalg! Der stank und war längst nicht so kostbar wie Bienenwachs. Die Schwestern würden das Fehlen bestimmt nicht bemerken. Lautlos lief sie an den Wänden der Klostergebäude entlang auf die Bibliothek zu.

Endlich stand sie zwischen den hohen Regalen. Das rußige Kerzenlicht flackerte über die ledernen Rücken der Bücher, die nach Sachgebieten und alphabetisch nach Autoren geordnet waren. Aber wo stand das Buch des Paracelsus? Zu welchem Sachgebiet gehörte es? Franziska überflog die Titel, lateinische Begriffe, Autorennamen: Galen, Agrippa von Nettesheim ... Schneller, spornte sie sich an. Der Vollmond stand schon hoch am Himmel ... Trithemius von Sponheim ... Da! Paracelsus! Das Werk mit dem brüchigen Buchdeckel klemmte ein wenig versteckt zwischen zwei anderen. Franziska zog es heraus, hastete auf das Stehpult zu und stellte die Talgkerze ab. Da fiel ihr Blick auf eine Kerze, die am Boden lag. Milchige Wachsflecken klebten auf den Holzdielen. Franziska bückte sich und fuhr mit der Fingerkuppe darüber: Die haardünne Oberfläche zerbröckelte, darunter war das Wachs noch ganz weich. Jemand musste die Kerze erst vor kurzem gelöscht haben. Hatte sie hier eine der Nonnen gestört? Unruhig schaute sie sich um und lauschte. Aber alles blieb still.

Nur weiter, dachte sie. Keine Zeit verlieren!

Sie hob die Kerze auf, zündete rasch den Docht an, ließ Wachs in die Mulde eines Leuchters tropfen und drückte die Kerze so lange in die trübe Flüssigkeit, bis die erstarrte. Jetzt hatte sie zwei Lichtquellen. Mit zitternden Fingern blätterte sie die Seiten des Paracelsus-Buches auf. Ob im Index etwas über Drachen stand? Franziska überflog die Seiten: Das Buch war mit zierlichen Malereien übersät. Schlangenköpfige Echsen kämpften mit fetten Gnomen, breitmäulige Vogelwesen gegen unförmige Kreaturen mit Reißzähnen. Dazwischen tanzten Skelette, deren lange Knochenfinger nach dickbusigen Weibern grapschten. Franziska blätterte weiter. Dann fand sie einen Drachen, der ihr verschwörerisch entgegengrinste. Endlich! Er sah genauso aus wie der in dem schweinsledernen Buch. Franziskas Atem ging stoßweise, während sie die Textzeilen las und versuchte, das Geheimnis zu lüften. Wo war nur die Lösung des Rätsels? Wie konnte das Mysterium ergründet werden? Was hatte der Drache nur zu bedeuten?

Franziska war so sehr in ihr Buch vertieft, dass sie nicht bemerkte, wie im hinteren Teil der Bibliothek eine Tür geöffnet wurde. Im Schatten der Holzregale näherte sich lautlos eine der Zisterzienserinnen.

Franziska stockte. Da! Endlich hatte sie gefunden, was sie gesucht hatte: Quecksilber! Der kleine Drache war das alchemistische Zeichen für Quecksilber! Verwirrt schüttelte sie den Kopf. Was konnte das nur heißen? Hier gab es doch kein alchemistisches Labor, in dem mit Quecksilber experimentiert wurde! Oder doch? War der Raum hinter der Küche, war das Laboratorium etwa ein Alchemistenkeller? Sie wurde kreidebleich: Das war die Lösung des Rätsels! Der Mord sollte im Laboratorium geschehen!

Franziska blickte erschrocken hoch, als die Lichter der Kerzen aufflackerten. Dicht hinter ihr klapperte leise ein Rosenkranz. Ängstlich fuhr sie herum und sah in die blinden Augen der Äbtissin, die nur wenige Schritte von ihr entfernt stand. Franziska biss sich auf die Lippen, um einen Aufschrei zu unterdrücken. Dann schnappte sie das Talglicht und schlich hastig davon.

Schnell runter!, trieb Franziska sich an. Zur Küche und dann ins Labor! Sie musste das Opfer warnen! Und die Äbtissin hatte sie gottlob nicht erkannt.

Als Franziska die Klosterküche betrat, war es dort unheimlich kühl. Auf dem offenen Herd glimmten nur noch ein paar letzte Holzkohlen. Plötzlich zuckte Franziska zusammen. War da nicht ein Ächzen? Ein dumpfes Poltern? Mit angehaltenem Atem schlich sie auf die Tür zu, die in den Kellerraum führte, und drückte sie auf. Wieder quietschte es leise in den Angeln. Das Mondlicht fiel durch das Küchenfenster genau auf den Durchgang und erhellte die Steinstufen zum Labor hinunter. Franziska horchte. Irgendwo hallten Schritte durch die Nacht, eine Tür fiel ins Schloss. In der Ferne fingen Hunde an zu kläffen. Franziska stolperte die Stufen hinunter. Ein bitterer Geruch, gemischt mit süßlichen Aromen, stieg ihr in die Nase. Dann sah sie kleine Pfützen auf dem Labortisch, in denen sich die Flamme ihrer Kerze spiegelte. Die verschüttete Flüssigkeit tropfte gleichmäßig zu Boden. Franziska entdeckte umgestürzte Tiegel und Flaschen, Scherben lagen überall verstreut. Hastig stellte sie das stinkende Talglicht ab. Das Wandregal war leer gefegt, der Fußboden übersät mit Kräuterblättern, mit Salben und Ölen verschmiert. Dann sah sie den leblosen Körper mittendrin ausgestreckt. Es war eine der Nonnen. Sie lag auf dem Bauch, die Arme seltsam abgewinkelt. Franziska sprang auf sie zu und fühlte nach dem Puls an ihren Handgelenken. Nicht das kleinste Lebenszeichen war zu spüren. Vorsichtig drehte sie den schweren Körper um. Schwester Maria, die Küchenmeisterin, blickte ihr starr entgegen. Ihr Kopf schwenkte wie der einer übergroßen Puppe zur Seite. Die Gesichtszüge waren verzerrt, die Hände verkrampft. Schwester Maria! Warum Schwester Maria? Da kippte der brennende Kerzendocht in den geschmolzenen Rindertalg und erlosch. Franziska schrie auf. Vielleicht war der Mörder ja noch hier im Keller!

Es war so düster hier, so düster! Nur weg! Einfach nur weg! Sie hastete die Steinstufen hoch und stürzte durch die Klosterküche davon. Frische Luft fuhr ihr ins Gesicht, kühlte ihre erhitzten Wangen. Nur weiter! Einfach durch die Nebenpforte in der Klostermauer hinaus ins Freie. Franziska rannte durch die feuchtnassen Wiesen, ohne auf Brennnesseln oder Gestrüpp zu achten, immer weiter, bis sie schluchzend im Gras zusammenbrach. Warum ausgerechnet Schwester Maria? Warum hatten ihr die himmlischen Kräfte nicht den Weg gezeigt, das Mysterium rechtzeitig zu ergründen und Maria zu retten?

Franziska wusste nicht, wie lange sie durch die Vollmondnacht geirrt war, als sie müde und völlig verstört zur Klosterpforte zurückstolperte. Plötzlich hörte sie dunkles Murmeln und eine zischelnde, gehetzte Stimme. Franziska presste vor Entsetzen die Lippen zusammen. Diese Stimme würde sie unter Tausenden heraushören! Es war die des Mörders. Und der hatte bestimmt auch Schwester Maria auf dem Gewissen.

Franziska spähte hinter Kirschlorbeer versteckt zu drei finsteren Gestalten hinüber, die auf der Klosterwiese beieinander standen und sich etwas zuraunten. Schleierwolken hatten den Mond verdeckt. Es schien, als hätten dunkle Mächte schützende Finsternis über das Land gebreitet. Zweige knackten, Laub raschelte, als einer der Schatten geradewegs auf die Klosterpforte zusteuerte. Dann hasteten die anderen beiden Gestalten davon.

Jetzt war es stockdunkel. Das Aufschnauben von Pferden war zu hören, Hufgeklapper und ein verhaltenes, höhnisches Gelächter: Der Hattsteiner!

Übelkeit stieg in Franziska hoch. Obwohl sie ja schon lange gewusst hatte, dass dieser fette Hattsteiner an dem mörderischen Komplott beteiligt war. Geduckt schlich sie zurück. Sie musste aufpassen, der Mörder war bestimmt noch unterwegs. Oder war es eine Mörderin? Ob deren Schlafstelle vielleicht genau neben ihrer lag? Franziska fröstelte. Schnell, dann könnte sie die Täterin vielleicht noch irgendwo aufspüren und endlich erfahren, wer hinter dem teuflischen Plan steckte.

Franziska zwängte sich leise durch die Pforte ins Kloster, und dann an der kalten Steinmauer entlang auf den Nonnenbau zu. Aber nirgends wischte ein verdächtiger Schatten über die Mauern, der Hof lag verlassen.

Mit angehaltenem Atem schlich sie ins Dormitorium. Sie war völlig erschöpft, die Füße schmerzten und ihr war kalt. Sie lauschte. Aber nichts regte sich. Ob die Mörderin schon auf ihrer Strohmatratze lag? Oder war sie in einer der Klosterzellen zu suchen?

Erst jetzt spürte Franziska, wie sehr sie zitterte. Lautlos taumelte sie zu ihrer Schlafstelle, ließ die Kleider einfach zu Boden fallen, sank auf ihr Lager und zog sich die Leinendecke hoch über die Schultern.

Die Ereignisse der letzten Nacht ließen Franziska auch im Schlaf nicht los. Immer wieder sah sie das tote Gesicht von Schwester Maria vor ihren Augen und wurde von Albträumen gequält. Hässliche Gnome krochen aus schweinsledernen Büchern. Fischschwänzige Wesen mit menschlichen Oberkörpern jagten ziegenköpfigen Teufeln hinterher und sprangen gegen den Meckel, dessen Leiche von einer Höhlendecke baumelte. Ein blitzendes Messer sauste auf eine Schuppenechse nieder, die rubinrote Ringe an den Krallen trug. Dazwischen bäumte sich ein riesiger Fettwanst auf, der sie von oben herab angrinste und eine helle Glocke schwang. Der Klang hallte durch ihren Schädel, als würde sie selbst mit Klöppeln bearbeitet.

»Franziska!«, drang von ganz weit her eine beschwörende Stimme zu ihr herüber. »Franziskaaaa!« Ihr Name klang durch die unendliche Leere, die sie umfing. Das Rütteln an ihren Schultern wurde heftiger. »Franziska!«

Allmählich stieg sie wieder hoch in die Wirklichkeit. Sie öffnete die Augen. Vor ihr stand Schwester Lucia, sie hatte sich über sie gebeugt und schüttelte sie.

»Franziska, du träumst!«, raunte sie ihr kaum hörbar zu. »Wach auf, die Glocken läuten zum Nachtgebet.«

Franziska fuhr sich über die Stirn, als wollte sie die quälenden Nachtgeister, die von ihr Besitz genommen hatten, wegschleudern. Wie trunken setzte sie sich auf. Die anderen Schwestern hatten schon ihre Kutten übergezogen. Stoffe raschelten, Rosenkränze klapperten, als sie die Treppe hinuntergingen, um zur Mette zu beten.

Franziska schlüpfte schnell in ihr Leinenkleid. Tränen stiegen ihr in die Augen. Ob sie die Leiche von Schwester Maria schon gefunden hatten?

In der Klosterkirche war es dunkel, nur das ewige Licht und ein paar Kerzen brannten, um den Weg zu den Gebetsbänken zu weisen. Die immer gleichen Choräle und Gebete kannten die Nonnen auswendig, so konnten sie kostbare Wachskerzen sparen. Der dünne Singsang, der im düsteren Kirchenschiff widerhallte, ließ Franziska in einen Wachtraum versinken. Wie sollte es nur weitergehen? Wieder war ein Mord geschehen. Sie wusste immer noch nicht, wer dahintersteckte, und sie hatte Schwester Maria nicht helfen können. Ob sie sich nicht doch jemandem anvertrauen sollte? Aber wer konnte das sein? Sie ließ ihren Blick über die betenden Nonnen schweifen. Die Äbtissin? Franziska schüttelte den Kopf. Der traute sie nicht. Irgendwie war sie bestimmt in das Komplott verwickelt. Schwester Almut, Karoline oder Schwester Walpurga? Dann doch wohl am ehesten Schwester Lucia, die konnte ja nichts mit den Morden zu tun haben. Franziska nickte nachdenklich. Als sie vor kurzem vor der Kirche gestanden und die Stimme des Mörders wiedererkannt hatte, war Lucia ja gerade im Waschraum gewesen.

Eine der Zisterzienserinnen sang jetzt mit samtener Stimme einen Choral, der wie von himmlischen Cherubim getragen durch das Kirchenschiff schallte. Die Flamme des ewigen Lichtes flackerte wie in wilder Ekstase.

Weshalb hatte Schwester Maria nur sterben müssen? Und was hatte der Mörder im Laboratorium gesucht?

»Heilige Maria, hilf«, betete Franziska leise. »Hilf mir, das Geheimnis zu ergründen, bevor noch ein Mord geschieht.«

Der plötzliche Tod von Schwester Maria wurde mit Bestürzung aufgenommen. Man flüsterte sich etwas über Herzstillstand zu, Schlagfluss und den Willen Gottes. Noch in der Abenddämmerung des nächsten Tages wurde Marias Körper auf dem nahen Friedhof beigesetzt, nicht in der Kirchengruft, die nur den Särgen der Äbtissinnen vorbehalten war. Knechte hatten ein Erdloch ausgehoben, dann wurde ein zugenähter Leinensack mit ihrer Leiche vorsichtig hinuntergeworfen. Schwester Walpurgas brüchiger Gesang schwebte ein wenig verloren über die Trauernden hinweg. Verstohlen wischte Franziska sich über die Augen, während sie die Zisterzienserinnen beobachtete: Die Nonnen standen unbeweglich, hatten die Hände gefaltet und flüsterten Gebete, während das silberne Glöckchen von der Klosterkirche zu ihnen herüberläutete. Schwester Walpurga hatte rötliche Flecken im Gesicht, Schwester Almut stand geduckt, als erwartete sie im Angesicht des Todes Strafe für ihre eigenen Sünden. Schwester Lucias Lippen waren blass, eine Träne lief ihr über die Wangen. Der Pfarrer aus Wehrheim sprach letzte Gebete, der eintönige Klang seiner Stimme war wie ein Tuch, das sich schützend bis zum Jüngsten Gericht und zur glorreichen Wiederauferstehung über die Tote breiten sollte. Dann wurde der Äbtissin eine Schaufel in die Hand gelegt. Sie tastete mit der Spitze nach der frisch aufgeworfenen Erde, fuhr hinein und ließ ein paar Krumen hinunter in die Grube fallen.

»Memento mori«, flüsterte die Alte kaum wahrnehmbar. Sie war ganz in sich versunken, nicht einmal ihre Nasenflügel bewegten sich.

»Bedenke, dass du sterblich bist!«, wiederholte Franziska leise, während sie die Stimme der Nonne in sich nachwirken ließ. War da nicht doch dieses verräterische gehetzte Zischeln gewesen? Franziska zuckte verunsichert mit den Schultern, während ihr Blick auf den rotfunkelnden Rubinring der Äbtissin fiel.

Die Tage verrannen. Franziska arbeitete auf den Feldern, mistete die Pferdeställe aus und half, Gemüse zu bewässern. An einem Morgen, als der Tau noch feucht auf den Wiesen lag, schaute sie bei Schwester Lucia im Wirtschaftshaus vorbei. Gemeinsam gingen sie hinaus, um nach dem blökenden Jungvieh, den Rübenblättern und Getreideähren zu sehen. Es würde eine gute Ernte werden. Lucia erzählte, dass sie dem Vaterabt von Arnsburg, wenn er im nächsten Monat von seiner Pilgerreise aus Rom zurückkehren werde, über die Wirtschaftslage des Klosters Rechenschaft ablegen müsse. Franziska verzog das Gesicht. Das war dann wohl auch der Zeitpunkt, an dem sie zur Novizin geweiht werden würde.

Bei den Himbeersträuchern, die in den Kübeln kräftige Triebe entwickelt hatten, blieb Schwester Lucia stehen und strich liebevoll über die dornigen Ranken.

»Das ist der Dornbusch, in dem der Herr Moses erschienen ist«, sagte sie. »Es ist ein heiliger Strauch. Mit den köstlichsten Früchten.«

Franziska nickte ihr gedankenverloren zu. Sie grübelte längst schon wieder über die letzten beiden rätselhaften Symbole nach. Was hatte dieses knorrige Geäst mit dem Feuer und dem aufflatternden Vogel nur zu bedeuten? Das Kreuz in dem Kreis ließ jedenfalls vermuten, dass beim nächsten Vollmond wieder ein Mord geplant war. Franziska war verzweifelt, sie hatte nicht die leiseste Ahnung, wo sie ansetzen sollte. Und sie wusste noch nicht einmal, was die einzelnen Morde miteinander zu tun hatten.

Als Franziska an diesem Tag zum Mittagsgebet in die Klosterkirche gehen wollte, trottete ihr durch die Nebenpforte jemand entgegen, der ihr bekannt vorkam. Das breite Grinsen im Gesicht, die Zahnlücke, ein Katzenfell um die Hüften geknotet … Reinhard! Franziska strahlte. Der Pferdeknecht von Burg Reifenberg. Er riss die Arme hoch und wollte auf Franziska zustürzen, aber sie wehrte ab und winkte ihn aufgeregt hinter sich her auf den Pferdestall zu. Ein paar Knechte schleppten gerade Körbe mit Korn aus dem Speicher zur Mühle, junge Mägde holten Wasser am Ziehbrunnen, um das Wirtschaftshaus zu wischen.

Franziska schaute sich hastig um, aber im Stall war niemand zu sehen. Nur die zotteligen Ackergäule standen in ihren Verschlägen. Gierig schlabberten sie Wasser aus den Trögen. Als Reinhard den Stall betrat, zog Franziska ihn in die hinterste Ecke und fiel ihm so stürmisch um den Hals, dass er verdattert zurückwich.

»Warum bist du hier?«, fragte Franziska und grinste. »Hast du wieder Zahnschmerzen? Brauchst du ein neues Katzenfell?«

»Aber nicht doch.« Reinhard wirkte bedrückt. »Ich wollte dich sehen, das war alles.«

»Wir dürfen keinen Kontakt zur Außenwelt haben«, flüsterte Franziska. »Aber was soll's! Ich freue mich so, dass du gekommen bist.«

Sonnenlicht fiel durch die Stalltür. Falls ein Schatten dort auftauchte, würden sie sofort hinter dem aufgeschichteten Stroh verschwinden.

»Es wird wohl zum Krieg kommen …«, raunte Reinhard ihr zu.

»Krieg? Wie meinst du das?«, fragte Franziska erschrocken.

Reinhard fuhr sich erregt mit der Zungenspitze über die Lippen. »Die Reichsritter wollen sich nicht mehr vom Kaiser als Landsknechte in irgendwelche Heere verkaufen lassen, sondern ihre Ehre wiederherstellen und die edlen Tugenden des Rittertums hochhalten.«

»Und weiter?« Franziska schluckte.

»Es gibt so eine Schrift, auf die sie sich berufen. Darin geht es gegen ›Kutten und Kronen‹*.«

»Auch gegen Kutten?« Franziska wurde blass.

»Da ist einer, Luther heißt er, glaube ich, der wettert gegen den Ablasshandel und gegen den Papst. Weil die Kirche völlig verkommen wäre und sogar Freudenhäuser bauen ließe, um Geld für den Petersdom zu kriegen.« Reinhard zog die Nase hoch. »Und Geldgier hätte nichts mit Gottesglauben zu tun. Jedenfalls werden die Reichsritter auch die Klöster nicht schonen …«

»Und wer soll sie anführen?«, stammelte sie.

»Franz von Sickingen.« Reinhard zwirbelte nervös an den Haaren des Katzenfells herum.

»Ist jemand hier aus unserer Gegend dabei?« Franziska versuchte, das Zittern in ihrer Stimme zu unterdrücken.

Reinhard nickte. »Konrad von Hattstein, der ist jetzt nassauischer Amtmann und Rittershauptmann der freien Stadt Frankfurt …«

»Der Neffe von diesem fetten Hattsteiner, den ich ehelichen sollte?«

»Genau. Er herrscht vom Usinger Schloss aus. Und Georg von Stockheim ist auch dabei, Mitherr des Stockheimer Gerichtes.«

Franziska schlug gereizt nach einer Pferdebremse, die sie umsurrte. »Und wer noch?«

»Hartmut von Cronberg«, fuhr Reinhard leise fort. »Die … die Reifenberger wollen sich ebenfalls anschließen …«

»Du meinst, mein Vater wird mit in den Krieg ziehen?« Franziska starrte ihn entsetzt an. »Er wird vielleicht sogar dieses Kloster bekämpfen?«

»Und ich soll ihm dabei als Pferdeknecht dienen.« Reinhard wischte sich über die schweißnasse Stirn. »Doch das ist noch nicht alles. Schon lange rotten sich die Bauern zusammen und legen Kirchen und Klöster in Schutt und Asche.«

»Die Bauern wagen den Aufstand?«, fragte Franziska ungläubig.

Reinhard nickte wieder. »Wegen der Leibeigenschaft und der hohen Steuern. Es heißt, sie ziehen mit Spaten und Hacken los und johlen zum Schlag der Trommel ihre Lieder.« Er hielt die Hand vor den Mund und fing leise an zu singen: »Spieß voran, drauf und dran, setzt aufs Klosterdach den roten Hahn …«

»Auch hier bei uns?«, fragte Franziska mit gepresster Stimme.

Reinhard zuckte mit den Schultern. »Noch verhalten sie sich ruhig. Vielleicht, weil sie hier nicht so sehr ausgeblutet werden wie in anderen Landstrichen.«

In diesem Augenblick fielen düstere Schatten durch die Stalltür. Franziska zog Reinhard schnell hinter das aufgeworfene Stroh. Die Halme auf dem Boden raschelten leise, Schritte kamen näher. Franziska wagte es nicht, sich zu rühren, obwohl die Strohspitzen sie stachen.

»Und wo soll die letzte Zusammenkunft stattfinden?«, fragte eine dunkle Stimme.

»Wenn die Vorbereitungen abgeschlossen sind, werden wir uns treffen. Und zwar ...« Da wieherte ein Pferd auf und das Stampfen der Hufe überdeckte das unterdrückte Getuschel. Franziska hielt den Atem an: Dieses gehetzte Zischeln erkannte sie eindeutig wieder. Im Stall war der Mörder! Vorsichtig beugte sie sich zur Seite und lugte um den Strohhaufen, aber der Pferdestall war wieder leer.

»Ich muss los«, flüsterte Reinhard. »Sonst fällt es auf und es gibt Ärger.«

»Noch schnell!« Franziska hielt ihn an der Joppe fest. »Was macht mein kleiner Bruder? Und Cäsar?«

»Deinem Bruder geht es gut. Er übt sich jeden Tag im Schwertkampf, damit er dich einmal hier rausholen kann.« Reinhard lächelte gequält. »Und Cäsar ... Er hockt meistens oben am Burgtor, als würde er auf dich warten.«

Franziska schluckte. »Und was gibt es sonst Neues?«

»Siegfried ist gestorben, der Turmwächter von Altweilnau«, meinte Reinhard, während er nachdenklich die Stirn runzelte. »Ja, und dann haben sie den Meckel umgebracht, die Ziegen vom Bauern Brendel sind ausgerissen, die Blaufärberin hat noch eine Tochter geboren ...«

»Und ... Vater?«, unterbrach ihn Franziska zögerlich.

»Ich glaube, der ist heilfroh, dass es zu diesen Aufständen kommt. Seit du fortgegangen bist, war er wie weggetreten. Jetzt strotzt er wieder vor Lebensenergie. Er hat sogar ... die Burgmauer ausbauen lassen.«

»Die Burgmauer?« Franziska starrte ihn an. »Was hat das zu bedeuten?«

Reinhard kratzte sich hilflos am Hinterkopf. »Tja, sie ist jetzt dicker als vorher. Das Versteck mit deinen Schätzen ist … zugemauert.«

Franziska zuckte zusammen, als hätte man ihr einen Schlag ins Gesicht versetzt. All ihre Raubzüge waren völlig umsonst gewesen. Dabei hatte sie ohnehin bitter für ihre Schandtaten zahlen müssen. Der Verlust ihres Knappen Bruno lastete immer noch schwer auf ihrem Gewissen.

»Und Susanne?«, fragte sie endlich.

»Der geht es gut!« Reinhard strahlte. »Sie hat sich von ihrem Junker völlig losgesagt. Die Welt würde sich sowieso nicht ändern, meint sie. Und leichter geht ein Kamel durch ein Nadelöhr, als dass ein Junker eine Dienstmagd ehelichen wird.«

Franziska sah ihn traurig an. »Fragt sie manchmal nach mir?«

»Manchmal, ja, da redet sie von dir. – Aber vielleicht noch eine andere Sache.« Reinhard knüllte verlegen die zerzausten Pfoten des Katzenfells zwischen seinen Händen. »Ich … habe mich verliebt …« Er grinste breit. Dann stolperte er davon.

Die Katakomben

In dieser Nacht fand Franziska keinen Schlaf. Ob es wirklich zum Krieg kommen sollte? Oder hatte Reinhard nur übertrieben? Sie wollte bei den Feldarbeitern und in den Viehställen die Ohren offen halten. Neue Gerüchte blähten sich auf und flogen schneller von Mund zu Mund als der Wind. Und was ihre Schätze betraf, könnte sie die Burgmauer vielleicht eines Tages an der Stelle einreißen lassen, wo sich das Versteck befand. Dann könnte sie die Goldmünzen und Juwelen bestimmt wiederfinden. Oder sollten die Kostbarkeiten für alle Zeiten verborgen bleiben?

Franziska schaute zum Fenster hinüber. Das Flimmern des Mondlichts ließ Wut in ihr aufsteigen. Schon bald war wieder Vollmond und sie war noch keinen Schritt weitergekommen.

Auf einmal tauchte das Bild mit der Feuerflamme über den knorrigen Ästen vor ihren Augen auf. Franziska seufzte. Was hatte es nur zu bedeuten? Und der aufflatternde Vogel? Da hörte sie wie aus einer anderen Welt eine zischelnde Stimme: »Die sieben Zeichen führen so einen, wie Ihr es seid, geradewegs in die Hölle!« Verstört setzte sie sich auf. Die Stimme des Mörders! Hatte er das nicht kurz vor dem Mord Bruder Barrabas zugewispert? Ob es ein Hinweis auf das Buch war? Die Flamme mit den knorrigen Ästen könnte doch das Symbol für ein Höllenfeuer sein. Aber wo war diese Hölle zu finden? Vielleicht war ein irdischer Ort tief in der

Erde gemeint. Franziskas Atem ging schneller. Vielleicht unter der Klosteranlage? Schließlich gab es in fast allen Klöstern unterirdische Geheimgänge und tief gelegene Katakomben.

Plötzlich jagte ein Gedanke durch ihren Kopf: Das Seitenschiff der Klosterkirche! Da führte doch eine schmale Steintreppe hinunter in eine Gruft, wo die Steinsärge der Äbtissinnen standen. Ob dort irgendwo diese Hölle zu finden war? Immerhin, es war eine Möglichkeit, dort musste sie suchen!

Kaum hatte Franziska diesen Vorsatz gefasst, verspürte sie eine unsägliche Müdigkeit. Gleich morgen früh wollte sie sich anbieten, den Steinfußboden der Klosterkirche zu wischen, dachte sie noch. Gleich morgen früh …

Schon bald nachdem die Zisterzienserinnen die Morgenpsalmen gesungen hatten, schleppte Franziska einen Wassereimer und Wischlappen in das Gotteshaus. Morgenröte fiel durch die Bleiglasfenster und tauchte die nackten Kirchenwände und Pfeiler in rosiges Licht. Im rechten Seitenschiff führte hinter einem Eisengitter eine Steintreppe in die Gruft. Franziska schlich lautlos hinunter, hier war sie noch nie gewesen. Vor ihr erstreckte sich ein höhlenartiger Raum, der aus Felssteinen gemauert war. Die Steinsärge, auf denen Inschriften eingemeißelt waren, strahlten etwas Zeitloses aus, einen Hauch von ewiger Ruhe. Weiter hinten flackerte ein ewiges Licht. Wachskerzen in gusseisernen Ständern leuchteten über das Bildnis der Jungfrau Maria. Übergroße, steinerne Reliefs waren in die Wände eingelassen. Franziska bemerkte, dass eins der Wandbilder an der rechten Seitenkante einen schmalen Schatten warf. Stand es weiter vor als die anderen? Neugierig ging sie darauf zu. Das Steinbild ließ sich bewegen, es war eine geheime Tür, die den Weg in einen dunklen Gang freigab.

Franziska zögerte kurz. Dann nahm sie eine der Kerzen und schlüpfte in die Finsternis. Die Flamme flackerte unruhig auf. Der Lichtkegel tanzte über die Wände aus altem Bruchstein. Plötzlich wich Franziska erschrocken zurück. In Nischen türmten sich grinsende Skelettschädel, Knochenhände, Schienbeine und Fußknochen. Waren das sterbliche Überreste der Zisterzienserinnen, die über Jahrhunderte hier in der Katakombe verwahrt wurden? In diesem Moment wehte ihr ein muffiger Wind ins Gesicht, die Geheimtür fiel mit dumpfem Schlag ins Schloss. Jetzt flammte am anderen Ende des Ganges eine Fackel auf, jemand kam schnell näher. Der Lichtkreis wanderte über die düsteren Steinwände unerbittlich auf sie zu.

»Hallo!«, rief sie zögerlich. »Wer ist da?«

Auf einmal flatterten Fledermäuse über ihren Kopf hinweg. Der Luftzug löschte das kleine Kerzenlicht, so dass es um sie herum stockdunkel wurde. Verängstigt drückte sie sich seitlich an die Felsmauer und stolperte in aufgeschichtetes Gebein. Franziska stieß einen leisen Schrei aus. Die Fackel kam immer näher, genauso wie damals im unterirdischen Gang von Altweilnau.

»Lucia?« Ihr Atem ging schneller. »Bist du es?«

Nun war ein bleiches Männergesicht zu sehen, dunkle Augen starrten ihr entgegen.

»He, Ihr da!«, rief eine düstere Stimme. »Was habt Ihr hier zu suchen?«

Jetzt erkannte sie die Gesichtszüge des jungen Mannes, den durchdringenden Blick, die Haarlocke, die ihm in die Stirn fiel. Es war Junker Daniel.

»Das Gleiche könnte ich Euch fragen!« Franziska war fassungslos. Mit allem hatte sie gerechnet, nur nicht damit, dass dieser Junker sie ausgerechnet hier in der Katakombe aufspüren würde.

Oder war er auf der Suche nach etwas ganz anderem? Angriffslustig hob sie den Kopf, die Haube rutschte ihr etwas in die Stirn. Den Überfall würde er ihr ohne Bluthunde jedenfalls nicht nachweisen können! Spöttisch hob sie den rechten Mundwinkel.

»Das ist doch …!« Daniel trat ganz dicht an sie heran. Seine Stimme war lauernd und von einer derart beißenden Kälte, dass ihr Schauer über den Rücken jagten. »Ich erkenne Euch wieder! Und zwar nicht nur von Susanne her …«

Das Licht seiner Fackel erhellte Franziskas Gesicht, genau wie damals in der Dunkelheit, als sie die Pferdekutsche überfallen hatte. Die Haube warf einen kleinen Schatten über ihre Stirn, wie der ihres Krempenhutes.

»Dieses herausfordernde Grinsen, das spöttische Hochziehen des rechten Mundwinkels … Ihr wart es! Ihr wart der Räuber!« Daniel packte Franziska wutentbrannt am Oberarm und schüttelte sie heftig. »Wo habt Ihr das gestohlene Buch?«

Franziska brauchte ein paar Augenblicke, um ihre Fassung zurückzugewinnen, und rückte ihre Haube zurecht. Sie war ihm auf Gedeih und Verderb ausgeliefert, schoss es ihr durch den Kopf. Der eiserne Griff am Oberarm schmerzte. Er war ihr kräftemäßig weit überlegen und wenn er ein Komplize des Mörders war, würde er nicht zögern, ihr die Kehle durchzuschneiden. Also blieb nur ein Ausweg: die Flucht nach vorn!

»Das Buch?«, zischte sie, während sie ihn mit ihren katzengrünen Augen anblitzte. »Ihr werdet es nicht bekommen! Ihr ganz bestimmt nicht!«

»Hört genau zu!« Daniel schnappte nach Luft und versuchte offenbar Ruhe zu bewahren. »Hier geht es um Leben oder Tod. Das sind keine Räuberspielchen mehr, die Ihr mit mir treiben könnt.«

»Das weiß ich selber!«, fauchte Franziska zurück und riss sich ruckartig los. »Erklärt mir erst, was Ihr über das Buch und die seltsamen Symbole wisst.«

»Ihr habt das feine Papier entdeckt?« Daniel musterte sie ernst.

»Und ich bin … dem Mörder auf der Spur«, erwiderte Franziska giftig.

Daniel zögerte kurz, dann raunte er ihr widerwillig zu: »Mir bleibt wohl keine andere Wahl, als Euch einzuweihen. Kommt mit! Wir haben keine Zeit zu verlieren.« Er rannte zu der verborgenen Steintür, die in die Kirchengruft führte, und stemmte sich mit aller Kraft dagegen. »Verdammt, sie hat sich geschlossen!«

Dann wuchtete er sein gesamtes Körpergewicht gegen den Stein, während Franziska mit der Schulter drückte.

Aber umsonst. Die Tür bewegte sich um keine Haaresbreite.

Erschöpft ließ Daniel sich zu Boden sinken. »In dem Buch ist eine verschlüsselte Botschaft versteckt. Ich … muss sie dringend weiterleiten.«

»An wen? Etwa an jemanden hier aus dem Kloster?«

»Das darf ich nicht sagen«, sagte Daniel und fuhr mit flehender Stimme fort: »Ich bitte Euch, sagt, was Ihr herausgefunden habt, und gebt mir das Buch zurück. Sonst ist es zu spät.«

»Wofür zu spät? Wenn Ihr mir nicht erklärt, was das alles zu bedeuten hat, werdet Ihr von mir kein einziges Wort erfahren!«, zischte Franziska ihn an.

Daniel atmete tief durch. »Graf Philipp von Weilnau … soll ermordet werden«, ächzte er.

»Der Graf?«, fragte Franziska erschrocken.

»Er ist seit Wochen unterwegs auf Reisen. Es war nicht herauszubekommen, wo er sich aufhält, um ihn zu warnen«, fuhr Daniel fort. »Bruder Barrabas hat uns das Buch, das er dem Hattsteiner entwendet hat, heimlich verkauft. Für viel Geld …«

»Der Hattsteiner steckt also mit den Verschwörern unter einer Decke. Hab ich mir's doch gedacht!«, sagte Franziska.

»Aber der Verrat von Barrabas wurde entdeckt und sie haben ihn gerichtet.«

»Der Mord an Barrabas gehörte also nicht zum Komplott der Verschwörer?« Franziska hockte sich neben ihn auf die Erde.

Daniel sah sie mit müden Augen an und schüttelte den Kopf. »Aber eigentlich hatte er es auch nicht anders verdient. In seinem roten Messgewand* hatte er nämlich seit Jahren gewaltige Summen aus dem Ablasshandel beiseitegeschafft. Sie liegen immer noch irgendwo am Landstein vergraben.«

Franziska spürte, wie die Kälte der Katakombe ihren Rücken hochkroch. »Aber wieso musste der Meckel sterben?«

»Er ist seiner Geldgier zum Opfer gefallen. Überall wollte er sich Schürfrechte unter den Nagel reißen. Obwohl er schon einige Bergstollen sein Eigen nannte, in denen Silber gefunden worden war. Nach seinem Tode fallen jetzt die Grundstücke dem Hattsteiner zu.«

»Dem Hattsteiner?«, fragte Franziska erstaunt.

»Ja, der Meckel war sein Neffe.«

Franziska stöhnte leise auf. »Jetzt verstehe ich. Der Hattsteiner braucht Geld. Für Söldner und Waffen. Um seinen Herrschaftsbereich auszudehnen und Gegner niederzuwerfen.«

»Wie zum Beispiel den Grafen ...«, fügte Daniel hinzu.

»Und damit er an das Erbe vom Meckel herankam, musste der als Erstes aus dem Weg geräumt werden. Aber was hat Schritt zwei zu bedeuten? Warum musste Schwester Maria sterben?«

»Das kann ich noch nicht richtig einordnen«, erwiderte Daniel. »Vielleicht hat der Mörder sie gezwungen, im Laboratorium eine Substanz herzustellen, womit der Graf umgebracht werden soll. Ein Gift. Oder eine brennende Säure, ich weiß nicht.«

»Und damit sie nichts verraten konnte, hat man sie getötet«, fuhr Franziska nachdenklich fort. »Dann ist der Mörder hier aus dem Kloster. Mit einem Fremden hätte Maria bestimmt nicht irgendwelche Substanzen zusammengemixt. Es muss eine der Schwestern sein …«

Daniel nickte kaum merklich, während er sich wieder an der Steintür zu schaffen machte.

»Wer ist es? Und mit wem arbeitet Ihr zusammen?«, drängte Franziska.

»Ich weiß nicht, wer die Mörderin ist. Und mit wem ich zusammenarbeite, das … darf ich nicht verraten. Ich habe es geschworen.« Daniel klopfte die Steinwand nach Hohlräumen ab, doch nur sein dumpfes Pochen war zu hören.

»Aber weshalb sollte jemand aus dem Kloster Graf Philipp nach dem Leben trachten?«, fuhr Franziska eindringlich fort, während Daniel mit den Fingerkuppen jede Mauerritze der Tür abtastete.

»Graf Philipp ist ein Anhänger Luthers«, antwortete Daniel, »und der ist Gegner der katholischen Kirche. Irgendjemand hier hat wohl panische Angst, dass der Graf, der ja über dieses Kloster herrscht, die gesamte Abtei schließen könnte.«

»Ich verstehe …« Franziska nickte.

»Und beim nächsten Vollmond soll das Urteil über den Grafen vollstreckt werden.«

»Der Plan einer Wahnsinnigen!« Sie sah ihn nachdenklich an. Plötzlich fragte sie: »Was macht Ihr eigentlich hier in den Katakomben?«

Daniel stemmte sich wieder ächzend gegen die Steinwand. »Ich ahnte schon, dass eine der Nonnen etwas mit den Morden zu tun hat, und ich will das Leben meines Onkels retten.«

Franziska fuhr sich über die Stirn. Natürlich, Daniel war ja mit dem Grafen verwandt. Das hatte sie ganz vergessen.

»Ich musste mich hier einschleichen, um vielleicht irgendeinen Hinweis auf den Mord zu finden.« Dann schüttelte er verärgert den Kopf. »Nichts zu machen. Hier kommen wir nicht raus. Da bewegt sich nichts.«

»Und jetzt?«, fragte sie zaghaft. Verzweifelt spähte sie in den gewölbeartigen Gang hinunter, der sich irgendwo in der Dunkelheit verlor.

»Hier gibt es mehrere geheime Türen«, flüsterte Daniel, als könnten sie belauscht werden. »Die an der Außenmauer ist nachts öfters unverriegelt, aber heute war sie verschlossen. Deshalb habe ich mich durch die Nebenpforte und die Klosterkirche hier heruntergeschlichen, um durch eine andere Tür im Gang unbemerkt in den Nonnentrakt zu gelangen. Der war nämlich zugesperrt.«

»Was? Hier gibt es noch mehr Türen?«, fragte Franziska überrascht.

»Ja, zum Waschraum oder zur Treppe, die hoch in die Sakristei führt. Ich wollte aber ins Laboratorium, um nach irgendwelchen Spuren zu suchen.« Daniel wischte sich die Hände an den Beinkleidern ab.

»Der Waschraum hat auch eine Tür, die hier in den Gang führt?«, fragte Franziska verwirrt. »Und woher wisst Ihr das alles?«

»Die Herren von Diez, die die Burg von Altweilnau bauen ließen, haben auch den Bau dieses Klosters in Auftrag gegeben. Es gibt alte Baupläne, die in der Klosterbibliothek aufbewahrt sind.«

Franziska trat einen Schritt auf ihn zu. »Jetzt sagt endlich: Mit wem arbeitet Ihr zusammen?«

»Nicht jetzt! Zuerst will ich sehen, ob ich nicht doch eine der anderen Türen öffnen kann. Ihr wartet hier, ja?«

Und schon rannte Daniel mit der lodernden Fackel davon. Franziska kauerte sich an die kalte Steinwand. Tausend Gedanken wirbelten ihr durch den Kopf. Ob sie ihm trauen konnte? Was er erzählte, schien glaubhaft zu sein. Nachdenklich ließ sie die kunstvollen Miniaturen vor ihrem inneren Auge vorüberziehen: das Löwengewölbe, die Madonna mit dem Drachen und als Letztes das knorrige Geäst mit den Feuerflammen und dem auffliegenden Vogel. Plötzlich stieß sie einen heiseren Schrei aus: Das Geäst! Das waren nicht nur bizarr gebogene Zweige. Sie verbargen eine Botschaft. Und nur derjenige konnte sie ergründen, der des Lesens kundig war. Franziska versuchte sich haargenau an die Zeichnung zu erinnern. Ja, so war es! Das Geäst enthielt einen versteckten Hinweis, die Zweige formten einen Buchstaben – es war ein großes F, F wie Franziska, F wie … Frankfurt!

Ihr Atem ging schneller. Wollte nicht die Äbtissin mit einigen der Zisterzienserinnen an diesem Morgen nach Frankfurt aufbrechen, um ihrem Stadthof einen Besuch abzustatten?

»Daniel«, rief sie aufgeregt und rannte ihm hinterher. »Ich weiß, wo der Mord stattfinden soll! In Frankfurt! Ein Flammenstrauch brennt über dem F, die Äste bilden ein F wie Frankfurt.«

»Wollt Ihr mir helfen, den Mord zu verhindern?«, fragte er atemlos, während er auf sie zueilte. Sein Gesicht erhellte sich. »Ich glaube, wir sollten die Vergangenheit vorläufig ruhen lassen und jetzt gemeinsame Sache machen.«

Franziska nickte heftig. »Ihr habt Recht. Den Mördern muss das Handwerk gelegt werden!«

»Wir müssen hier raus. So schnell wie möglich!«

»Die Schwestern sind schon auf dem Weg nach Frankfurt!«

In diesem Moment flammte die Pechfackel auf und ließ einen bleichen Skelettschädel aufschimmern, der hoch über der zugefallenen Tür auf einem Steinsockel stand. Darunter war eine Inschrift eingemeißelt: »Memento mori«.

»Bedenke, dass du sterblich bist«, flüsterte Franziska erstaunt. »Ein Memento mori … hier?«

In ihrer Erinnerung blitzte der silberne Totenkopf vom Ostermarkt auf, dessen Kehrseite ein Menschengesicht zeigte.

»Legt Eure Hände ineinander, dass ich hinaufklettern kann!«, wisperte Franziska aufgeregt. »Das muss die Lösung sein.«

Daniel verschränkte die Hände, Franziska stieg hinein und zog sich an der Mauer hoch. Vorsichtig griff sie nach dem Skelettschädel und versuchte ihn zu drehen. Ein Memento mori hatte doch auch eine Rückseite. Und vielleicht konnte man die Steintür durch eine Drehung öffnen. Aber nichts geschah, der Totenkopf schien mit der steinernen Wand verwachsen zu sein.

»Was ist?«, raunte Daniel ihr zu.

»Verdammt! Hier muss es irgendwo einen Geheimmechanismus geben«, fluchte Franziska, während der Totenkopf ihr bleich entgegengrinste. »Einen Hebel oder Schalter. Da bin ich mir sicher!«

Franziska tastete die glatten Knochen ab, die gebleckten Zähne, die Ohreingänge. Immer wieder wischte sie Spinnweben zur Seite, fühlte nach Käfern oder Wurmlarven, während sie angeekelt die Lippen aufeinanderpresste.

»Beeilt Euch«, ächzte Daniel. »Lange kann ich Euch nicht mehr halten.«

»Jetzt stellt Euch nicht so an«, schimpfte Franziska leise. »Ihr seid ja schlimmer als mein Pferdeknecht Reinhard.«

Daniel schaute kopfschüttelnd hoch. »Was hat dieses Weib nur für ein freches Mundwerk!«, brummte er leise. »Und was hat so eine im Kloster zu suchen?«

Franziska kroch langsam mit den Fingerspitzen durch die Augenöffnungen tiefer in den Schädel hinein. »Ich finde nichts«, knurrte sie verärgert.

»Los, macht schon! Wir müssen hier raus!«

»Das weiß ich selber. Aber … Moment, da fällt mir etwas ein: Die blinde Äbtissin sagte mal, dass die Wahrheit sich nicht in der Wirklichkeit der Sehenden offenbart … aber wie sieht man sie dann?«

»Keine Ahnung. Mit dem Gehirn, dem Bauch, dem Hintern, egal! Nur, beeilt Euch! Meine Finger schlafen ein.«

Franziska spürte, wie Daniel leicht hin und her wankte.

»Ich weiß …«, sagte sie endlich triumphierend. »Es ist die Innenansicht. Auf der Stirn, in Höhe des dritten Auges!«

Wieder griff sie in die Augenlöcher des Totenkopfes und tastete diesmal die Innenseite des Stirnknochens ab. Tatsächlich spürte sie eine kleine Vertiefung, gerade so groß, dass die Kuppe ihres kleinen Fingers hineinpasste.

»Da ist was«, flüsterte sie aufgeregt.

Im gleichen Moment war ein leises Klicken zu hören. Dann knirschte es, als würden schwere Mühlsteine gegeneinandergerieben. Der grinsende Skelettkopf drehte sich, gleichzeitig öffnete sich die Steintür und gab die Sicht auf die Kirchengruft mit den Steinsärgen wieder frei, über denen das ewige Licht leuchtete. Franziska sprang zu Boden. Daniel packte ihre Hand und zerrte sie durch die Tür, die sich langsam hinter ihnen schloss und mit einem dumpfen Schlag einrastete. Dann war es still. Sanftes Kerzenlicht fiel auf das steinerne Relief, als hätte nichts seine Ruhe gestört. Erleichtert atmeten die beiden auf.

»Wieso ist die Tür eigentlich gleich wieder zugefallen?«, fragte Franziska.

Daniel zuckte mit den Schultern. »Vielleicht ist der Mechanismus schadhaft.«

Erst jetzt merkte Franziska, dass ihre Hände immer noch ineinander lagen. Verlegen zog sie die Finger zurück.

In diesem Moment waren oben im Gotteshaus Schritte zu hören. Sie steuerten geradewegs auf die Treppe zu, die hinunter zu ihnen in die Gruft führte. Franziska und Daniel drückten sich eng hinter einen der Steinsärge. Sie spürte die Hitze seines Körpers, seinen Atem in ihrem Nacken. Sie schloss die Augen. Da war wieder dieses seltsame Kribbeln unter der Haut. Verunsichert rückte sie zur Seite, während sich die schlurfenden Schritte über ihnen wieder entfernten.

»Und jetzt?«, fragte Franziska leise.

»Sagt mir, wo das Buch ist«, drängte Daniel. »Die letzten Zeichen, was haben sie zu bedeuten? Da war doch der Vollmond mit dem Kreuz, oder?«

Franziska nickte. »Das Kreuz bedeutet wohl, dass der Graf ermordet werden soll. Und über brennenden Ästen flatterte irgendein Vogel.«

»Ein Vogel? Was war das für ein Vogel? Vielleicht habt Ihr das Zeichen nicht richtig erkannt. Oder irgendetwas übersehen. Wir brauchen das Buch!«

Franziska zögerte kurz. Sollte sie ihm wirklich vertrauen? Dann nickte sie. »Ich bin einverstanden, ich werde es holen.«

Leise stiegen sie die Steintreppe hoch in den Kirchenraum. Ein süßlicher Duft von Weihrauch hing in der Luft. Sonnenstrahlen fielen über den blauen Himmelsmantel der Marienstatue. Er glitzerte, als wollte er über die trügerische Ruhe hinwegtäuschen, die sich wie eine schleichende Seuche im Kirchenschiff ausgebreitet hatte.

»Ich habe draußen, gleich bei der Lochmühle, einen Pferdekarren angebunden«, flüsterte Daniel ihr zu. »Ich warte dort.«

»Gut, ich beeile mich«, antwortete Franziska leise, während sie vorsichtig die Kirchentür aufdrückte und in Richtung des Dormitoriums davonhuschte.

Der Klosterhof lag verlassen im Mittagslicht. Es herrschte eine bedrückende Stille. Doch Franziska war es, als käme weit aus der Ferne des Universums ein kaum wahrnehmbares Sirren, das sich irgendwann in einer tödlichen Apokalypse entladen wollte. Sie wandte sich noch einmal um. Dann war sie im Nonnentrakt verschwunden.

Der Frankfurter Silberschmied

Die Schatten, die der Brunnen auf die Pflastersteine des Hofes warf, waren nur um einige Halmesbreiten weitergewandert, als Franziska geduckt zur Nebenpforte rannte. Die Klosterkutsche mit der Äbtissin und einigen Schwestern war schon längst auf dem Weg nach Frankfurt. Wenn geplant war, dort Graf Philipp umzubringen, musste die Mörderin unter ihnen sein!

Plötzlich blieb Franziska verwundert stehen: Schwester Lucias Himbeersträucher wurden gerade in ihren Kübeln auf den Heuwagen verladen. Es waren sieben an der Zahl. Verwirrt rannte sie weiter. Was wohl damit geschehen sollte? Sie schlüpfte durch die Nebenpforte und lief auf die Lochmühle zu, wo Daniel mit seinem Pferdekarren wartete.

»Es ist verschwunden!«, rief Franziska ihm entgegen.

»Was?«, fragte Daniel verwundert.

»Das Buch!« Franziska schnappte nach Luft, als sie den Kutschbock hochkletterte. »Jemand muss es gestohlen haben.«

»Verdammt!« Daniel fasste mit festem Griff nach den Zügeln und trieb das Pferd an.

»Und jetzt?«, fragte Franziska, während sich der Karren in Bewegung setzte.

»Der Mord ist in Frankfurt geplant«, rief er. »Also fahren wir dorthin.«

»Was … war das eigentlich für ein Buch, ich meine, wovon handelt es?«, fragte Franziska. »Ich konnte nicht verstehen, was da stand.«

»Es ist in lateinischer Sprache geschrieben. Die ›Metamorphosen‹ von Ovid …«

»Meta… morphosen?«

Daniel nickte. »Das sind Verwandlungen. Verwandlungen der Seele … Wie in der Alchemie. Von niedersten Stoffen in hochwertiges Gold.«

»Ich verstehe nicht …«

»Ovid erzählt die Entstehung und Geschichte der Welt. Wie sich die Seele durch Meditation gewandelt hat und aufgestiegen ist.«

»Metamorphosen … Verwandlungen … Alchemie …«, murmelte Franziska nachdenklich. »Die Verwandlung der Seele, der Aufstieg ins göttliche Licht … wo habe ich so was schon einmal gehört?«

Ob die Miniaturen auch etwas mit diesen Metamorphosen zu tun hatten?, überlegte Franziska und duckte sich, als der Pferdekarren an der Klosterpforte vorbeizuckelte. Dann sah sie unauffällig zu Daniel hinüber. Bestimmt würde er sie bald auf den nächtlichen Überfall ansprechen. Sie warf den Kopf in den Nacken. Sollte er doch! Sollte er sie doch anschreien. Sie wollte das Unwetter geduldig über sich ergehen lassen und danach wäre die Angelegenheit aus der Welt. Dem Richter würde sie vorläufig nicht übergeben werden, schließlich war Daniel noch auf sie angewiesen. Sie wusste besser als er, wie die Miniaturen aussahen.

Aber Daniel schwieg. In sich versunken hielt er die faserigen Stricke, die als Zügel dienten, in der Hand, schnalzte manchmal mit der Zunge und starrte auf die flatternde Mähne des Pferdes.

Nur manchmal merkte Franziska, wie er sie aus den Augenwinkeln musterte. Warum sagte er nichts?

Am späten Nachmittag hielten sie für eine kurze Rast an. Daniel legte Brot und gepökeltes Fleisch auf einen Baumstumpf, mit einem Topf schöpften sie Wasser aus einer Quelle.

»Warum hast du das nur getan?«, sagte Daniel plötzlich mit leiser Stimme. »Ich hätte dich beinahe zu Tode gehetzt.«

Er wirkte enttäuscht, fast so als hätte sie ihn betrogen. Franziska spürte, wie ihr Tränen hochstiegen. Damit hatte sie nicht gerechnet. Hätte er doch gebrüllt, sie gedemütigt oder auch geschlagen, so wie es üblich war. Aber diese Betroffenheit brachte sie aus der Fassung.

»Mein Knappe Bruno …« Franziska schluckte. Ihre Stimme versagte.

»Ich weiß«, fuhr Daniel ruhig fort. »Er musste für deine Missetaten büßen. Diese Schuld hast du auf dich geladen und wirst sie dein Leben lang mit dir tragen.«

Franziska sackte schluchzend zusammen. Ihr war, als hätte sich eine unsägliche Anspannung in ihr gelöst, als würde die Trauer in einem endlosen Schwall aus ihr herausströmen, der Schmerz über den tragischen Tod ihres Knappen, in den sie ihn aus Leichtsinn und Abenteuerlust hineingetrieben hatte.

Daniel hatte schon längst die Brot- und Fleischreste verstaut, als immer noch Tränen über ihr Gesicht liefen. Dann fingerte Franziska aus ihrem Lederbeutel, den sie unter der Schürze versteckt hielt, das Blaufärbertuch von Susanne. Verlegen reichte sie es dem Junker.

»Die Münzen und den Schmuck werde ich Euch vorläufig nicht zurückgeben können. Mein Versteck wurde zugemauert. Aber vielleicht lässt es sich wiederfinden«, sagte sie leise. »Ich würde alles dafür tun, wenn ich die Tat rückgängig machen könnte.«

Wortlos steckte er das Blaufärbertuch ein. Dann erst bemerkte sie, dass es längst dämmrig geworden war. Letztes Abendrot schien durch die Schleierwolken, ein frischer Wind kam auf.

»Jetzt komm«, hörte sie die Stimme von Daniel. »Wir müssen weiter.«

Während sie sich schnäuzte, fiel ihr auf, dass Daniel von der förmlichen Anrede zum vertraulichen Du gewechselt hatte. Überrascht schaute sie ihn an. Hatte er ihr etwa verziehen?

Schweigend kletterte sie zu Daniel auf den Kutschbock. Ein Peitschenknallen, ein Schnalzen und knirschend ruckelte der Pferdekarren davon.

Schon bald fiel Mondlicht über die dichten Wälder. Hin und wieder heulte ein Wolf oder Vögel kreischten auf. Jetzt waren sie schon eine halbe Tagesreise vom Kloster Thron entfernt. Franziska wischte sich ein letztes Mal über die geröteten Augen. Wie lange würde die Fahrt wohl noch dauern? Sie hätte tagelang mit Daniel durch das Land reisen können.

Heimlich beobachtete sie, wie er die Zügel geschickt zwischen den Fingern hin und her gleiten ließen. Seine dunklen Augen waren nach vorn gerichtet. Das gestriegelte Fell der Stute schimmerte wie dunkle Seide, der Geruch nach Pferdeschweiß mischte sich jetzt mit dem von würziger Walderde.

»Ist dir kalt?«, fragte Daniel.

»Es geht schon.« Franziska presste die Hände ineinander. Wieder hatte er die vertrauliche Anrede benutzt.

»Hinten auf dem Holzwagen liegen Pferdedecken«, sagte Daniel und zog sein gefüttertes Wams über die Hüften. Franziska nahm sich eine der Decken und legte sie sich um die Schultern.

»Wo könnte sich Graf Philipp nur aufhalten?« Franziska schaute hoch zum sternenklaren Firmament. Noch war der Mond am Rand etwas abgeflacht. Aber morgen war Vollmond. Die Zeit für den letzten Mord des Komplotts war gekommen.

»Irgendjemand wird es uns schon sagen können«, antwortete Daniel. »Nur dürfen wir nicht vergessen, dass dieses F nicht unbedingt für Frankfurt stehen muss.«

»Ich glaube schon«, meinte Franziska. »Schließlich sind die Nonnen auch auf dem Weg dorthin … Woher weißt du eigentlich so viel über sie?«

»Ich habe im Kloster eine Verbündete«, hörte sie seine dunkle Stimme. »Mehr darf ich dir nicht sagen. Du weißt, ich habe es geschworen.«

Das Pferdegetrappel und das gleichmäßige Schlingern des Karrens ließen Franziska in einen Dämmerschlaf versinken. Wilde Traumbilder tanzten durch ihren Kopf. Flammen wirbelten aus brennendem Gestrüpp empor. Mitten im Feuer glühte in grellem Rot ein Rubinring, bis er zu tausend Splittern zerbarst und schneeweiße Vögel herausflatterten …

Der Wind frischte auf und Franziska zog die Leinendecke noch enger um den Hals. In diesem Moment blieb der grob gewirkte Stoff an etwas hängen. Franziska fuhr sich über den Nacken, das Leinengewebe hatte sich an dem Silberkettchen verhakt, dem Kettchen mit dem fein ziselierten silbernen Blatt …

Franziska war wieder hellwach. Thomas! Das Geschenk des kleinwüchsigen Gauklers. Wie hatte sie das nur vergessen können! Plötzlich war es ihr, als hörte sie seine Stimme: »Wenn Ihr einmal in Schwierigkeiten seid, dann wird der Silberschmied in Frankfurt Euch helfen.«

»Natürlich, der Silberschmied!« Aufgeregt stolperten ihre Worte durch die Nacht. »Der Frankfurter Silberschmied! Wir müssen nach ihm suchen!«

»Welcher Silberschmied?«, fragte Daniel verwundert.

»Die Anfangsbuchstaben seines Namens sind in dieses Schmuckstück hier eingraviert, das ein kleinwüchsiger Gaukler mir geschenkt hat.« Sie hielt ihm den Anhänger entgegen. »Er hat gesagt, dass wir uns bedenkenlos an ihn wenden können. Aber viel mehr weiß ich auch nicht«, antwortete sie. »Wenn Graf Philipp tatsächlich in Frankfurt abgestiegen ist, kann der Schmied uns bestimmt helfen, seine Unterkunft zu finden.«

Daniel betrachtete das silberne Amulett, das im Mondlicht glänzte. »So machen wir es.« Dann lenkte er den Pferdekarren in eine schmale Waldschneise und gähnte. »Die Stadttore von Frankfurt sind längst geschlossen. Wir sollten etwas schlafen, morgen wird ein anstrengender Tag.«

Erschöpft legten sich die beiden zwischen die Strohsäcke, die hinten auf dem Karren gestapelt waren, und zogen die Pferdedecken über sich. Franziska roch den muffigen Gestank, spürte das kratzige Gewebe, aber sie war zu müde, um sich dagegen zu wehren. Ihr war kalt. Im Halbschlaf kroch sie näher an Daniel heran und suchte seine schützende Wärme. Zögernd legte er seinen Arm um sie. Dann fielen beide in einen tiefen, traumlosen Schlaf.

Am nächsten Morgen weckte Franziska ein fruchtiger Duft. Sie schnupperte und setzte sich auf. Daniel hockte an einem Feuer und ließ in dem ausgebeulten Topf Wasser aus einer nahen Quelle aufkochen, während er noch ein paar Trockenfrüchte hineinwarf. Der Himmel war von rötlichem Glanz überzogen.

»Magst du ein Stück Trockenfleisch?«, fragte Daniel.

Franziska nickte und folgte seinem Blick, als er besorgt zum

Horizont schaute. Schon bald würde die Sonne über den fernen Bergen aufsteigen.

Franziska zog verängstigt die Schultern hoch: War es wirklich so, dass die Erde völlig frei im Universum schwebte, wie Susanne es erzählt hatte? Welche Kräfte waren Gott nur zu eigen, dass er die Bahnen der Gestirne lenken konnte?

»Komm, beeil dich!«, unterbrach Daniel ihre Gedanken. Er füllte das heiße Fruchtgetränk in einen Becher und reichte ihn Franziska. »Wir haben nur Zeit, bis die Abenddämmerung anbricht. Dann gibt der Vollmond das Zeichen …«

Sie nickte und schlürfte den Becher schnell aus. Während sie noch das zähe Trockenfleisch kauten, verstauten sie Früchte und letzte Brotkanten im Karren. Nur wenig später zuckelte der Pferdekarren davon. Als sie die Stadtmauern Frankfurts erreichten, stand die glühende Sonnenscheibe schon handbreit hoch am Firmament.

In Frankfurt strömten von überallher Händler mit voll bepackten Pferdewagen und Eselskarren auf den Römer* zu, wo gerade die Handelsmesse stattfand und zum Zeichen des Marktrechtes die rote Fahne vom Rathaus flatterte. Vor den Auslagen der Diamantenschleifer aus Idar-Oberstein standen fein betuchte Herrschaften, an der Pforzheimer Goldschmiede drängten sich Neugierige. Knechte schleppten Tuchballen, andere rollten mit Pech versiegelte Weinfässer. Franziska und Daniel hasteten an Ständen mit bemaltem Geschirr, feinstem Linnen, silbernen Puderdöschen, Hornkämmen und venezianischen Nasentüchern vorüber auf die Krämergasse zu, eine der reichsten Straßen der Altstadt, wo neben Seidenstickern, Wandmalern und Glasbläsern auch einige der Silberschmiede ihre Werkstätten führten. Franziska zwängte sich an Elfenbeinschnitzereien und Brokatkleidern vorbei, an pelzbesetzten Mänteln, Silberschnallen, Edelsteinketten und Hirschhornknöpfen. Was für ein Reichtum! Über allem schwebte ein Geruch von den seltsamsten Kräutern und Gewürzen, gemischt mit Schweiß und stinkendem Urin von herumstreunenden Hunden, die in Abfällen nach Essbarem stöberten.

Plötzlich blieb Franziska wie erstarrt stehen: Vor dem Römer wurde ein Kleinwüchsiger in bunten Lumpen zum Gerichtsplatz gezerrt. Sein verquollenes Gesicht war weiß gepudert, der Mund mit roter Farbe bemalt. Er wurde von einem Henkersknecht mit Händen, derb wie Holzklötze, in ein Halseisen gelegt, das in einem aufgestellten Holzpfahl verankert war.

»Thomas!« Franziskas Atem ging schneller. Sie fasste nach Daniels Wams. »Das da ist Thomas!«

»Ich weiß«, antwortete er hastig. »Ich kenne ihn von der Gauklertruppe, die in Altweilnau war.«

Mitten auf dem Gerichtsplatz thronte ein Richter auf einem Holzpodest. Neben ihm hockten zwei Defensoren* und der Schultheiß. Ein Gerichtsdiener gab dem Folterer, einem bulligen Abdecker, der sich sonst nur auf das Schlachten von Tieren verstand, mit dünner Stimme irgendwelche Anweisungen.

»Sieh dir das an!« Hinter dem Richter entdeckte Franziska einen prächtig gekleideten Kaufmann mit spöttischem Lächeln im Gesicht. War das nicht der vom Ostermarkt, der Thomas brutal zu Boden getreten hatte? In diesem Moment grinste er abfällig zu dem Gaukler hinüber.

»Kaufmann Marquard!«, flüsterte Daniel. »Einer der einflussreichsten Patrizier hier in der Stadt.«

»Der hatte es schon damals auf Thomas abgesehen. Weiß der Himmel, was er mit ihm vorhat!« Franziska wurde blass. »Hoffen wir nur, dass er Thomas nicht ernsthaft schaden kann.«

Neben dem Kaufmann stand ein herrschaftliches Fräulein in schimmernden Mailänder Samt gekleidet. Jetzt hob sie ihr Gesicht, das unter einem großen Hut verborgen war, und lächelte schadenfroh in Richtung des Gauklers.

»Kaufmannstochter Ute!«, zischte Franziska. »Was hat das zu bedeuten?«

»Wir müssen Thomas helfen«, raunte Daniel ihr zu. »Aber wie? Die Stadtwachen werden uns nicht zu ihm vorlassen.«

»Wir müssen den Silberschmied finden«, wisperte Franziska zurück. »Schnell! Thomas scheint ein vertrautes Verhältnis zu ihm zu haben. Er wird ihm helfen. Und dann können wir auch fragen, ob der Graf hier in Frankfurt abgestiegen ist und wo sich seine Unterkunft befindet.«

»Wie waren noch mal die Anfangsbuchstaben seines Namens?«, fragte Daniel gehetzt.

»C. J.«, antwortete Franziska, während plötzlich die geheimnisvolle Seite aus dem schweinsledernen Buch vor ihren Augen auftauchte. Die Signatur unten auf dem hauchdünnen Blatt, das war doch auch ein C. J. Hatte etwa der Schmied die Miniaturen gezeichnet? Aber Franziska schob den Gedanken einfach beiseite. Zuerst musste Thomas gerettet werden. Das war jetzt wichtiger!

Franziska und Daniel rannten an Kontorschreibern der Welser aus Augsburg vorbei, die säuberlich ihre Warenkäufe notierten, an Tischen mit falschen Zöpfen, süßen Spezereien und knusprig duftenden Broten und drängten wandernde Scherenschleifer und Besenbinder aus dem Weg.

»Entschuldigt, kennt Ihr einen Silberschmied mit den Anfangsbuchstaben C. J.?«, fragte Daniel einen Kaufmann mit einem Zobelpelzmantel, der ihnen aus der Krämergasse entgegenkam.

»C. J. … Das ist Christian Jungherr. Ihr kennt ihn nicht?« Der

Kaufmann schüttelte ungläubig den Kopf. »Der hat sein Wohnhaus mit der Werkstatt gleich da drüben, keine hundert Schritt von hier.«

Daniel nickte ihm kurz zu, dann eilten sie weiter die Krämergasse mit ihren dreigeschossigen Fachwerkbauten entlang. Die Sonne spiegelte sich in den bemalten Butzenscheiben, messingfarbene Türklopfer glänzten im hellen Licht.

Hier im Viertel hatten sich offenbar einige der besten Silberschmiede niedergelassen. Sie hatten reichlich zu tun, denn im Erzgebirge waren neue Silbervorkommen erschlossen worden, ganze Schiffsladungen mit diesem wertvollen Metall wurden aus fernen Ländern jenseits des Ozeans herbeigeschafft. Die reichen Bürger verlangten nach silbernem Geschirr, Bestecken, Leuchtern, Kannen und Kelchen und sie liebten sogar den leicht bitteren Geschmack, den Speis und Trank durch das Metall annahm. Selbst die Kirchen gaben immer mehr silberne Pokale, Kruzifixe, Monstranzen und Taufbecken in Auftrag.

»Deshalb ist der Hattsteiner also so versessen darauf, sich neue Schürfrechte im Taunus an Land zu ziehen. Die Nachfrage muss ungeheuerlich sein!« Franziska ließ im Vorbeilaufen ihren Blick über einige der Auslagen vor den Werkstätten gleiten und lächelte Daniel zaghaft zu. Allmählich überwand sie die Verlegenheit gegenüber dem Junker.

Atemlos blieben sie vor einem Fachwerkhaus mit grünen Fensterläden stehen. Dann drückten sie die schwere Holztür auf und gelangten in einen düsteren Flur, von dem mehrere Zimmer abzweigten.

»Los, komm!«, flüsterte Daniel, als Franziska sich suchend umschaute. »Der Meister wird sich bestimmt hier irgendwo aufhalten. Es sei denn, er ist auf dem Markt …«

Plötzlich stellte sich ihnen ein Geselle in den Weg.

»Dürfte man wissen, was Ihr hier zu suchen habt?«, fragte er misstrauisch, während er die beiden abfällig musterte.

»Lasst uns vorbei!«, bettelte Franziska. »Es geht um Leben oder Tod!«

»Und hier geht es um einen großzügigen Auftrag der Patrizierfamilie Bethmann, den der Meister zu vollenden hat«, antwortete der Geselle bestimmt. »Er will nicht gestört werden.«

Daniel griff in den Lederbeutel, der an seinem Gürtel baumelte, und steckte ihm eine glänzende Münze zu. Der Geselle grinste breit. »Na, wenn es so ist … aber ich habe Euch nicht den Weg gezeigt, verstanden?«

Er führte sie an Lagerräumen vorbei zu der weiträumigen Werkstatt. In Regalen lagen dicht an dicht feine Hämmer, Feilen und Bohrer. Gewindeschneider und Zirkel baumelten an Fäden von Fachwerkbalken. Auf Holztischen lagen Silberstifte und Brecheisen. Ein Geselle zog gerade einen Schmelztiegel vom Feuer und goss geschmolzenes silbriges Metall zu einer Platte, während eine Magd Buchenholzscheite nachlegte, die – wie Franziska von der Rennschmiede her wusste – in einem besonders heißen Feuer verbrannten. Der Meister selbst bearbeitete mit der haarfeinen Spitze eines Stichels ein dünnes Silberstück. Darauf rankten sich Lorbeerkränze, die kunstvoll ineinander verschlungen waren.

»Ich bitte Euch …«, sagte Franziska vorsichtig.

»Ruhe, verdammt noch mal!«, donnerte der Silberschmied sie an. »Wollt Ihr, dass ich dieses Kunstwerk verschandle? Raus hier. Ihr habt hier nichts zu suchen!«

Mit seinen schwarzsilbernen Fingern griff er vorsichtig nach einem Silberbecher, der mit Blütenranken im florentinischen Stil bedeckt war. Prüfend bog er den hauchdünnen Streifen mit dem

Lorbeermuster um den Trinkrand. Fünf Einbuchtungen waren für Edelsteine angebracht, die in einem samtgepolsterten Kästchen neben dem Schmied bereitlagen.

»Entschuldigt …«, unterbrach Daniel noch einmal seine Arbeit.

Der Silberschmied hob wutentbrannt den Kopf. »Verschwindet endlich! Mein Auftrag muss pünktlich fertig werden. Raus hier!« Wieder kniff er seine müden Augen zusammen und begutachtete das Kunstwerk.

»Ich hab's Euch gleich gesagt«, flüsterte der Geselle ihnen zu und wollte sie hinausführen. Aber Franziska schüttelte ihn ab, nahm das Silberkettchen vom Hals und ließ es in ihre Handfläche gleiten. Ihre Finger zitterten, als sie dem Schmied das Blütenblatt entgegenhielt.

»Kennt Ihr das?«, fragte sie leise. »Bitte … wir brauchen Eure Hilfe.«

Sein Blick streifte flüchtig das silbern glitzernde Amulett und er hielt plötzlich inne, als hätte ihn der Schlag getroffen. Erschrocken sprang er auf, so dass der Blütenpokal mit schepperndem Klang zu Boden fiel.

»Woher habt Ihr das?« Er wischte sich mit schweißnassen Händen über die Lederschürze. Winzige Teilchen von feinem Gold- und Silberstaub flirrten zu Boden. Christian Jungherr war blass geworden. Seine trockene Unterlippe hing schlaff herunter.

Franziska hielt ihm auch das andere Silberschmuckstück entgegen, das der ermordete Bruder Barrabas wohl dem Mörder entrissen und das sie in ihrem Lederbeutel verwahrt hatte. Fassungslos umschloss der Schmied die beiden Kettchen mit seinen Fingern, die von Metallstaub und Feuerhitze rissig waren.

»Wo habt Ihr sie her?«, fragte er noch einmal. Er stieß die

Worte ächzend aus, als hätte er größte Mühe, sie über die Lippen zu bringen.

»Die eine ist von Thomas, dem Gaukler …« Franziska nahm beschwörend seine Hände. »Er ist in Gefahr!«

»Thomas?« Der Schmied sah mit wirrem Blick um sich. »Wo ist er? In was für einer Gefahr?«

»Er wurde in Halseisen gekettet und braucht dringend unsere Hilfe.« Daniel lief zur Holztür, die zur Krämergasse führte.

»Thomas …!« Christian Jungherr hetzte ihnen hinterher auf die Straße. Gemeinsam drängten sie sich an Tuchhändlern, Marktweibern und abgerissenen Straßenkindern vorbei und eilten immer weiter, bis eine dichte Menschentraube auf dem Römerberg ihnen den Weg versperrte.

»Hängt ihn!«, kreischten ein paar rotbackige Weiber in grellbunten Kleidern. »Hängt diese Missgeburt!«

»Werft ihn ins Feuer!«, grölte ein angetrunkener Handwerker.

Der Silberschmied zwängte sich zwischen den Gaffenden hindurch, bis er von einem grobschlächtigen Knecht einen Fausthieb auf die Nase bekam. »Ich war zuerst hier«, grunzte der. »Sucht euch woanders einen Platz zum Zuschauen!«

Franziska streckte sich, linste an Federhüten vorbei auf den kleinwüchsigen Gaukler, der gefesselt auf dem Gerichtsplatz stand und die glänzenden Augen zum Himmel erhoben hatte. Jetzt entdeckte sie auch Marie, die mit Stricken gebunden war. Ihre schmutzigen Gauklerröcke waren zerfetzt, der Mund war mit einem Stoffstreifen geknebelt. Immer wieder schüttelte sie widerspenstig den Kopf, ihre Lockenmähne flog wild über die Schultern, so dass ihr ein Henkersknecht mit der Peitsche ein paar Hiebe versetzte.

»Was machen die denn da?« Franziska hatte wieder diese Ute

und den Kaufmann Marquard entdeckt, die tuschelnd mit einem Waffenknecht zusammenstanden. Jetzt drückten sie ihm etwas in die ausgestreckte Hand, das er rasch in einer Tasche verschwinden ließ. Dann packte der Knecht unbemerkt ein langes Holzscheit. Er entzündete es an einem Feuer, ließ es blitzschnell an dem Zwerg heruntersausen und verschwand in der Menge.

Im nächsten Augenblick kreischten Stimmen auf: »Der Gaukler! Seine Kleidung hat Feuer gefangen! Er verbrennt!«

Da erhob sich der Gesang einer wundersamen Stimme. Gewaltig wie ein heiliger Vogel und doch von süßlicher Inbrunst getragen, schwebte er über die Köpfe der staunenden Menschen hinweg.

»Thomas!«, rief der Silberschmied, wischte sich über die blutende Nase und kämpfte gegen die wogende Menschenmenge an. Aber sie standen zu dicht gedrängt. »Thomas!«

Da stockte die himmlische Stimme.

»Thomas!« Der Schrei des Schmieds klang schmerzverzerrt, als wollten Höllenfeuer dem Mann den Leib versengen.

Der Gesang setzte neu an, diesmal noch erhabener, und ein Choral wie aus Himmelstönen wehte über den Römerberg. Das Geschrei und Raunen der Menschen wurde leiser und verstummte. Nur der engelsgleiche Gesang hallte weit über den Platz. Rauch stieg hoch und Franziska reckte sich: Es war wirklich Thomas, der kleine Gaukler, der da sang. Er stand mitten in den Flammen und blickte mit einem Lächeln auf dem Gesicht dem Himmel entgegen, während die Menge in tiefer Andacht lauschte.

»Thomas!«, schrie der Silberschmied wie von Sinnen, er trommelte mit den Fäusten auf die Gaffenden ein und wollte sich weiter an Pelzmänteln und Samtkleidern vorbei nach vorne drängeln.

Da loderte eine Flamme hell auf und der Choral verstummte. Es wurde ganz still.

»Er ist tot …« Franziskas Stimme war nur ein Hauch. Ihre Finger zitterten, ihr wurde schwindelig. Es war, als würde die Erde unter ihr weggleiten.

»Thomas …!« Der Silberschmied stieß einen übermenschlichen Schrei aus. Dann sank er schluchzend in sich zusammen. Franziska starrte auf das Feuer, das allmählich erlosch, und verfolgte mit dem Blick die Rauchfahnen, die in verspielten Windungen dem Firmament entgegenschwebten, als wollte Thomas das staunende Volk ein letztes Mal mit seinen Gaukeleien in den Bann ziehen. Tränen brannten ihr in den Augen.

Auf dem Holzpodest hatten sich der Richter, der Schultheiß und die Defensoren erhoben und sahen sich fassungslos an, da überhaupt noch kein Urteil über den Gaukler gesprochen worden war. Dann wurden Marie die Fesseln gelöst. Qualvoll schrie sie auf, ein Henkersknecht jagte sie mit Peitschenhieben davon.

Der Silberschmied lag auf dem Boden wie ein geschundenes Tier, das von heftigen Schmerzen geschüttelt wurde. »Die Prophezeiung … sie wird sich erfüllen …«, stammelte er.

Welche Prophezeiung?, ging es Franziska durch den Kopf. Aber jetzt galt es, sich von nichts aufhalten zu lassen. Graf Philipp war in höchster Gefahr. Eilig beugte sie sich über den Silberschmied. »Wem gehört die zweite Silberkette?«, beschwor sie ihn und streckte ihm das silberne Blütenblatt mit der Kette entgegen, die den Mörder entlarven könnte. »Wem gehört sie? Wir müssen es wissen. Bevor noch mehr Unheil geschieht …«

Der Silberschmied hob langsam den Kopf. Sein Blick schien verwirrt. Spucke tropfte von seinen Lippen. Mit seinen silberschwarzen Fingern griff er nach dem Kettchen. Eine dickliche Magd kniete sich besorgt neben ihn.

»Kommt, Meister«, sagte sie mit beruhigender Stimme. »Wir gehen nach Hause.«

»Der Graf?«, drängte Franziska weiter. »Wisst Ihr, ob Graf Philipp heute in Frankfurt ist und in welcher Herberge er Unterkunft gefunden hat?«

»Ihr seht doch, dass es ihm nicht gut geht«, zischte die Magd Franziska vorwurfsvoll zu. »Lasst uns vorbei.«

Dann stemmte sie den Silberschmied hoch. Verwundert sah er sich um. Seine Gesichtszüge wirkten mit einem Mal greisenhaft. Benommen, als wäre sein Geist längst in andere Welten getaucht, hakte er sich bei der Magd unter und ließ sich taumelnd davonführen.

»Graf Philipp …«, rief Franziska ihm verzweifelt hinterher.

Da drehte der Silberschmied müde den Kopf. »Im Stadthof«, murmelte er versonnen, während seine Augen hin und her irrten, um den brennenden Scheiterhaufen wiederzufinden. Mit den Fingern hielt er beide Silberkettchen krampfhaft umklammert.

»Bei den Nonnen«, kicherte er und stieß ein grässliches Gelächter aus. »Bei den Nonnen …«

»Kommt, Meister!« Die dicke Magd führte ihn an Landsknechten vorbei, die ihre Büchsen von den Schultern nahmen und den verrückten Alten misstrauisch beäugten. »Kommt, ich bring Euch nach Hause.«

»Er ist dem Wahnsinn verfallen«, sagte Franziska mit tonloser Stimme, während sie ihm hinterherschaute. »Es muss etwas Ungeheuerliches geschehen sein, das ihm den Verstand geraubt hat. Und es hat mit den Kettchen zu tun. Das eine gehörte Thomas.

Und das andere war im Besitz des Mörders. Ob sie wirklich etwas miteinander zu tun haben?«

»Das klären wir später«, drängte Daniel. »Aber jetzt komm! Der Silberschmied hat Recht, der Graf muss im Stadthof sein. Wieso bin ich nicht selbst darauf gekommen!«

Daniel stürzte davon, während Franziska Mühe hatte, ihn im Menschengewirr nicht zu verlieren.

»Ich verstehe nicht«, rief sie, als sie den überfüllten Markt hinter sich gelassen hatten. »Wieso ist der Graf im Stadthof der Nonnen untergebracht?«

»Ganz einfach! Wer das Vogteirecht über das Kloster hat, der darf mit seinem Gefolge auch umsonst im Stadthof nächtigen und muss beköstigt werden. Wenn mein Onkel heute tatsächlich nach Frankfurt gekommen ist, wird er dort anzutreffen sein.«

»Ich verstehe …« Franziska nickte. Das Komplott sollte also im Stadthof der Zisterzienserinnen sein mörderisches Ende finden!

Atemlos rannten sie weiter.

Die tödliche Prophezeiung

Der Stadthof lag im westlichen Teil der Stadt. Knechte zogen Handkarren, die mit Kornsäcken vollgestapelt waren, vom Kornmarkt hinüber zu den Speichern der Zisterzienserinnen, um das Getreide dort zu lagern. Während der Messezeit gab es in Frankfurt viele Besucher, und es konnte für teures Geld an die Backhäuser verkauft werden.

Daniel und Franziska hasteten durch die Weißgerberstraße, an der Faulpumpe und Schüppengasse vorbei auf die Münzgasse zu. Schon von weitem war der Ziehbrunnen zu erkennen, der vor dem Anwesen stand. Die Gasse war sehr schmal, deshalb hatte es auch die Bestimmung gegeben, dass Häuser keine Vorkragung haben durften, keinen Überhang, der die Durchfahrt und den Lichteinfall zur Straße behinderte.

Als sie den gepflasterten Innenbereich des Stadthofs betraten, schauten die beiden sich suchend um. War der Graf mit seinem Gefolge schon angekommen?

»Da drüben ist der Stall«, raunte Daniel Franziska zu. »Wenn mein Onkel hier ist, müssten dort die Pferde stehen.«

Aber der Stall war leer. Auch die Wagenremise war unbenutzt. Nur die dunkle Kutsche und die schwarzzotteligen Pferde der Throner Nonnen waren dort untergebracht. In einer gesonderten, zweiten Remise war ein Rüstwagen abgestellt, vier Vollblutpferde standen gestriegelt in Holzverschlägen, Kriegsgerät wie Helme und gepanzerte Rüstungen lagen bereit.

»Wozu brauchen die Schwestern die Waffen? Bricht etwa jetzt der Krieg aus?«, fragte Franziska erschrocken.

»Keine Angst«, versuchte Daniel sie zu beruhigen. »Das alles muss der Graf laut Vertrag als ständigen Schutz für das Kloster zur Verfügung halten.«

Franziska sah nachdenklich zum Domus, dem Hauptgebäude, hinüber.

»Sollen wir?«, fragte sie endlich.

Daniel nickte. Dann liefen sie über den Innenhof auf das Gebäude zu. Leise drückte Franziska die Eingangstür auf, die in einen Flur führte. In den dicken Gemäuern war es kühl, nicht das geringste Geräusch war zu hören.

»Moment mal. Und wenn mein Onkel in dem anderen Stadthof untergekommen ist?«, meinte Daniel plötzlich aufgeregt.

»Ein zweiter Stadthof?« Franziska blickte ihn verwirrt an.

»Ja, die Zisterzienserinnen haben noch einen in der Schlimmengasse«, erklärte Daniel. »Er befindet sich außerhalb der Staufenmauer vor der Bockenheimer Pforte. Bei der Galgengasse.«

»Die Straßennamen versprechen nichts Gutes …« Franziska hob unwillkürlich die Schultern. »Ich denke, in solch einer verrufenen Gegend wird der Graf nicht nächtigen wollen.«

Auf einmal wuselte Schwester Philippa, die neue Küchenmeisterin, durch eine Nebentür in den Flur. Sie war ein quirliges Persönchen mit hochrotem Gesicht und strahlte, als sie Franziska entdeckte.

»Oh, wie schön, dich hier zu sehen! Stell dir vor, ich habe wundervolle Dinge auf dem Markt erstanden«, schwärmte sie, ohne weiter auf Daniel zu achten. »Gewürze aus dem Orient, gepökelten Fisch, köstliche Butter und feinen holländischen Käse … Schwester Lucia wird entzückt sein.«

»Schwester Lucia? Ist sie auch hier?«, fragte Franziska.

Philippa tippelte hin und her. »Ja, und Schwester Almut, Schwester Walpurga, Schwester Karoline … und natürlich die Äbtissin.«

»Das sind alle?«, fragte Franziska vorsichtig nach.

Die Küchenmeisterin nickte aufgeregt. »Die Märkte sind einfach wundervoll! Ich will gleich noch einmal los – die Eisenwaren … unbeschreiblich!«

Mit einem verzückten Seufzer griff sie nach dem Einkaufskorb, drückte die Hoftür auf, und schon war sie verschwunden. Das Zuschlagen der Tür hallte kurz nach, dann war es still.

Franziska sah zu Daniel hinüber, der stocksteif im Flur stehen geblieben war. Sie folgte seinem Blick und erblasste. Vor ihnen stand die alte Äbtissin. Ihre Perlmuttaugen wirkten gespenstisch bleich. Regungslos starrte die Alte ihr entgegen, als könnte sie auch die winzigste ihrer Bewegungen wahrnehmen.

»Komm herein!«, befahl die Äbtissin in einem Ton, der keine Widerrede duldete, und deutete auf eine geöffnete Flügeltür neben ihr. »Ich habe dich erwartet.«

Dann ging sie voran, als würde sie, von unsichtbaren Helfern geleitet, über die Steinfliesen schweben. Franziska warf Daniel einen fragenden Blick zu. Der nickte. Dann folgten sie der Alten in einen Speisesaal.

Über den langen Holztisch waren feine Linnen gebreitet. Keramikteller und silberne Weinbecher waren gedeckt, auf denen aufflatternde Vögel eingraviert waren. Zwischen duftenden Rosenblättern standen Kandelaber mit Honigwachskerzen. Der Tisch war wohl schon für das Festmahl mit Graf Philipp hergerichtet.

Von der gewölbten Decke hingen eiserne Kerzenleuchter herunter. Die getünchten Wände waren mit kunstvollen Marienbildern bemalt. Am anderen Ende des Raumes standen Schwester Lucias Blumenkübel mit den Himbeersträuchern, deren Früchte einen süßlichen Duft verbreiteten.

Die Äbtissin hatte sich schweigend auf einen Stuhl gesetzt. Vor ihr auf dem Tisch lag das geheimnisvolle Buch.

»Woher habt Ihr ...«, fragte Franziska leise, während sie Daniel anstieß und aufgeregt zu dem schweinsledernen Buch hinüberdeutete.

»Du weißt: Ich spüre das Atmen der Bäume, das Neigen der Blätter«, sagte die Äbtissin wieder in dieser seltsam sirrenden Stimmlage.

Franziska vollendete in Gedanken, was die Alte damals in der Bibliothek zu ihr gesagt hatte: Ich rieche die Wärme der Lebenden und fühle die Schatten der Toten ...

Ängstlich wich sie ein paar Schritte zurück, während sie die Greisin nicht aus den Augen ließ. Die Nasenflügel der Äbtissin zitterten, als wollten sie etwas aufspüren, das noch im Verborgenen lag.

Mit ihren alten Fingern blätterte die Nonne das Buch auf. Das störrische Papier knisterte leise, als sie darüberstrich. Dann hatte sie das feine Blatt mit den Miniaturen vor sich liegen. Mit ungeahnter Zärtlichkeit glitten ihre Fingerkuppen über die Abbildungen.

»Weißt du nicht, wie sie gezeichnet werden, mein Kind?«, fragte sie mit zerbrechlicher Stimme. Ihre steingrauen Pupillen schauten zu Franziska herüber. »Bevor man die Bilder ausmalt, werden die Umrisse mit feinen Nadeln eingestochen. Komm und fühle selbst!«

Franziska nahm das Buch und fuhr mit den Fingerspitzen sachte über die Malereien. Sie spürte die winzigen Erhebungen.

Dann hielt sie das Blatt zum Licht hin und entdeckte die Einstiche. Sie nickte. Das waren also die erhabenen Punkte, die sie wie Sandkörnchen hatte wegwischen wollen. Und so konnte die Äbtissin die Symbole erkennen …

In diesem Moment wurde die Flügeltür aufgestoßen und Schwester Walpurga betrat den Raum. Ihr folgten schweigend Schwester Lucia, Schwester Almut und Schwester Karoline.

»Was machst du denn hier?«, fragte Lucia verwundert, als sie Franziska erblickte. Ihr Madonnengesicht wirkte verklärt, die dunklen Augen mit den goldenen Sprenkeln glänzten.

»Ich habe sie rufen lassen«, antwortete die Äbtissin bestimmt. »Und den Junker auch!«

Daniel und Franziska warfen sich einen kurzen Blick zu. Woher wusste sie, dass er ebenfalls hier war? Und warum behauptete die Alte, sie hätte sie beide gerufen?

»Dann nehmt doch Platz.« Lucia lächelte demütig. »Wenn es der Wille unserer Äbtissin ist. Den Grafen wird es freuen, seinen Neffen hier anzutreffen.«

Franziska wusste nicht recht, was sie dazu bewogen hatte. Ihre Worte flogen wie von selbst durch den Raum. »Graf Philipp wird heute nicht kommen«, sagte sie ruhig. »Er hat einen anderen Weg genommen.«

Enttäuscht sahen die Zisterzienserinnen sie an. Die Nasenflügel der Äbtissin zitterten, als schnupperte sie immer noch nach etwas, das sie nicht zuordnen konnte.

»Aber wieso?«, fragte Schwester Lucia in einem merkwürdigen Singsang. »Kommt er vielleicht morgen oder …«

»Er wird überhaupt nicht kommen!« Daniels Stimme klang ein wenig spröde, so als müsste er sich räuspern.

»Dabei haben wir so wundervolle Vorbereitungen getroffen!«

Schwester Walpurga ließ einen traurigen Blick über die gedeckte Tafel gleiten.

Schwester Lucia nahm einen brennenden Span aus dem Kaminfeuer und entzündete die Wachskerzen auf dem Tisch. »Dann lasst wenigstens uns das Mahl einnehmen. Sonst wird es zu spät für die Andacht«, sagte sie sanft.

Die Kerzenlichter flackerten auf und spiegelten sich in den Silberbechern. Der betörende Duft der Rosenblätter mischte sich mit dem der reifen Himbeerfrüchte. Die Äbtissin wiegte kaum merklich den Kopf und schloss die Augen.

Schwester Lucia holte eine Karaffe mit Wein und goss ihn in die Trinkgefäße. »Lasset uns an die Hochzeit zu Kanaan, an die Wandlung von Wasser in Wein denken, ebenso wie an die heilige Wandlung und den Aufstieg der Seele ins göttliche Licht ...«

Franziska schaute verwundert auf. Aufstieg der Seele? Lucia lächelte wieder und betrachtete verzückt die rotschimmernde Flüssigkeit, die sie in die Silberbecher füllte. Die Äbtissin griff nach ihrem Becher und führte ihn an die Lippen.

»Nun trinkt, zu Ehren Gottes«, beschwor Schwester Lucia mit leiser Stimme ihre Mitschwestern.

Die Äbtissin stockte und schnupperte. »Gewürzter Wein? Schwester Lucia! Du weißt, dass das nicht zulässig ist. Nur der klare Wein ist im Kloster gestattet.«

»Der gewürzte Wein ist das Leibgetränk des Grafen«, fuhr Schwester Lucia fort. »Gott wird uns dafür nicht strafen. Trinkt! Trinkt schnell!«

Erst jetzt bemerkte Franziska den feinen Nebel, der aus der prickelnden Flüssigkeit stieg und sich über den Silbervogel auf dem Trinkbecher breitete. Der Vogel! Wie ein Blitz durchzuckte es ihren Körper. Es war der gleiche wie der auf der Miniatur! Der über dem züngelnden Feuer emporflog und durch eine Linie mit dem Todesmond verbunden war! Die Taube, der Aufstieg der Seele …

»Nein! Trinkt das nicht!«, schrie Franziska atemlos. »Der Wein ist vergiftet!«

Das Blubbern und Brodeln in den Silberbechern wurde stärker, feiner Rauch schwebte hoch. Fassungslos starrten die Schwestern Lucia an, deren Engelsgesicht glühte. Daniel sprang auf und wollte sich auf sie stürzen. Aber da riss sie mit einer plötzlichen Bewegung ein blitzendes Messer aus ihrer Kutte und drückte es der Äbtissin an die Kehle.

»Keine Bewegung!«, hauchte sie. »Bleibt stehen, wo ihr seid!«

Gleichzeitig sah Lucia mit irrsinnigem Verlangen zu den Marienbildern an der Wand hinüber. Ihre Unterlippe zitterte. »Trinkt!«, flehte sie. »Versteht doch. Es ist Gottes Wille, dass ihr aus dem Jammertal erlöst werdet.«

Erst jetzt bemerkte Franziska den Ring, den Schwester Lucia an diesem Tag trug. Ein blutroter Rubin funkelte auf. Ihr Blick flog zur alten Äbtissin. Sie trug den gleichen Ring.

»Trinkt! Ich bin es doch, eure himmlische Vollstreckerin!« Lucias Stimme ging in ein drängendes Zischeln über, das Franziska schon vom Landstein her kannte. Sie war also die Mörderin! Aber wieso hatte sie Lucia in der Sakristei gehört, während die Schwester im Waschraum verschwunden war? Da blitzte eine andere Erinnerung in ihr auf: Der Geheimgang unter dem Kloster verband doch auch den Waschraum mit der Sakristei! So hatte Daniel es ihr beschrieben.

Franziskas Gedanken überschlugen sich. Aber was hatte das flammende Geäst auf der Miniatur zu bedeuten? War es etwa ein Sinnbild für dieses tödliche Gebräu, das ihnen die Gedärme aus dem Leib brennen sollte?

»Trinkt! Ihr alle!« Schwester Lucia lächelte, als wäre sie in eine andere Welt entrückt. »Die Erlösung von den Übeln der Welt ist gekommen! Sobald ihr getrunken habt und eure Seelen ins göttliche Licht aufsteigen, werde ich die heiligen Sträucher entzünden, so dass Gott euch im Angesicht des Todes erscheine … Der Teufelsgehilfe aber, Graf Philipp, wird bald gerichtet werden und in die Hölle fahren.«

»Dein Pakt mit dem Hattsteiner ist aufgeflogen, er ist eingekerkert.« Das blasse Gesicht der Äbtissin war schmerzverzerrt. »Und sein Komplize Winfried, der Reifenberger, wurde am Landstein erschlagen.«

»Mein großer Bruder!«, flüsterte Franziska erschrocken. »Er gehörte auch dazu?«

Daniel, der dicht hinter ihr stand, raunte ihr zu: »Es tut mir leid für dich. Aber er und der Hattsteiner haben den Meckel erhängt. Das Seil hat sie verraten, meine Bluthunde haben ihre Spur verfolgt.«

»Sie können deinen Plan nicht vollenden und den Grafen töten. Und ihnen ging es auch nicht um die Liebe zu Gott«, beschwor die Äbtissin Lucia eindringlich, die ihr immer noch die scharfe Messerklinge an den Hals drückte. »Sie haben dich nur benutzt, damit ihnen die Silberminen in die Hände fielen. Weiter nichts. Graf Philipp lebt, er wird auch künftig residieren. Dein Plan ist gescheitert.«

»Gescheitert?« Schwester Lucias Lippen zitterten. Ihre Haut war schneeweiß, das Messer in ihrer Hand glänzte im Licht der Kerzen. Plötzlich sprang Daniel vor und schüttete ihr den brodelnden Inhalt seines Bechers mitten ins Gesicht. Mit einem Aufschrei ließ sie das Messer fallen, packte aber schnell einen der silbernen Kandelaber mit den brennenden Kerzen.

»Keinen Schritt näher!« Lucia hielt die Kerzenflamme an einen der Himbeersträucher, die in den Töpfen abgestellt waren. Sofort sprang das Feuer über, fuhr knisternd in die Zweige und griff blitzartig nach den anderen Sträuchern.

Schwester Lucia hatte ihre dunklen Augen weit aufgerissen. »Ist Gott nicht in einem brennenden Dornbusch erschienen? In einem Himbeerstrauch? Jetzt wird er uns himmlische Erlösung schenken. Die Unwürdigen trifft die göttliche Strafe, die Seligen werden ins Himmelreich aufgenommen …«

Was für ein Wahnsinn!, schoss es Franziska durch den Kopf. Sie ist verrückt geworden. Was treibt sie da nur? Die anderen Schwestern waren aufgesprungen und starrten ihr entsetzt entgegen.

»Jetzt sollen uns die Flammen verzehren«, rief Lucia in höchster Verzückung. »Unsere sterblichen Körper müssen durch das Feuer gehen, die sündigen Seelen werden gereinigt. Sie werden geheiligt. Versteht doch, es ist nur aus Liebe zu euch! Aus Liebe! Gottes Erscheinung ist nah …«

Das Feuer in den Sträuchern schlug hoch und streckte sich nach Lucias Nonnenhabit. Erste glühende Flecken glimmten in ihrem groben Leinenkleid auf.

»Nein!« Franziska schrie auf. »Lucia, du verbrennst!«

»Mir kann nichts geschehen«, rief sie hell lachend. »Ich stehe unter dem Schutz der Gottesmutter! Sie wird mich vor dem Tode retten, weil ich unsere heilige Kirche vor Ungläubigen bewahre. Ich werde unsterblich, das ist der göttliche Dank für meine selbstlose Liebe.«

»Helft ihr! Helft ihr doch!« Die blinde Äbtissin stolperte mit ausgestreckten Armen auf Schwester Lucia zu.

Daniel schnappte einen Wassereimer, der neben dem Kamin stand, und wollte ihn über Lucia schütten.

»Nein, kein Wasser!«, rief die Äbtissin in äußerster Verzweiflung. Ihre Nasenflügel bebten. »Ich rieche es. Jetzt weiß ich: Es ist das griechische Feuer, aus Naphtalin, Petroleum, Salpeter und Schwefel. Jemand muss die Sträucher damit getränkt haben.«

»Das also hat die arme Maria im Klosterlaboratorium brauen müssen. Und auch das Gift für den Wein ...« Franziska grapschte nach Tüchern, um das Feuer zu ersticken.

»Nehmt Sand!« Die blinde Äbtissin suchte nach Lucia. »Es ist nur mit Sand zu löschen, nicht mit Wasser. Holt Sand!«

Sie rannten in den Klosterhof, kratzten Sand zusammen, den sie in ihren Kutten herbeitrugen und über Lucia und die brennenden Büsche warfen.

Lucias Augen blitzten vom Irrsinn erfasst. Die lodernden Flammen griffen nach den weit flatternden Kuttenärmeln und schossen in versengender Hitze hoch. An Lucias Gesicht liefen dicke Schweißperlen herunter. »Seht ihr? Was kann mir geschehen? Ich lebe in der verzehrenden Liebe unserer Jungfrau Maria. Ich spüre ihren heißen Atem, ihren glühenden Kuss, ihre göttliche Inbrunst! Mutter ...«

Franziska schüttete Sand über die brennende Nonne. Schwester Almut drückte Leinendecken auf Lucias Leib, bis das Feuer erstickt war.

»Mutter ...« Mit einem entrückten Aufschrei erstarb Lucias Stimme. Die Schwester stürzte leblos zu Boden.

»Meine Tochter!« Mit zitternden Fingern fühlte die Äbtissin nach Lucias Hand, während die anderen immer wieder Sand in die lodernden Feuerbüsche warfen.

Meine Tochter? Franziska schaute verwirrt zur Äbtissin, die nach dem entstellten Gesicht Lucias tastete und vorsichtig ihre Augenlider schloss. Tränen liefen ihr übers Gesicht. Die Flammen in den Pflanzenkübeln wurden allmählich kleiner und erloschen unter dem Sand.

»Holt den Priester. Wir wollen beten, dass Gott ihrer Seele gnädig ist«, flüsterte sie leise schluchzend. »Die Prophezeiung ist also eingetroffen. Und ich habe es nicht verhindern können!« Dann sank die Äbtissin weinend in sich zusammen.

Franziska bebte am ganzen Leib, unfähig, sich zu bewegen. Allmählich sickerten die Worte der Äbtissin in ihr Bewusstsein. Prophezeiung? Welche Prophezeiung war gemeint? Hatte der Silberschmied nicht auch von einer Prophezeiung gesprochen, als Thomas verbrannt war?

Noch am gleichen Abend wurden die Klosterpferde für die Rückreise angespannt. Eine Zisterzienserin nach der anderen kletterte schweigend in die mit schwarzem Leder bespannte Kutsche. Franziska schaute wie betäubt zu ihnen hinüber. Noch immer wirkte der Schock über Lucias Tod nach, noch immer glaubte sie ihr Madonnengesicht zu sehen, das allmählich in ein Flammenmeer eintauchte und mit dem grell geschminkten Gesicht des kleinen Gauklers verschmolz … Franziska stutzte. Thomas und Lucia, zwei Silberketten, zwei Feuer, eine Prophezeiung …

»So sollte es geschehen. Immer bei Vollmond …«, hörte sie plötzlich die müde Stimme der Äbtissin neben sich. Die Alte hatte den Weg von der Kutsche her lautlos zu ihr gefunden.

»Sonst werden Morde immer bei Neumond, in der Schwärze der Nacht, verübt. Wenn sich die dunklen Mächte zusammenrotten«, sagte Franziska leise.

Daniel räusperte sich. »Lucia wollte wohl eher mit dem Licht verbunden sein.«

Die blinde Alte legte Franziska behutsam die Hand auf die

Schulter. »Und ihr beide? Ihr seid füreinander bestimmt, nicht wahr …?«

Es war düster. Nur ein paar Pechfackeln loderten an den Klosterwänden auf. So konnte niemand sehen, wie Franziskas Wangen sich röteten und Daniel nach ihrer Hand griff.

»Du musst nichts erklären. Ich weiß, du bist nicht für das Kloster geboren.« Das steinerne Gesicht der Äbtissin wirkte mit einem Mal milder. »Das Leben hat mich reif gemacht für die Liebe. Wer durch tiefste Talsohlen gewandert ist, hat ein untrügliches Gespür dafür. Sie ist das höchste Gut, das wir erlangen können. Das hat Lucia nicht erkannt. Wie können im Namen der Liebe Morde geschehen? Hat nicht jede Seele einen göttlichen Funken? Hat Gott nicht alle Menschen geschaffen? Wer gibt uns das Recht, Gottes Werk zu zerstören?«

Franziska spürte wieder dieses seltsame Kribbeln unter der Haut, als Daniel den Arm um sie legte und sie an sich zog.

»Bewahrt eure Liebe!« Die Äbtissin versuchte zu lächeln. »Arbeitet dafür. Nichts wird euch umsonst in den Schoß gelegt. Und nichts ist sündig, wenn ihr es reinen Herzens tut.«

Mit leiser Stimme fügte sie hinzu. »Ich habe auch einmal geliebt … und es hatte Folgen.«

»Folgen?« Franziska stockte der Atem. »Lucia war … wirklich Eure Tochter?«

Die Äbtissin nickte. »Ich bekam Zwillinge. Lucia und Thomas.«

Franziska sah sie überrascht an. »Dann … ist der Silberschmied wohl …«

Die Alte schloss die Augen. Ihr Gesicht war von Kummer gezeichnet. »Ich habe gehört, was mit Thomas geschehen ist. Ihr müsst wissen, Christian und ich haben uns einmal sehr geliebt.

Aber eine Zigeunerin hatte uns prophezeit, dass wir beide Kinder durchs Feuer verlieren würden.«

Franziska legte die Hand auf den zitternden Arm der Äbtissin. »Die Prophezeiung …«

»Aus Angst, dass den Kindern etwas geschehen könnte, haben Christian und ich uns getrennt. Jeder sollte eins der Kinder aufziehen. Zur Erinnerung hat er für beide ein Silberkettchen gefertigt. Außerdem für Lucia und mich jeweils einen kostbaren Ring mit einem Rubin.«

»Und dann? Was geschah mit Thomas?«

»Er hat sich schon früh einer Gauklertruppe angeschlossen. Aus Liebe … Er konnte es nicht mehr ertragen, dass sein Vater ständig dem Spott über seine Zwergengestalt ausgesetzt war. Und Christian hat nie überwunden, dass sein Sohn ihn verlassen hat.«

»Und Ihr seid mit Lucia ins Kloster gegangen«, sagte Franziska leise.

Die Äbtissin nickte. Der Nachtwind jagte eine frische Böe über den Klosterhof, feiner Regen nieselte vom Himmel.

»Lucia flüchtete in die selbstlose Liebe zu Maria, der Gottesmutter.« Die Alte senkte den Kopf. »Weil ich als leibliche Mutter ihrer Meinung nach versagt hatte.«

»Aber wieso denn?«, fragte Franziska erregt. »Was hättet Ihr sonst tun können?«

»Lucia verurteilte mich, weil ich ihr die Familie vorenthalten hatte. Und ich stürzte mich nur in Arbeit, um die Trennung von Christian und Thomas zu verschmerzen.«

Die Äbtissin schluchzte leise auf. »Was wäre geworden, wenn wir nicht an die Prophezeiung geglaubt hätten? Wenn wir unsere Liebe nicht verraten hätten und zusammengeblieben wären?«

»Und … das geheimnisvolle Buch?«, fragte Franziska vorsichtig.

»Lucia hat die Miniaturen selbst gezeichnet«, antwortete die Äbtissin mit tonloser Stimme.

»Aber waren die Buchstaben darunter nicht die Initialen des Silberschmieds? C. J. für Christian Jungherr?«

»Lucia hatte die gleichen Initialen. Sie hieß mit ihrem Taufnamen Christiane.« Die Äbtissin schloss ihre Augen. Ihr Gesicht war wieder regungslos, nur die grauen Wimpern zuckten. »Christiane Jungherr.«

»Und dann hat sie das Blatt in das Buch geklebt?«, fragte Franziska weiter.

Die Zisterzienserin nickte. »Lucia liebte Zeichen, Symbole, religiöse Rätsel. Als sie sich mit dem Hattsteiner zusammenschloss, sollten die Rätsel wohl eine Prüfung sein, ob er würdig war, in Gottes Dienst zu treten.«

»Aber er konnte sie nicht entschlüsseln …«

Daniel räusperte sich. »Deshalb hat er Bruder Barrabas um Hilfe gebeten. Der hat wohl einige der Symbole erkannt, ahnte etwas von den Morden, wollte aber selbst seinen Vorteil daraus ziehen und hat das Buch für viel Geld an die Äbtissin verkauft. Ich sollte es überbringen …«

Die Äbtissin hob langsam wieder die Lider. Ihre Augen waren mit Tränen gefüllt. »Der Mord an Graf Philipp sollte schon vor vielen Monden stattfinden. Ich hatte davon erfahren und konnte ihn damals verhindern. Aus Rache hat mich der Hattsteiner geblendet. Wenn Daniel nicht gewesen wäre …«

Franziska schaute hoch. »Ach, daher kennt ihr euch …«

»Ich bin gerade noch zur rechten Zeit gekommen.« Daniel sah die Alte voller Mitgefühl an. »Als ich meine Bluthunde auf den Hattsteiner gehetzt habe, sind er und seine Komplizen Hals über Kopf geflohen.«

Die alte Nonne fuhr sich noch einmal mit der Fingerkuppe über die Stirn. »Eure Liebe wird euch tragen und schützen, dagegen sind teuflische Ausgeburten machtlos. Sie ist wie ein Geschenk. Hütet und pflegt sie! Das ist die einzige Erkenntnis, die ich euch mitgeben kann. Gott behüte euch.«

Mit schleppendem Gang schlurfte sie auf die Klosterkutsche zu. Auf halbem Weg drehte sie sich noch einmal um. »Daniel, ich danke Euch von ganzem Herzen. Ohne Eure Hilfe hätte ich auch den Grafen nicht warnen können.« Ein zögerliches Lächeln huschte über ihr Gesicht. Wie von schweren Lasten niedergedrückt, ging sie weiter. Dann atmete sie durch, streckte sich, als wollte sie sich künftigen Herausforderungen stellen, und kletterte in die Klosterkutsche. Der Wagenverschlag klappte zu, eine Peitsche surrte durch die Luft und die Kutsche setzte sich in Bewegung.

Regungslos standen Franziska und Daniel nebeneinander, bis das Pferdegetrappel in der Ferne verklungen war.

Dann fasste Daniel sie an den Händen und zog sie näher zu sich heran. Und Franziska stellte endlich die Frage, die ihr schon so lange auf der Seele brannte: »Was ist eigentlich … mit Susanne?«

»Das weißt du nicht?« Daniel strich ihr zärtlich ein paar feuchte Haarsträhnen aus der Stirn. »Ich dachte, ihr seid Freundinnen? Sie hat sich doch verliebt. In einen Pferdeknecht. Du müsstest ihn eigentlich kennen. Reinhard heißt er …«

»In Reinhard?« Franziska lachte leise auf. »Er hat sich nicht getraut, es mir zu sagen. Dieser Feigling! Der kann was erleben!«

»Susanne und ich passen nicht zueinander. Nicht wegen ihres Standes. Das hat tiefere Gründe. Aber jetzt bin ich in jemand ganz anderen vernarrt …« Daniel nahm Franziska in den Arm und küsste sie. Der Nieselregen wurde stärker. Wassertropfen liefen ihnen übers Gesicht und in den Ausschnitt ihrer Kleider.

»Und der Überfall am Landstein …«, fragte sie zögerlich, als sie sich wieder von ihm gelöst hatte. »Werde ich dafür noch zur Rechenschaft gezogen?«

Daniel fasste nach ihren Händen. »Du hast deinen Knappen Bruno verloren. Ich denke, das war die größte Strafe, die man dir auferlegen konnte.«

Franziska fühlte sich mit einem Mal von ihrer Schuld befreit. Sie sah Daniel glücklich an. »Und jetzt?«, fragte sie unsicher.

»Gleich in der Nähe gibt es eine Unterkunft«, meinte Daniel. »Wahrscheinlich hat auch mein Onkel für diese Nacht dort Unterschlupf gefunden.«

»Aber morgen schauen wir gleich am Marktstand mit den Weilnauer Tuchen vorbei.« Franziska strahlte, während der Regen allmählich ihr Leinenkleid durchnässte. »Susanne wird bestimmt dort sein … mit Reinhard. Und Cäsar! Und vielleicht ist auch Vater …«

»Moment mal«, unterbrach Daniel sie schmunzelnd und wischte ihr die Regentropfen aus dem Gesicht. »Eins nach dem anderen. Ja, morgen werden wir sie suchen. Gleich morgen früh!«

Franziska schaute hoch zum Firmament. Dort war es stockdunkel. Nur hin und wieder fiel Mondlicht durch ein paar aufgerissene Wolkenfetzen. Was wohl der nächste Vollmond bringen wird?, überlegte sie. Eine neue Zeit ist angebrochen. Doch wie viele Monde wird es dauern, bis eine Zeit des Friedens kommt? Franziska schmiegte sich dicht an Daniels Schulter.

Eng umschlungen gingen die beiden davon und verschmolzen schon bald mit der Dunkelheit der Nacht, während eine alte Magd ihnen kopfschüttelnd hinterherschaute.

Anhang

9 In den Folterdokumenten zur Hexenverfolgung (1652) im nahen Bad Homburg wird mehrmals der »**Hexenplatz vom Kloster Thron**« als Treffpunkt von Hexen und Hexern erwähnt.

13 **Burgmannensiedlung:** Eine Siedlung an der Burg, in der die Burgmannen lebten. Seit dem 13. Jahrhundert bestellten die Burgherren adlige Burgmannen, die für die Bewachung (Burghut) und Verteidigung verpflichtet wurden. Die Wachen am Tor waren allerdings Nichtadlige.

35 **Rennschmieden:** kleine Schmelzöfen, die nicht durch die Kraft des fließenden Wassers, sondern durch Verbrennen von Holzkohle betrieben wurden
Erdmeiler: aufgeschichtetes Holz, das in einem langwierigen Brennvorgang zu Holzkohle verarbeitet wird

42 **Palas:** Der Palas (von lat. palatium = Residenz, Palast) ist der repräsentative Saalbau einer mittelalterlichen Burg.

43 »**Bund der grimmigen Löwen**«: Ein Bund aus dem 14. und 15. Jahrhundert, in dem sich mehrere Ritter zusammenschlossen, um Streit und Fehden untereinander vorzubeugen und gemeinsam gegen die Reichsstadt Frankfurt zu kämpfen.

44 **Lehensträger:** Das Lehen (Lehnsgut) bestand meistens aus einem oder mehreren Grundstücken, oder aus bestimmten Nutzungs- und Abgabenrechten. Der Lehnsherr war der rechtliche Eigentümer und verlieh diese Rechte auf Lebenszeit an den Lehensträger.

46 **Hofmeister:** Ein Hofmeister war ein Hauslehrer, der für die Betreuung außerhalb der Schule verantwortlich war. Die ältesten Hofmeister in Deutschland waren klösterliche Wirtschaftsbeamte, die die weltliche Geschäftsführung besorgten. Noch jetzt wird der Verwalter eines größeren Gutes in manchen Gegenden Hofmeister genannt.

58 **Monstranz:** Eine Monstranz ist ein aufwändig gestaltetes liturgisches Gerät, in dem eine Hostie der Verehrung ausgesetzt werden kann.

64 Das »**Wasserweibchen, das dem Meerpfuhl entstieg**«, ist nach einer hessischen Sage die Wassernymphe Erla, die ihrem Geliebten auf seine Burg folgt und den Wassermann vergrämt zurücklässt.

79 **Schultheiß:** Bürgermeister

81 **Wagner:** Der Wagner baute unter anderem Wagenräder und reparierte gebrochene Speichen.

86 **Apsis:** halbrunde Altarnische in christlichen Kirchen

89 **Muckenmühle:** heute Egertshammer
Königsholz: Das Königsholz hat seinen Namen aus der Zeit, als Altweilnau noch im Besitz des Stauferkönigs war. 1208 wurde es mit den Grafen von Diez gegen Besitztümer in Mainz Kastel getauscht, so dass die Weilnauer Herrschaft hier ihre Burganlage bauen konnte.

98 **Glashütten:** ein Ort nahe Reifenberg, in dem bereits die Römer Schmelzöfen zur Glasherstellung erbaut haben

112 **Rennfeuerofen:** siehe Rennschmieden, Seite 35

130 **Graf Ludwig von Weilburg:** Im 16. Jahrhundert baute der Weilburger Graf die Neuweilnauer Burg zu einem Schloss um. Der Plan, seine Residenz von Weilburg nach Neuweilnau zu verlegen, wurde dann allerdings nicht in die Tat umgesetzt.

139 Durch die Reformation wurden die Katholiken immer zurückhaltender, ihre Töchter in die Obhut der Klöster zu geben und somit den Klostergemeinschaften große Geldzuwendungen und Erbschaften zu vermachen.

156 **Kapitelsaal:** ein Raum für die tägliche Versammlung der Klosterschwestern
Probstei: der Sitz der Klosterverwaltung

170 **Laurentiustränen:** Sternschnuppen, die jährlich zwischen dem 10. und 14. August als Meteorschauer aus dem Sternbild Perseus herabzuregnen scheinen. Im Volksmund

werden sie Laurentiustränen genannt. Die Bezeichnung geht auf Laurentius von Rom zurück, der am 10. August 258 in Rom zu Tode gefoltert wurde.

215 **»Kutten und Kronen«:** Die Reichsritter sahen in Luthers Schriften eine Rechtfertigung für ihren Kampf gegen die Geistlichen und den Adel.

224 **rotes Messgewand:** Noch heute existiert die Legende von den »Roten Mönchen«, die veruntreute Gelder an der Wallfahrtskirche am Landstein vergraben haben sollen. Einmal im Jahr wird von den Besitzern der Landsteiner Mühle das Fest der »Roten Mönche« gefeiert und nach versteckten Schätzen gesucht.

238 **Römer:** Der Römer ist seit über 600 Jahren das Rathaus und Wahrzeichen der Stadt Frankfurt am Main. Der Römerberg war stets Mittelpunkt der Stadt und Zentrum des Handels, insbesondere während der regelmäßig stattfindenden Messen.

239 **Defensor:** Verteidiger

Altweilnau

Die Burganlage der Grafen von Diez wurde 1208 erstmalig erwähnt. Sie erhielten das Reichsland im Hintertaunus gegen Tausch ihres mainzischen Lehens Kastel von König Philipp überreicht.
Neuweilnau entstand durch Teilung der Herrschaft 1302 auf dem gegenüberliegenden Rödelnberg. Neuweilnau wurde auch durch seine Blaufärberei bekannt, die Tuche waren selbst bei den Fuggern in Augsburg gefragt.
Im Jahre 1486 wurde die Burgkapelle in Altweilnau der heiligen Lucia geweiht, ein Name, der auch in den Dokumenten von Kloster Thron oft auftaucht.
Von der Burganlage mit ihren sieben Türmen ist heute noch der quadratische Torturm mit seinem steilen Walmdach aus dem Jahre 1340 erhalten. Eingelassen im Mauerwerk ist das Altweilnauer Wappen: zwei rote Löwen auf goldenem Hintergrund. Widersprüchlich sind die Angaben, ob es sich dabei ursprünglich um Löwen oder Leoparden handelte. Auch der runde Bergfried ist heute noch zu besichtigen. Ein unterirdischer Gang endete außerhalb der Burg und wurde erst in den Fünfzigerjahren des 20. Jahrhunderts zugeschüttet.

Landstein

Der Landstein mit seiner Wallfahrtskirche »Unsere liebe Frau« gehörte in den Jahren um 1535 kurzfristig zu Altweilnau, deshalb wurden auch die Kirchenschätze auf die Burg gebracht, um sie vor Räubern zu schützen: Silberschmuck, Samt- und Seidentücher, bestickte Messgewänder, Messbücher, Kelche, Messingbecher, eine silberne Monstranz, ein Kreuz und Heiligengemälde. Die Wallfahrtskirche lag direkt am Handelsweg und ihre für ländliche Verhältnisse enormen Ausmaße (Länge 46 Meter, Fuß des Turmes 8 Meter breit, Mauerwerk 1,50 Meter breit) lassen darauf schließen, dass sie damals eine wichtige Rolle spielte. Dort wurden auch Ablassbriefe verkauft. Die große Glocke Susanne wurde um 1520 gegossen.

Der Landstein mit Mahlmühle, Gericht und Markt war eine weilerartige Anlage von wenigen Gehöften, die für Wallfahrer und Reisende auf den sich hier kreuzenden Handelswegen wichtig waren: Es gab dort einen Wirt, Krämer, Schmied, Wagner, Seiler und Sattler. Im 16. Jahrhundert wurde am Landstein ein Reifenberger erschlagen aufgefunden, ebenso die Leiche eines Mannes namens Meckel.

Reifenberg und Hattstein

Burg Reifenberg wurde zum ersten Mal 1234 erwähnt. Der Bergfried aus dem 13. Jahrhundert und der sechsgeschossige Wohnturm sind heute noch zu besichtigen. Von der vier Meter starken Befestigungsanlage mit der sogenannten Pulverkammer sind nur noch Reste erhalten. Es heißt in einer Sage, dass im Gemäuer ein Schatz verborgen sein soll. Der Leitspruch der Reifenberger zur damaligen Zeit war: »Reiten und Rauben ist keine Schande, es tun die Edelsten im Lande.« Es werden ihnen raubritterische Überfälle bis ins späte Mittelalter nachgesagt. Die Reifenberger waren mit den Hattsteinern verwandt, allerdings hatten sie untereinander immer wieder kriegerische Auseinandersetzungen. Während der »Hattsteiner Fehde« (1428 bis 1435) wurde Burg Hattstein zerstört. Nach der Versöhnung der beiden Geschlechter wurde die Burg Anfang des 16. Jahrhunderts wieder aufgebaut.

Kloster Thron

Das Zisterzienserinnenkloster Thron – »Conventus sanctae Mariae Virginis in Throno« – wurde ebenso wie Altweilnau von den Herren von Diez gegründet (1249), deshalb findet sich im klösterlichen Wappen auch das Altweilnauer Wappen wieder.

Für die Finanzierung der Gebäude durfte das Kloster Ablässe verkaufen. Den Ablasshandel nutzten die Nonnen dank päpstlicher Genehmigung auch später noch zum Unterhalt des Klosters. Außer den bewirtschafteten Ländereien, die direkt ans Kloster grenzten, wurde ein Gut in der Nähe von Obernhain betrieben. Auch in und um Wehrheim herum besaß das Kloster mehrere Höfe, über die es Zinseinnahmen bezog. Gegen Entgelt durfte das Vieh in den ausgedehnten Klosterwäldern weiden. Von zentraler Bedeutung waren auch die Wasser- und Mühlenrechte, zum Beispiel die der Lochmühle. Das Kloster hatte viel Grundbesitz und Zehntrechte, allein in 145 Orten der Wetterau. Die Äbtissinnen hatten außerdem durch ihren Stadthof Zugang zur Frankfurter Messe.
Das Kloster ist heute nicht mehr erhalten. Es lässt sich nach alten Dokumenten nur grob rekonstruieren: Der Klosterkomplex mit den Pächterhäusern und Stallungen war von einer Mauer umschlossen. Darin lag ein länglicher Nonnenbau (Langbau), der einen direkten Zugang zur Sakristei der Kirche hatte.
Im Jahre 1387 bat das Kloster bei der Vogtei um Schutz wegen täglicher Überfälle der Reifenberger und Hattsteiner. Später besaßen die Reifenberger dann besondere Klosterrechte, da Töchter der Familie Mitglieder des Ordens waren.
In der Zeit der Reformation wurden immer weniger Mädchen in die Obhut des Klosters gegeben, so dass zuletzt nur noch sechs Schwestern verzeichnet waren.
Eine Schwester Lucia ist überliefert. Die letzte Verwalterin war um 1576 eine Margaretha von Hattstein.

Ich möchte mich bei den Menschen bedanken, die mich wie Dr. Erika Dittrich, Pfarrer Dr. Rolf Umbach, Karin Müller und Sabine Preußer bei meinen Recherchen unterstützt haben. Und bei denen, die mich manchmal mit einem guten Essen oder einem Schluck Wein überrascht und mir Kraft gegeben haben, dieses Buch zu schreiben. Da sind zunächst Iris und Hans zu nennen, die Freunde in allen Lebenslagen. Gunther Gräfe, Sabine Gerullis, Beatrice und Willi Glaus, Annemarie Sacher, Gonny Quednau, die große Familie des Friedrich-Bödecker-Kreises und natürlich mein Sohn Kristian! Renate in Wrist, danke für deine Freundschaft.
Mein Dank gilt auch meinen Lektorinnen Anne Bender und Ulrike Schuldes.

1 2 3 10 09 08

Umschlagbild, Umschlagtypografie und Landkarte: Anne Bernhardi
Layout und Herstellung: Nicole Boehringer
Satz: Dörlemann Satz, Lemförde
Lithografie: Margit Dittes Media, Hamburg
Druck und Bindung: GGP Media GmbH, Pößneck
ISBN 978-3-551-65007-8
Printed in Germany
Alle Bücher im Internet: www.carlsen.de

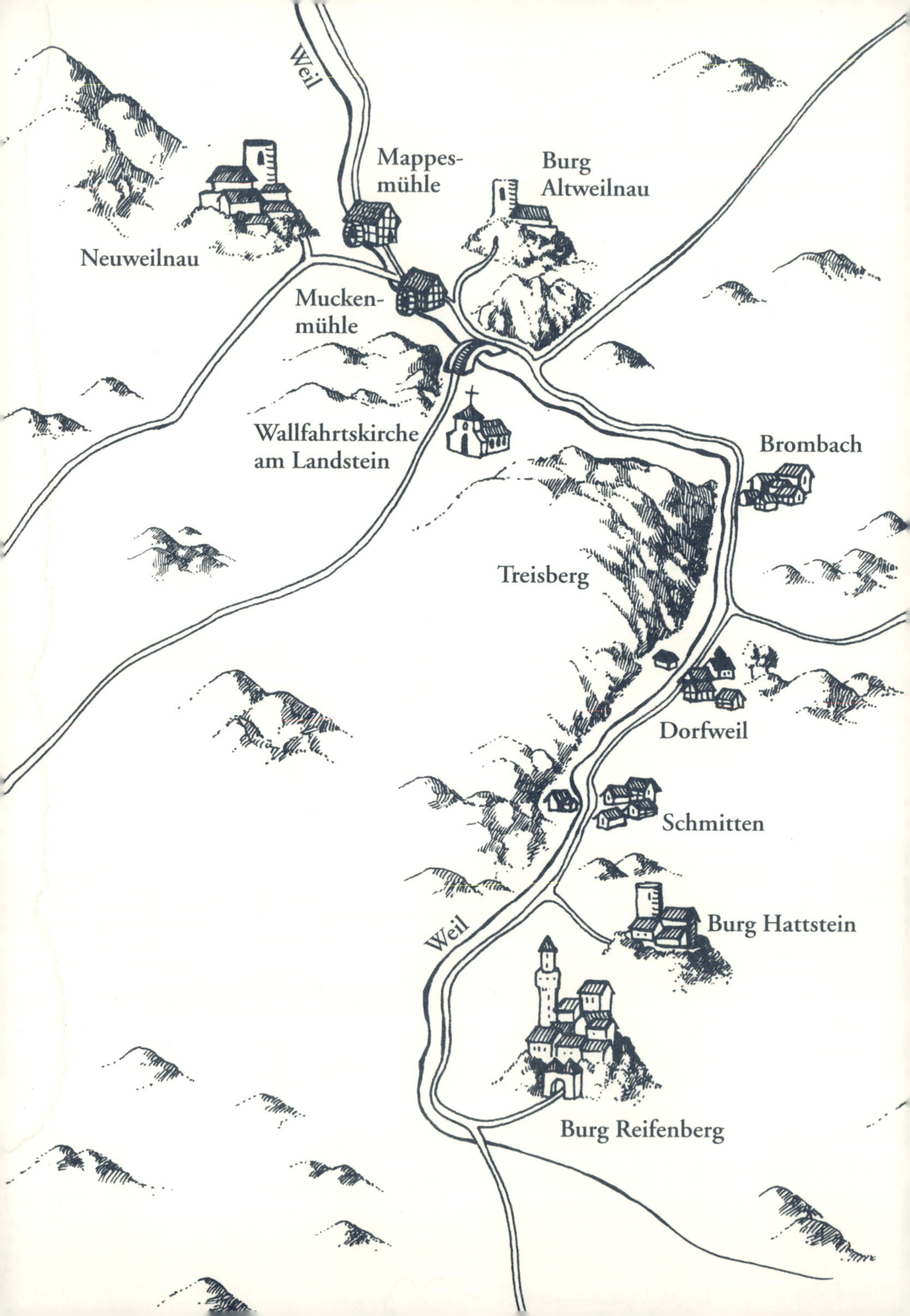
Weil
Mappes-
mühle
Burg
Altweilnau
Neuweilnau
Mucken-
mühle
Wallfahrtskirche
am Landstein
Brombach
Treisberg
Dorfweil
Schmitten
Weil
Burg Hattstein
Burg Reifenberg